一方丛书

郝建国 主编

# 冀中人物速写

虽然 ◎ 著

河北出版传媒集团
花山文艺出版社
河北·石家庄

图书在版编目（CIP）数据

冀中人物速写 / 虽然著. -- 石家庄：花山文艺出版社，2022.10
（一方丛书 / 郝建国主编）
ISBN 978-7-5511-6253-1

Ⅰ.①冀… Ⅱ.①虽… Ⅲ.①散文集－中国－当代 Ⅳ.①I267

中国版本图书馆CIP数据核字(2022)第146039号

| 丛 书 名： | 一方丛书 |
|---|---|
| 主　　编： | 郝建国 |
| 书　　名： | **冀中人物速写** Jizhong Renwu Suxie |
| 著　　者： | 虽　然 |
| 责任编辑： | 董　舸 |
| 责任校对： | 李　伟 |
| 美术编辑： | 王爱芹 |
| 出版发行： | 花山文艺出版社（邮政编码：050061） （河北省石家庄市友谊北大街330号） |
| 销售热线： | 0311-88643221 / 34 / 48 |
| 印　　刷： | 石家庄燕赵创新印刷有限公司 |
| 经　　销： | 新华书店 |
| 开　　本： | 880 mm×1230 mm　1 / 32 |
| 印　　张： | 9.625 |
| 字　　数： | 200千字 |
| 版　　次： | 2022年10月第1版 2022年10月第1次印刷 |
| 书　　号： | ISBN 978-7-5511-6253-1 |
| 定　　价： | 36.00元 |

（版权所有　翻印必究·印装有误　负责调换）

# 总　　序

郝建国

一方有一方水土，一方水土养一方人。

在蜿蜒几千公里境界豁然开朗的古黄河北岸，有孕育古老华夏文明的一片沃土。这片沃土，人杰地灵，上演过无数惊天地泣鬼神的现实大片，也涌现过无数壮怀激烈的仁人志士。

时至21世纪20年代，经历过改革开放四十多年、乘历史的列车快速驶入新时代的中国，每天都呈现着崭新的面貌，取得突飞猛进的发展。记录时代的变迁，反映当下普通大众的喜怒哀乐，给历史留下弥足珍贵的信史，是每一名文学工作者的使命和义不容辞的责任。为此，我们组织策划了这套"一方丛书"。

人民是历史的创造者，也是时代的创造者。在人民的壮阔奋斗中，随处跃动着创造历史的火热篇章，汇聚起来就是一部人民的史诗。"一方丛书"，选择一方沃土，用心书写一方烟火中的精彩故事，描画平民百姓的生存状态和酸甜苦辣，是我们贯彻落实"以人民为中心"创作导向的具体行动，具有积极的现实意义，更具有深远的历史意义。

"铁肩担道义，妙手著文章。"丛书的五位作者，出生于20世纪六七十年代，均是活跃于中国文坛的河北知名作家。他们或笔力遒劲，或灵光闪耀，把对现实持久洞彻的观察，行诸笔端，冷静铺陈，隐深情于字里行间，传激越于千里之外，抒发了对中国大地，特别是对燕赵热土上芸芸众生的满怀深情。为了避免雷同，也为了覆盖河北全境，我们将五位作者的写作范围做了大致的区域性划分：刘江滨为冀南，关涉整个河北；杨立元为冀东；绿窗为冀北；虽然、孟昭旺为冀中。五位作家作为各自区域的代言人，更能穷形尽相地写出生于斯长于斯的故乡的精气神，也便于读者们从一个个感人的故事中抽绎出各个区域的人文精神和独特气质，进而对河北以及河北人有个总体认知，找到足以涵盖河北的关键词。作家们的写作，选择了特定的场景和人物，故事均来自日常观察和积累，故事的主人公就生活在他们身边，有名有姓，虽文中以化名出现，然本着"不虚美"的原则，尽力写出生活的真实和情感的真实，可以说是小说化的、散文化的客观现实。

宣传河北文化的书籍，过去出过许许多多，彩色的、黑白的，文字的、图画的，开本大的、开本小的，单位组织的、个人著述的，不一而足。许多以河北为背景的小说、散文、戏剧经典，客观上也起到了宣传推介河北的作用。但是，这样系统地以文学的方式通过记述普通百姓来宣传河北，应该还是第一次。宋代孟元老的《东京梦华录》，记录了都城开封的风土人情和各色人等的日常生活，至今仍是研究北宋都市社会生活、经济文化的珍贵资料，具有恒久的价值。"一方丛书"，以此为目标，希望为后人存留记录当下民间最具代表性生活的鲜活资料。

河北乃京畿重地，对时代风云的激荡感受最为敏感，记录河北这一方的时代脉动，其实就是记录中国的发展节律，记录中国发展的时代足音。实现中华民族伟大复兴中国梦的号角已然吹响，日新月异的中国将会提供更多的素材和故事，而我们的记录只是刚刚开始，一切还都在路上。

从我们这"一方"眺望中国的一方又一方，每一方都代表着今日中国的气象和中国的模样，都是历史回望时珍贵的典藏。

# 目录

## 堂姑系列

堂姑 1 号 …………………………………………………… 3
堂姑 2 号 …………………………………………………… 6
堂姑 3 号 …………………………………………………… 10
堂姑 4 号 …………………………………………………… 14
堂姑 5 号 …………………………………………………… 18
堂姑 6 号 …………………………………………………… 22
堂姑 7 号 …………………………………………………… 26
堂姑 8 号 …………………………………………………… 29
堂姑 9 号 …………………………………………………… 33
堂姑 10 号 ………………………………………………… 36
堂姑 11 号 ………………………………………………… 39
堂姑 12 号 ………………………………………………… 43
堂姑 13 号 ………………………………………………… 47

| | |
|---|---|
| 堂姑 14 号 | 51 |
| 堂姑 15 号 | 55 |
| 堂姑 16 号 | 59 |
| 堂姑 17 号 | 63 |
| 堂姑 18 号 | 67 |
| 堂姑 19 号 | 71 |
| 堂姑 20 号 | 76 |
| 堂姑 21 号 | 80 |
| 堂姑 22 号 | 84 |
| 堂姑 23 号 | 88 |
| 堂姑 24 号 | 92 |
| 堂姑 25 号 | 95 |
| 堂姑 26 号 | 101 |
| 堂姑 27 号 | 104 |
| 堂姑 28 号 | 107 |
| 堂姑 29 号 | 110 |
| 堂姑 30 号 | 113 |
| 堂姑 31 号 | 116 |
| 堂姑 32 号 | 120 |
| 堂姑 33 号 | 124 |
| 堂姑 34 号 | 127 |
| 堂姑 35 号 | 131 |

# 堂叔系列

| | |
|---|---|
| 堂叔 1 号 | 137 |
| 堂叔 2 号 | 140 |
| 堂叔 3 号 | 143 |
| 堂叔 4 号 | 148 |
| 堂叔 5 号 | 152 |
| 堂叔 6 号 | 155 |
| 堂叔 7 号 | 159 |
| 堂叔 8 号 | 163 |
| 堂叔 9 号 | 167 |
| 堂叔 10 号 | 171 |
| 堂叔 11 号 | 174 |
| 堂叔 12 号 | 178 |
| 堂叔 13 号 | 182 |
| 堂叔 14 号 | 185 |
| 堂叔 15 号 | 188 |
| 堂叔 16 号 | 191 |
| 堂叔 17 号 | 195 |
| 堂叔 18 号 | 199 |
| 堂叔 19 号 | 202 |
| 堂叔 20 号 | 206 |
| 堂叔 21 号 | 210 |

堂叔 22 号 …………………………………………………… 214

堂叔 23 号 …………………………………………………… 218

堂叔 24 号 …………………………………………………… 221

堂叔 25 号 …………………………………………………… 225

堂叔 26 号 …………………………………………………… 230

堂叔 27 号 …………………………………………………… 234

堂叔 28 号 …………………………………………………… 238

堂叔 29 号 …………………………………………………… 242

堂叔 30 号 …………………………………………………… 246

堂叔 31 号 …………………………………………………… 250

堂叔 32 号 …………………………………………………… 254

堂叔 33 号 …………………………………………………… 258

堂叔 34 号 …………………………………………………… 262

堂叔 35 号 …………………………………………………… 266

堂叔 36 号 …………………………………………………… 270

堂叔 37 号 …………………………………………………… 274

堂叔 38 号 …………………………………………………… 277

堂叔 39 号 …………………………………………………… 280

堂叔 40 号 …………………………………………………… 284

堂叔 41 号 …………………………………………………… 287

堂叔 42 号 …………………………………………………… 291

堂叔 43 号 …………………………………………………… 295

◎ 堂姑系列

# 堂姑 1 号

这个堂姑爱偷东西。

她说是自己的血有问题，看见东西不偷那血全身四处奔流，折腾得她寝食难安。偷一偷，全身上下就舒坦了。

她偷东西似乎也不为得手，得手固然好，得不了手也无所谓。被捉住也就那么回事，东西放回去，自己没损失什么，人家也没损失什么，有什么大不了。回家她该干什么还干什么，像是什么事也没发生。

她才嫁来时，人们不知道她有这个毛病，慢慢地发现只要她去过的地方，或大或小都少个东西，才知她是贼。她个高，长得不差，也能干，自家的活三下五除二就能干完，干完了就琢磨别人家。她偷东西有个特点，无所顾忌。俗话说兔子不吃窝边草，她是窝边草也吃，东邻西邻，前街后街，没有她不偷的。秋天收了花生，都摊在房顶上晒，晒到将干，她就从自家房上走到邻家房上，张开布袋，唰唰地往里头搂花生，动静很大。邻家听到房上唰唰作响，悄没声儿地顺梯子上去，月光下见她埋头苦干，就走过去看。眼看她搂了半袋子还不歇手，邻家怒了:"偷点儿得了,怎么还偷?"堂姑不甘心地说:"还没装满呢!"终于装满了,装满花生的布袋横在房上,鼓鼓囊囊像头小肥猪。堂姑直起腰:"哎呀,干了半宿,累了,我得睡了,你也睡去吧!"空着手回到自己房上,顺梯子下去了。

她偷东西,堂姑夫替她赔不是,赔了不是回家唉声叹气,堂姑安慰他:"什么大不了的?谁没个毛病?值当你这样?"堂姑夫被她说得无可奈何。这么多年,他是骂也骂过,打也打过,堂姑照偷不误。总不能休了她?更不划算。休了再去哪儿找媳妇?总不能打一辈子光棍?堂姑夫只好守着贼过日子。

实在没外人可偷,她在炕上翻来覆去,难受得睡不着。堂姑夫睡得正香,炕下摆着他新买的毡鞋。堂姑悄悄穿衣下炕,提起这双毡鞋出了门,很快她又回来,两手空空,浑身轻松,这双鞋从此再没在家里露面。堂姑夫没得可穿,只好又买一双。为防这一双也被偷,他白天穿着,晚上用布包起来放进被窝,搂着睡。闺女回到娘家,和堂姑睡一张炕,夜里两人躺着讲些家长里短,然后睡觉。夜半她突然听到蒙在被子上的衣裳窸窸窣窣,一只手正掏自己的衣兜。她伸手一攥,堂姑抽回手,很快睡着了。

村里已经不再防她,少了东西直接去她家里找,找到就拿走。堂姑偷了东西也不销赃,拿回来就是自家的,农具归入农具,粮食归入粮食,衣裳归入衣裳,钱归入钱,从不外看这些偷来的东西。人家来找,她也热心地陪着人家找,导游似的领着人家从东屋转到西屋,打开箱掀开柜,揭开瓮挪开缸,放心大胆让人家找。找到了替人家高兴,找不到替人家沮丧,弄得失主很惭愧,倒像自己不仁义,欺人太甚。人们公认,堂姑这个贼和别的贼很不一样。

最传奇的是她偷棉花。

村里有一片棉花长得分外好,一朵一朵又大又白,那一家的女人早出晚归,还是摘不过来。堂姑盯上了这片棉花,她半夜就出发了,腰里束着大围兜,肩上披着两条蛇皮袋子,来到地里,从北头开始干了起来。

月亮正好,又大又圆。堂姑双手翻飞,摘了这朵摘那朵,沉浸在偷的愉悦中。她摘啊摘啊,都没注意到月亮落下晨光初透。

这一家的女人也记挂着棉花,起个大清早来到地里,从南头开始摘。

两人只顾埋头苦干,终于走对头了。女人一时怔了,不明白怎么一抬头眼前多了个腰挎大兜的人,没醒悟到这是遇到了贼。

堂姑呢,又惊又喜,双手一击,好像在孤独而辛苦的劳作中终于遇到了可以说话的亲人:"哎呀,你也来啦?这真是!我还寻思,怎么地里没人呢?"

# 堂姑 2 号

这个堂姑矬粗短胖，憨厚朴实，嫁的人倒不丑。俗话说贫不择妻，这堂姑夫就是太穷，才娶了她。娶了之后心里不知足，处处有相好，肆无忌惮。都说兔子不吃窝边草，他是窝边草也吃，和邻家娘儿们都曾有一腿。

邻家男的跑货运，新疆、内蒙古到处去，一走个把月。堂姑夫去邻家太方便了，爬梯子上到房上，再顺梯子下去，就到了邻家院内。夜半去，天明回，完事后还能在相好的胳膊窝内小睡一觉。堂姑就当他便秘蹲厕所，装聋作哑，一声不吭。她什么都清楚，宽宏大量地包容这些事，盼着堂姑夫上了岁数能收心，盼着孩子快快长大娶媳妇。说实话，堂姑夫别的上头对她还可以，只要堂姑允许他左一个右一个找相好，日子就顺顺当当往前过。堂姑于他就是个后院，有了事他往后院一缩，算是有个藏身之处。他长年与别人的妻子胡混，深知堂姑的可贵，也没想过离婚。这就让堂姑感激涕零，当牛做马，心甘情愿。

堂姑夫当然也惹出过麻烦。有年冬天他半夜里穿着裤头狂奔回家，数九寒天跑得全身是汗。堂姑开门一看，立刻心知肚明，给堂姑夫蒙上自己睡了半宿的热乎乎的被子，让他藏到套间。五六个男的举叉扛锨打上门，堂姑放开嗓子长嚎，大骂他们私入民宅，夜半三更想对她非礼，骂得这几人讪讪而退。人们有夸她的，夸她识大体，宁可打落牙吞下肚，也不能让外人看热闹。外人打上门，羞辱的是一家子，这时候就该抵抗外侮，岂能任人作践，这叫大是大非分明。这种时候总不能来个大义灭亲，把堂姑夫拱手送出让人家揍，揍坏了还得她伺候。这种事嘛，古今中外都有，心量宽大些，床上有屎一床锦被盖上，底下怎么清理，那是底下的事。有人骂她傻，不趁此机会给堂姑夫个教训，他还弄绿帽子给她戴呢。夸也好，骂也好，堂姑两耳不闻窗外事，任凭旁人说短长。这事之后堂姑夫没老实几天，重拾邻家娘儿们，又热络起来。

邻家娘儿们与堂姑夫好了二十余年，用村里话叫"死靠"。这期间堂姑夫偶尔也找别人，堂姑罢了，邻家这娘儿们一直争风吃醋。她怂恿堂姑去捉奸，方案她想了一套又一套，堂姑就是不动心。这娘儿们想自己闹，又师出无名，气病了。为捉堂姑夫，她没少下功夫，盯梢儿，蹲坑，侦察兵当得十分合格，情报搜集得十分准确。这么准确的情报送给堂姑，只要她肯出马，探囊取物一般，一捉一个准儿。可惜堂姑不配合。

待儿子长大，十里八乡都知道堂姑夫大名，不肯与他结亲，只好娶了个遥远的媳妇。婚后一个院子住着，堂姑夫也想立个老家儿的榜样，拿捏了一段。可没拿捏多久，故态复萌，又半夜上房去邻家。儿子悄没声儿把梯子放倒了。头明堂姑夫回家,一摸没了梯子,恨恨不已,只好退回邻家,下到院里,从大门出来,走到街上,再叫自家门。进家没好气,鼻子不是鼻子脸不是脸,惹恼了儿媳妇,骂他是"偷鸡摸狗的老贼",要分家。那么就分,分了家堂姑去新院里伺候媳妇坐月子,早出晚归,丢下堂姑夫一个,乐得翻跟头。

不久邻家儿子也结婚,邻家娘儿们摇身当了婆婆,也想立个老家儿榜样,就想与堂姑夫一刀两断。堂姑夫哪里肯,百般骚扰。先是爬梯子,看到梯子已撤,不死心,绕到房后,朝人家后窗扔小砖头,当当有声。这娘儿们大怒,披衣开门,招手引逗他过来,照他脸上嗖嗖几下,抓得那脸土豆丝似的。

堂姑夫捂着脸钻回家,堂姑见他带伤,问怎么了,他说让槐树枝子拉的。天明邻家娘儿们怒气不息,找上门来,让堂姑管管他,别再这么丢人现眼了,当爷了,该收敛了,再不知好歹,就报警了。

堂姑直赔好话,堂姑夫呢,钻进套间睡起大觉,一连三天,不吃不喝也不动,急坏了堂姑。她左思右想,去邻家商量:"你别和他断得这么彻底嘛,慢慢来嘛,咔嚓这么猛一断,他受不了。好歹再和他好一阵子,时不时来我家聚聚,我给你们打掩护嘛。"低声下气,反复恳求。邻家娘儿们铁了心,指着她:"你太没道理!回家扔他条绳子,叫他上吊死了吧,活着也是丢人现眼。"

堂姑灰溜溜回到家，心疼自家男人，又无计可施，唉声叹气到半夜，想来想去也只能拼着这身老肉安慰他了。她灭了灯，脱得精光，想钻入堂姑夫被窝。堂姑夫裹得死紧，不放她进。她从前头拽到后头，终于在脚头拽出个口子，大喜，双膀较力使劲儿拽，口子越拽越大，她就从那里钻进了堂姑夫的被窝。

# 堂姑 3 号

这个堂姑嘛，长得黑，但耐看，不足之处是走路像麻雀蹦。族里擅长相面的三太爷早就说过，她这种走法是个奔波命，麻雀就是这么小步跃着找食儿吃，几曾见它们闲庭信步？再看那大白鹅，晃着屁股迈方步，那才叫从容。三太爷断言她就是个穷命。这老头儿老来脑子糊涂，心里怎么想就怎么说，这种话他本该藏在肚里，一说出来，墙有缝壁有耳，顺风就传到当事人耳内，招人家不自在。但他辈分大，也奈何不了他。你若找过去问，他又脑子清楚了，反问你听谁说的，谁说问谁去，反正他不记得说过。但不得不承认，他还真说得挺准。

堂姑骨子里有种忧患意识，总怕挣不上钱。这世道离了钱不行呀！当闺女时，她就没闲过，上学路上见个长树枝儿都要拾起，放学时扛回家里当柴烧。不念书之后她绣花、装罐头，辛辛苦苦攒嫁妆。她的钱总存不下，好容易有几个，不是爹病就是娘病，只好如数献出。等到结婚，还是用打帖子的钱才置齐嫁妆。

整条街的女人都不如她勤快，可都比她滋润。邻家那女人百活不干，就知道生孩子，左一个右一个，一气生了四个，仗着生孩子，从不去地里，坦言生孩子就是为了不受那风吹日晒的苦，能生孩子就是一大功劳。偏人家命那么好，一到用钱老天爷似乎就给她下钱，不是中个彩票就是拾个什么，或男人赌钱大赢一笔，从没为钱遭过难。而堂姑，舍不得吃也舍不得穿，到集上买衣裳，二十块一条的裤子提溜提溜又放下。她最愁过年，过年就得花钱买东西，还没活可干无钱可挣。

她找活总有点儿饥不择食，不管什么活，抓住就干。她不在乎小钱小，小钱也是钱，大钱挣不来，只能挣小钱。别的女人待孩子长大离手，捯饬捯饬自己，趁着年轻找个既体面又稳定的工作，去城里金店卖首饰，去大超市卖货，干几年，有了经验，自己开个店试试。堂姑不想那些，她锁定田间地头，替别人浇地，一天五十；扒山药蔓子，一天六十；疏梨花，一天八十；摔长果，一天一百。当天结算，不赊不欠。受着风吹日晒，她一天比一天黑，头发毛毛苍苍。堂姑夫嫌她不给自己长脸，勒令她不得再干农活，干就去城里，端盘子也比风吹日晒好。于是进城，在婚宴大厅端条盘，一天八十。这么一端，她觉得真不赖，不但有钱挣，还能往家搂东西。那些吃不了的鸡啊肘子啊，都可归她。这可如了堂姑的意，只恨不早出来端条盘。她干劲冲天，戴个大围腰，包着十张桌子。端菜已毕，她祈祷客人少吃再少吃，多余东西她好带走。家里的猫与狗近来膘肥体壮毛色光滑，全是剩菜之功。

她这么苦干千日，抵不上一朝有事。好容易攒了五万，堂姑夫摔坏腰，存款霎时缩去大半。又攒了五万，堂姑夫查出胆结石，动手术，又干去小一半。总之不是这事就是那事，堂姑手里的钱不能超过三万，一过三万就出事，把钱花一花，缩至三万，才得太平。

所幸她只有两个姑娘，大的初中毕业就不念了。堂姑这样紧抓挠的人，怎么肯让她闲在家里，早早轰出去挣钱。这姑娘长得不丑，小小年纪傍了个有钱人，花天酒地几年，该嫁人了。堂姑做主，让她嫁外村一个长相普通家境一般的手艺人，图他有门手艺。这姑娘婚后第二天跑回娘家，说男的咬她，亮出脖子上的牙印，要离婚。男方屡次托人来找，媒人也来说和，她非离不可。男方说，即使要离，得退彩礼，彩礼八万，睡了一夜减一万，就当买了她一夜，一夜万金。这姑娘巴不得离清，再嫁由自身，好去市里大展宏图，可是堂姑攥住钱不撒，死不撒手，一分不退。姑娘撂下这一摊子，一翅飞走了。村里人都替男家叫屈，庄稼主子来钱不易，鸡飞了，钱还打水漂儿？乱说堂姑。

囿于舆论，堂姑退了四万。

有这四万，加上她攒的三万，又借了几万，堂姑要盖房子。堂姑夫身体不好，一应盖房事宜全是堂姑张罗，她硬是撑下来了。待到房子收拾好，刚舒口气，堂姑夫栓住了。堂姑既得伺候病人，又要挣钱还账，还得供二姑娘上大学，愁坏她了。她也想得场病，可病偏偏不来，除了嘴上脱皮，身体健康得很。

　　三太爷说，这个堂姑连得病的福气都没有。她一病倒，人得伺候她，那还了得？若没这被伺候的命，一病就是个死。从长远来看，她还是这么穷忙的好。穷忙穷忙，虽说忙到最后还是穷，好歹有命在。这话又传到堂姑耳内，她想想，也是。安顿好堂姑夫，她在附近找了个活，摘辣椒，一天六十。

# 堂姑 4 号

这个堂姑未婚之前就爱叨叨，早上一睁眼，看什么都不顺，笤帚簸箕都妨碍她，那嘴像呱嗒板儿似的，呱嗒呱嗒不停。那时家里人并不在意，哪个女的不叨叨？有不叨叨的女人吗？三个女人一台戏，一个女人顶五百只鸭子，叨叨不是毛病，随她去吧。

她第一个丈夫深恨她嘴碎，先是吵，吵不过就打。堂姑是打不怕，越打那嘴越上劲，挨了打更要在嘴上捞回来。于是挨打成家常便饭。回娘家诉苦，说得自己一面光，只讲挨打，说那男的四十三号大脚往她胸口踹，攥着她头发满院子甩。即使这么不得好，跟他过个什么劲？娘家人同仇敌忾，打狼似的去了一拖拉机，揪住男的暴打一顿，又是装箱又是装柜，把屋里拉了个罄净，离了。又嫁当村，有娘家守着，看哪个还敢打她。

当村这个堂姑夫之所以迟迟娶不上，是家里太背兴。他弟兄四个，老大喝药死，老二上吊亡，老三是瘫子，他是老四。人们说他娘太强势，武则天似的，在家里一把独拿，说一不二,唯她是尊,宁可灭儿子也不肯低头。不是这老婆子,几个儿子也不至于这样。堂姑嫁来后,这老太婆闲得无事,好容易又有儿媳使唤,横挑鼻子竖挑眼,总想对这唯一的儿媳指指点点,耍耍威风。堂姑夫绝不让她得逞,坚决护媳妇,娘俩儿成了仇人,见面乌眼鸡也似。堂姑养了鸡,那鸡出门觅食,不由就踱入隔壁,她婆婆捉住一只,拧断脖子,隔墙扔过来。堂姑夫拎起鸡又扔回,那边又扔过来,这边又扔回。一只鸡扔来扔去,摔得骨断筋酥,老婆子还不歇气。堂姑夫干脆搬家,搬到上吊死去的老二宅院,才安定下来。这处宅院恰在堂姑娘家后排。

他们搬过来,娘家人才见识了堂姑这嘴是多么欠拧。早上鸡还没打鸣,她就开始了,叨叨叨,叨叨叨,她在灶房做饭,风箱的呱嗒声强而有力地为她的叨叨配上节拍,那叫一个气势。她一人扰得四邻不安。娘家原先只听过她绵绵不断的小声嘟嘟,没想到结了两回婚,这嘟嘟声放大了十倍不止,高亢嘹亮,直冲天际,云彩都被她挡住。她一口气能说四五个小时,水都不带喝。左邻一老太太实在受不了轰炸,犯了心脏病,只好搬家。不久右邻也搬走了。后邻还好,在外做生意,不大回来,回来一次权当听她说评书。前邻是她爹娘,她爹坐在后套间,听她这么中气十足地叫嚷,纳闷儿道:"淑英原来不这样啊,什么时候变得这么找揍了?"她娘跳下炕,纫了一根大针,往胸前一别,腾腾地朝后街走,站她门口:"淑英,你想让我缝你的大嘴啊?"

不怪堂姑叨叨，堂姑夫没尾巴鹰似的，办事不靠谱，指着他什么也干不成。堂姑嘴不停手也不停，既要干又要抱怨，边抱怨边干。堂姑夫烦得坐不住，就去外头找人喝酒，一喝一个醉，歪歪倒倒回来，倒头就睡，任她叨叨下大天，他也听不见。后来干脆一走了之，去外地打工，一走一年，过年再回。回来又是喝酒，不醉不回家。堂姑没了可以叨叨的人，太寂寞，就去村北打烧饼，那里人来人往，随便找个人就能拉呱儿几句。

有一日正打烧饼，一个骑摩托的人拐上路口，不早也不晚，无缘无故在她前头倒下了，脑袋磕在柏油路上，一声脆响，流出一摊血，死了。堂姑吓得不轻，从炉子里铲出炉灰，盖住那摊血。她突然想起一年未归的堂姑夫，头一回惦记他在外吃的可好住的可好，打电话让他回来。堂姑夫应召而回，竟然穿着条白牛仔裤，也不知谁淘汰给他的。堂姑大悲，扪心自问，从嫁过来，没挨过打没挨过骂，都是自己这张嘴，逼得人家不肯回家。她痛下决心，要管住这张嘴，留住堂姑夫，老来伴哪，满床儿女抵不上半路夫妻。她这么一百八十度猛一转，堂姑夫异常纳罕，耳边几时这么清净过？他茫然无措，不知如何面对，就又出去喝酒。喝到酒席将散，突然朝桌下一出溜，没气了。赶紧往医院送，半路上他的手和脚就开始硬，送到医院，人已硬邦邦。

堂姑招了个后老伴。这老伴不算老，五十出头，一直打光棍。大高的个子，头发茂密，从中分开，脸上多褶子，老婆儿嘴。人说老婆儿嘴的人嘴碎,果然,这老伴比堂姑还能叨叨,不但爱叨叨,骂人也是花样百出,人送外号"假娘儿们"。轮回报应似的,堂姑成了被叨叨的人。这老伴伺候她十分周到,每晚端来热水让她泡脚,说打了一天烧饼,这脚就得泡,不泡啊,百病丛生,寒从脚起,脚暖和全身舒坦。堂姑说水太烫,老伴一拧眉:"烫你娘个头!个老勺子逼的不识抬举!水就得烫,一烫你全身一激灵,那病啊啥的就激灵跑了。"抓着她的脚往水里一摁,提出来再一摁,再提出来一摁,砸蒜似的。堂姑死抓着椅子扶手,想骂,掂量掂量,骂不过他,忍了。

## 堂姑 5 号

据说,这个堂姑出嫁那天,本来好好的天,突然刮起大风,天昏地暗,飞沙走石,刮得人们吃不成饭。风过之后宾客散尽,堂姑夫才得空进屋细看她,不看还可,一看顿生憎厌。按说两人婚前也相过也见过,但一场大风似乎改变了什么,堂姑不像从前的堂姑,容貌仿佛起了变化,她鼻梁上起了道鞍。当然这道鞍肯定不是一天长出,应该从前就有,但这天不知怎么,映入堂姑夫眼内的先是这道鞍,而他最痛恨的就是这种鼻型。

他们很快有了个丫头。从怀上到生,两人争吵不断,吵过互相怄气,堂姑就回娘家,一走几十天。堂姑夫拧着不去找,家里人劝他,不看大人还看那肚里的孩子呢,万一是个儿子,张家岂不有后了嘛。于是他提着东西去找,堂姑也在娘家人的劝说之下回来了。风平浪静几天,又闹起来,周而复始。大丫头出生,堂姑夫倒不在乎是男是女,孩子他是喜欢的,但孩儿的娘他实在喜欢不起来,并不因她生出孩子就不憎厌。添了孩子,两人由小打变成拉开场子的大打,由小骂变成声震屋瓦的大骂。每回打架都伤筋动骨,引来整条街的人围观。打过之后堂姑躺在床上,任凭孩子哭,任凭圈里的猪嚎,她是纹丝不动。堂姑夫抱着孩子去父母那边凑合,丢她一人在家,她喝口水啃块干粮继续躺,一躺半个月,圈里的猪先是朝外蹿,渐渐蹿不动,渐渐嚎不动,饿死了。堂姑夫见猪饿死,勃然大怒,抄刀就奔她而去,这才把堂姑轰下床。开始打架还有人劝,久了都习以为常,随他们打去,打死谁算谁,死谁埋谁。整条街都恨他们恨得牙痒,盼他们离婚,可两人偏偏不离。

他们想的是耗着对方,看谁耗过谁。两人赌着气,我好不了也不让你好。至于生孩子,堂姑夫想的是,不过借她的肚子使使,给张家留个后代。堂姑想的是,不过是借他的种子使使,给自己添个亲人。战累了两人也喘口气,凑一起睡一觉,也不知哪个主动。事毕又反目成仇,再接着战。

大丫头长到七岁,已很懂事,小小年纪就知道外出求援。堂姑两口子夜里打架,一个骑住另一个,互掐脖子,掐得直翻白眼。小丫头见大事不好,跳下床就往外跑。这是深秋一个后半夜,她穿着白睡衣跑着去找她爷,正巧有个赌钱回家的人,星光暗淡之下正走,突然见前头一个白影,依稀梳着两个小辫儿,翅呀翅呀地跑。这人登时冷汗冒出,闷哼一声坐地上了。惊惧之中再看,白影儿跑入一户不见了,随后从这户人家出来个人,边走边骂。他这才"哎呀"还了魂。天明又来这里打听,才知是个小丫头跑过。"哎呀这丫头差点儿没要我的命!"他逢人就讲。

堂姑夫的爹心里窝着一肚子火，出门时顺手抄了根粗棍子，气哼哼过来，一看两个还在打，冲上去，照着儿子脊上哐哐猛砸，砸完扔下棍子背着手就走。非如此不能叫他们松手。堂姑夫挨了打，头脑冷静了。堂姑见他挨打，心里舒畅了。于是休战。

生出二丫头后，他们闹起分家。两人也不怕麻烦，谁也不肯便宜谁，所有东西都标上号，包括两个丫头，也标上一号二号，抓阄儿。大丫头归堂姑夫，二丫头归堂姑，四间北屋堂姑抓到西边两间，堂姑夫就住东边两间。他们各自垒灶，分锅做饭。饭都不愿做成同样，你擀面条我就抻面带子，你蒸卷子我就烙饼。两个丫头也不像亲姐妹，你的我的分得一清二楚。

这么折腾着，日子也朝前过，一样地供孩子上学，还都供成了大学生。孩子上学走后，两人依然不对眼。堂姑背转身想想，半辈子过去，实在不值，有心和好，扭头一看堂姑夫那样儿，又兜起股子火。堂姑夫睡到半夜醒来，也摸着胸口问自己，这半世婚姻到底算什么，有心和好，天明之后看见堂姑巫婆似的怨望自己，那心立时冷下来。于是依旧分居。

转眼他们都年过七十，一个跟大丫头住，一个跟二丫头住，一年只见一回，还是女婿们正月里撺掇着老两口聚聚，才聚聚，每回聚都是不欢而散，只盼对方快从眼前消失。结婚五十年，有一样俩人倒是一致，从不在外头找人儿，都硬挺着不让对方有把柄。

从七十又到了八十，他们还是见不得面，都等着对方断气,另一个好拍手大笑。堂姑夫先走,他八十三上死于一个滑入嗓子的汤圆,没吞下去,瞪了瞪眼就死了。堂姑终于斗过了他,却没有斗赢的舒畅。出殡她没去,坐在家里遥遥听着那二起一个接一个爆响,推算灵走到哪儿了,该到坟上了吧?该入墓了吧?烧百天纸时她一定要去,两个丫头劝她别去了,这大年纪,省省吧。她非要去,只好同去。

到了坟上,堂姑一没拍手大笑,二没哭,就在坟头烧了一陌纸。回首这一生,真如做梦哪!她叹口气。这时坟上起了股旋风,嗖嗖地旋过来,从她脸前刮过去,当时就中风了,眼斜嘴歪,口角流涎,七天之后也撒手而去,埋到了堂姑夫身边。

# 堂姑 6 号

这个堂姑批发菜，一干十几年，挣了上百万，一分没存下，全让堂姑夫赌没了。

堂姑夫生性好赌，一天不赌全身没劲，两天不赌坐卧不宁，三天不赌，简直要他的命。牌桌旁一坐，精神焕发，不到憋得尿泡要崩不去厕所。赌到天明，刺棱岁毛朝回走，走到家门，一看铁门紧闭，二话不说就拿脚踹，边踹边骂："淑惠，还不你妈开门来！"骂完又是几踹。这是输了。若是赢了，他抓住门环清脆地叩门："惠！惠——我说惠哪！"藏不住的得意与兴奋。兴奋到吃过早饭，揣着钱出去又赌，输光才回。邻居们听他踹门的时候多，叩门的时候少。他也确实输多赢少，要不也不会输上百万。偶尔赢一回，乐得他抓耳挠腮，必把钱输回才恢复常态。有回散场早，他赢了，回家躺在床上睡不着，翻过来"咕咕咕"地笑几声，覆过去又"咕咕咕"笑几声，没完没了。堂姑坐起来："我说，别咕咕了，去，还赌去吧，不输光你睡不着。"他穿衣裳揣钱出门，又找地顶了会儿骨牌，输光才下去那股劲儿。

堂姑夫面白无须，状如太监。四十岁那年，不知哪根神经出问题，胡乱下了个指令，才有一根黑毛戳破脸皮从下巴上钻出来。对付这根黑毛用不着剃刀，发牌的间隙揪住一采，就没了，再长再采。家里的剃须刀归堂姑，她嘴上有圈胡子，又黑又浓，剃了还长，越剃越黑。乳房更是没有，论胸还不如堂姑夫大。但这也没影响她生孩子，孩子生出来乳房变大，断奶缩回。都说她两口子颠倒了，本来该她在家里打麻将，却起早贪黑地弄菜。堂姑夫一个大老爷们儿，本该挣钱养家，却天天不干正事。这种婚姻真是从何说起。

　　堂姑每天半夜起身。半夜人们还在酣睡，运菜的大车从外省隆隆而至，贩子们等在批发市场，虎视眈眈。堂姑在男人堆内奋力拼杀，又抢又吵，逐样进菜。进罢菜已是凌晨四点，更小的贩子开着三马子电三轮来了，她又把这菜一一批发出去，然后回家。这时堂姑夫还没回来，她钻进热气尚存的被窝里睡个回笼觉，不久就听到堂姑夫在门外大踹二踹。

　　堂姑夫也就好赌个钱，他不好吃也不好穿，只要有钱赌，万事皆可忘，这样反倒让堂姑很放心，她一心扑在批菜上，最烦别人拖后腿。女人干事业难，干成事业更难，她是把批菜当事业做。对比邻家女人，堂姑十分知足，邻家女人比她雄心还大，卖菜，倒腾衣裳，卖保健品，什么都干，可惜有个醉鬼丈夫，一醉就追着她闹事，拖得她什么也干不长。堂姑最大的乐趣就是能专心干事，至于钱挣回家干什么用，她不费脑子。钱嘛，就是流动的，从你手里流到我手里，又从我手里流到他手里。再者，人这一辈子挣多少钱是一定的，花多少也是一定的，虽说堂姑夫总输，输够他命中该输之钱就不输了。她大度地看待堂姑夫输钱，这让堂姑夫如鱼得水，想怎么赌就怎么赌，想赌到几点就赌到几点，钱从手里哗哗流出，毫不心疼。至于输了发脾气，那不过是怪自己牌技不行，并不是心疼钱。他就像个搬运工，把家里的钱运到别人手上，养肥了好几个牌搭子。

说来也怪，堂姑的钱随堂姑夫的手气而增减，他输得多，她就挣得多，输得少，就挣得少。赶上他大赢一把，那菜绝对砸在手里。眼看大堆的菜卖不出去，堂姑痛不欲生。她可以接受堂姑夫输钱，却不能接受菜烂在眼皮底下。他们一直住旧房，旧房盖于二十世纪八十年代，周围已是高大宽敞的新房子，衬得这旧房更破。堂姑算了算账，她批菜这么多年，既没置下房子也没置下地，就是把仨孩子供得上了大学，余下的钱，全让堂姑夫赌了。

悠悠荡荡活到五十，堂姑夫终于输完了他命中该输的钱。他平时来钱从不急眼，赌品还算不错，但这回竟然为个二饼和人干起来，两人拳脚相加，大打出手。堂姑夫让人家揪下来一撮头发，挨了俩耳光。他一辈子没干过重活，整天除了赌钱就是睡觉，打架绝对不行。这一架让他元气大伤，气个半死，在床上躺了一个月，觉得嗓子难受，吞口水都难。去医院一查，竟然是喉癌晚期。拖了俩月，一命归西。

堂姑的生意一落千丈。同样的菜，别人迅速脱手，她硬是卖不出去。她的菜摊像隐了身,人们走来走去视若无物。她只好放弃批菜,不再夜半起身,转而凌晨四点从别人手里进,在早市上卖,也不行,还是砸在手里。有堂姑夫的时候,那钱水似的流进她手里,又流出去,没了堂姑夫,钱财都不从她手里过了。正好大女儿的孩子没人带,她理了理发,剃净胡子,换身干净衣裳,门子一锁,带外孙去了。

## 堂姑7号

这个堂姑个头很小,也瘦,眼啊脖子啊异常灵活,闲坐无事就那么转来转去。她当闺女时就爱操心,婚后做了一家之主,正好大展才干。她也确实是个理家高手,不多的东西在她手里总是够用。也不必精打细算,精打细算太费事,她是凭本能理家,吃穿住用,无不恰当。堂姑夫与两个孩子都服服帖帖,在她前头唯唯诺诺。人们说,她家的墙壁上该凿个神龛,她坐进去,现成的神仙一尊。

待到女儿成人,到了说亲的时候,堂姑一定要把关。这女婿嘛,矮的不要,黑的不要,络腮胡子更不要。她最恨男的胡子连鬓,剃了呢,半张脸铁青,不剃,半张脸毛烘烘,猢狲似的。可女儿偏偏喜欢络腮胡。堂姑坚决不答应,拖了一个又一个。她沉得住气,女儿沉不住了,同岁的都已出嫁,她却被这个稀奇古怪的条件束缚着。长到二十五,这女儿从骨头缝里长出反叛,你不要络腮胡,我还偏要嫁这么一个给你看看,真谈了一个,偷出户口本,领了结婚证,揣上证和丈夫去西安来了个旅游结婚,把堂姑气了个倒仰。

轮到儿子说媳妇，堂姑又提出条件。这媳妇嘛，万事皆可商量，就是不娶那头发又黑又硬的，贵人不顶重发，头发黑硬的人命贱，还死拧。也不知她这歪理儿从哪儿来，反正是绝不肯给这种人当婆婆。儿子听从她的安排，娶了个肤白头发黄的媳妇。媳妇娶过来，转眼有了孙子，孙子五岁时，这媳妇有了外遇，与相好跑到外地住了俩月。堂姑万没想到会出这种事，钢牙咬碎，搂着孙子大骂媳妇。这媳妇图过了稀罕，迷途知返，想回来。堂姑坚决不同意，这种东西还能要吗？不是好人哪！败坏门风。让儿子去办离婚，孙子不能给她，给了也得学坏。儿子不想离，与媳妇藕断丝连，偷着约会。亲家那边打来电话，向堂姑求情，说年轻人干了错事，想回头，就给个机会，毕竟有孩子，两口儿感情也不错。堂姑是开弓没有回头箭，绝不答应，誓死不让这媳妇登门。于是离了。

离了之后又给儿子说亲。他这条件，想找黄花闺女是不可能了，想找离异不带孩子的也不够格，于是说了个离异带孩子的，凑成一家。儿子很不幸福，但事已至此，只好凑合。他心里怨堂姑，托同学在远处谋了个监工的差事，半年也不回来一次。

人们都说堂姑聪明一世糊涂一时。现在这社会，私奔啊婚外情啊叫事吗，嫌前头那个媳妇和别人睡过，可这新娶的一个不也和别人睡过吗？你知道她和多少人睡过？还带个拖油瓶。

新来的媳妇很不省油，和堂姑死不对眼，见她坐沙发上转眼珠子转脖子，气不打一处来。两人交了几回手，堂姑渐落下风。她这么多年在家里霸道，其实是家里人让着她，现在来了个不让的，才知天外有天。新媳妇的口号是：她不知道爱幼，我也不必尊老。拿出是死是活的劲和她干。堂姑何曾见过这种阵仗,很快败下阵来。她这种人不降则已,一被降住就真被降住了。她置了辆电三轮,每日接送两个孙子上下学,再也不能够窝在沙发上指挥得别人团团转。饶是这样,媳妇仍不喜欢,瞪大双眼挑她的毛病,逮住她偏向亲孙子,惊天动地地闹。

　　堂姑太想有个地方吐吐苦水。闺女结婚后,她多少年不来往,此时想起闺女,就带两个孙子去串亲戚。她一五一十对闺女倒苦水,痛诉现在这个媳妇泼辣,老泪纵横。定期来闺女家成了她的精神寄托,隔段时间不来,憋得全身要炸。她已不在乎女婿长什么胡子,只要让她登门,感激涕零。她坐在沙发上,脖子频频朝窗外扭,眼频频朝窗外看,生怕后孙子突然蹿进屋里。这小子带着他妈的彪劲,一不如意就冲她大吼大叫。

　　为图清净,她懒得回家,送了孩子就在街上逛。她从前很少逛街,现在什么店都进。逛电器店,看了冰箱看空调,打开冰箱门数数几层格子,与家里那个比好还是不好。又问空调多大匹,能带动几间屋子。逛罢电器店,又逛首饰店,试戴几个便宜镯子,挑几处毛病,撂下走人。一日逛到新开的皮草店,进去一件一件地看。她早想买个貂儿穿,以前是舍不得,现在是不敢,打死她也不敢穿个貂儿在媳妇前头晃。她叹着气,这辈子是甭想穿貂儿了。偶一抬头,进来个贵气十足的年轻女人,十分眼熟。再一打量,不就是让她轰出去的那个儿媳嘛。她掉过身子掏出大口罩,一戴,又把帽子朝下揪揪,垂下头,从一排皮草间穿出去,溜了。

## 堂姑8号

这个堂姑天生俊俏。看过她的脸你才会知道什么叫精雕细刻。可惜，瞎了只眼，自己不小心戳瞎的。

这得从她七岁那年说起。那时刚兴织毛衣，村里女人都织，田间地头歇息时也杵几针。织针用筷子削成，舍不得用筷子就把废竹板破开，慢慢削成针。堂姑还小，削不成针，就直接用筷子，她找出一条棉线，坐门槛上起针，起得有模有样。正起针呢，一头驴奔进院子。这头驴来得实在蹊跷，不知从哪里跑来，也不知谁家的，在院里尥了几圈，又跑了。驴一进院堂姑就吓坏了，她想躲到屋里，却栽了个跟头，筷子扎进了眼球。这事怨不得谁，要怨只能怨那头莫名其妙的驴。她的左眼就这么瞎了。

本来，以堂姑的长相，怎么也得嫁到城里。那时村里姑娘做梦都想嫁个商品粮，商品粮嫁不成，城关四铺也可以，姿色是她们唯一的筹码。堂姑一只眼这样，不但入城无望，连村里的殷实人家也甭想。人们在残疾人圈里给她琢磨，介绍的不是缺胳膊少腿，就是聋子哑巴。她自视甚高，深恨媒人有眼无珠，忽略她的美。就算左眼有毛病，可右眼还好好的呢，脸和身段也好好的呢，凭什么只看这只左眼？堂姑觉得，就算自己瞎了只眼，也比别的姑娘高一大截，她们能嫁正常人，偏我不能？她不信这个邪，也从不因自己眼有问题就破罐破摔。

她嫁了个很穷的丈夫。这位堂姑夫老实憨厚，一心为家，对她有求必应。堂姑婚后收拾得更摩登，什么时兴穿什么，从不甘人后，出门墨镜一戴，袅袅娜娜在路上走，不知情者以为她是明星。有个外村男子深为她的背影倾倒，一路追踪，见她进了一处又老又破的房子，向路口老太太打听。老太太一听就知道他问谁，嘿嘿嘿嘿笑了。这种事多了，堂姑只要出门，必定盛妆，就算是去十字街口打酱油，也是一丝不苟。她像朵鲜花，只要出门，就会有蜜蜂跟来。堂姑夫管别的可以，独独不能管她打扮，他一管，堂姑就寻死觅活。别以为她是说说而已，真干得出来。新婚不久她要一双猪皮高勒鞋，堂姑夫皱眉说了几句，她就走到杂货屋往梁上抛了根绳子，上吊了。幸亏堂姑夫来屋里找东西，救下了她，要不真没命了。有此一闹，堂姑夫勒紧裤腰带，节衣缩食也让她打扮。

他们有个儿子，儿子长到二十，说了个媳妇。相亲那天，女方来了许多人。这些人看到有个四十余岁的女人分外招展，戴着墨镜，隔一个小时就换身衣裳，时而裙，时而裤，时而红，时而蓝，头发也是时而盘起，时而披下。女方家只听说堂姑一只眼，却不知这个就是。他们悄悄打听，打听清楚后心里开始犯嘀咕，觉得她不像正常人。回家之后就退亲，媒人白忙一场，劳而无功，十分生气，于是和堂姑夫商量，再相亲不让堂姑参加，省得她又搅黄。

但哄走她不是易事。她这半生，局限在村里，就盼有个什么场合大放异彩。到别人家做客，只能穿一身衣裳，不能尽兴，好容易儿子有喜，正是露脸的时候，怎么肯错过。堂姑夫去找丈母娘商量，约定再相亲，丈母娘就装病，把堂姑叫回来，缠住她，不放她回。这么着，儿子的婚事才成了。

堂姑当了婆婆，打扮的兴致丝毫不减，并且越穿越艳。少要稳当，老要张狂，年轻人穿浅色深色没事，有大好的青春在那儿顶着，就算披个破麻袋片也好看。人一老就不行了，得衣裳给人提气，亮衣裳才衬得人年轻。堂姑大刀阔斧，淘汰了一批旧衣，又要购进新衣。堂姑夫十分为难，儿子刚刚结婚，家里大窟窿小账，哪有闲钱让她挥霍。见他抽筋，堂姑故技重演，又要寻死觅活。媳妇抱着孩子走过来，质问堂姑："我说，天底下有你这样的婆婆不？可着村子找找有你这样的不？这么大岁数，你花红柳绿给谁看？张口衣裳闭口衣裳，你光着呢？给我们留点儿脸吧，都看你笑话呢。"堂姑横在床上，"嗷"一声昏过去了。

她躺了三天，反反复复咂摸媳妇这几句话，也知道自己过分，但回顾这一生，只有衣裳是活下去的支撑。以后有这么个厉害媳妇管着，怕是不能遂心如意，那活着还有什么意思。她爬起来，开着灯，对镜自照，四十五的人了，皮肤还这么白，这么嫩，眼角也没皱纹，白头发也不多，只有这只左眼，灰茫茫的暗淡无光。她叹口气，扣上镜子，打扮起来，穿上新买不久的长款银灰羽绒服，蹬上朱红的牛皮小靴，开门出去，进了南屋。

南屋有台织毯机，梁高二米。堂姑在这机上织过几年毯子，她手巧，织出的毯子又密又厚，每条都列为一等，织毯子衰下去之后，机子舍不得卖，就这么放着，已是铁锈斑斑。她往梁上扔了条索子，踩着凳子挽个活扣，向下扽扽，义无反顾把头探进，踢开了凳子。

正是后半夜，猫不喵，狗不汪，人睡得正酣。只有月亮，缓缓向西，缓缓变白。

# 堂姑9号

这个堂姑长得白，白得透明。她从小就好无缘无故地哭，也没谁招惹她，就大泪小泪地啼，那泪一抹一甩，泪花四溅。这很招人烦，动不动泪珠子摔八瓣，受多大冤屈似的。她也说不出原因，就是心里戚戚得慌，哭一哭舒坦点儿。

嫁人之后，她成了受气包。也不怪她受气，东西常毁在她手里。别人使着没事，轮到她使，就坏了。似乎这些用具早就想坏，只是不好坏在别人手里，就等她来使，好粘住她。像灯绳，用了多少年，这个拉那个拉，百事没有，她一拉，叭，齐根断。洗脚的木盆，这个洗那个洗，多少年都好好的，她才把脚放入，底儿掉了，那水哗地流了满屋。这样的事总发生，堂姑夫十分生气，觉得她故意败家。堂姑也想剖白，但事实胜于雄辩，东西就是不早也不晚坏她手里了，这可怎么说？何况她生来口才不好，也顶不住堂姑夫咄咄逼人的进攻，只好受屈。有回她摔了个碗，堂姑夫大怒，问她这是不想好好过年了咋的。堂姑鼓起勇气，说，谁不打碗呢，一个碗又不值多少，又不是故意的。堂姑夫把桌上的碗朝下一拂，这碗在空中翻个身，扣到地上，陀螺似的摆扑，咔嗒咔嗒响一会儿，不动了，安然无恙。堂姑夫鼓起双目，直问到她鼻子底下："这又怎么说？"堂姑无言以对，再狡辩就是找揍了。堂姑夫已揍过她好几回，插上门揍，谁叫也不开。

她也回娘家诉苦。鉴于她从小就爱哭，谁都没拿这诉苦当回事。她娘说，庄户人家，置个东西不易，被她弄坏，打一顿也不为过，反正他不肯打坏你，打坏他还伺候呢，也不肯打死你，打死他还兑命呢。她嫂子不同意，凡东西就有个坏的时候，只要用它，不是坏在这人手上就是坏在那人手上，没人用它，自己还坏呢，谁也不是经心让它坏，凭什么挨打？打就死给他看。这嫂子说话直，无意中给她支了一招儿。

这年打场，堂姑使叉子挑花秸，正挑，叉子突然离柄而出，嗖地飞走了。堂姑夫两只大眼虎虎地看她，看得她胆战心惊，赶紧找。那叉子已飞进花秸堆内，一时找不着，令她绝望。一不做二不休，叉子不找了，直接回家，边走边琢磨怎么死给堂姑夫看。她想了几种死法，想来想去还是喝药，一气灌一瓶，一下子过去，不受罪。行至村北，她买瓶百草枯，走回院子，拧开盖就灌了下去，嘴里嗓子里顿时火烧火燎。她快意地把空瓶子一扔，挣扎着往屋里走，没进屋就犯起恶心，坐在门槛上呕吐不止。她突然清醒了，这干的什么蠢事啊？孩子还小，怎么能撒手不管呢？她流着泪挣扎到水缸边，摸着瓢舀水喝，嘴角流出许多涎，哼着倒下了。

当然没救活，百草枯剧毒，神仙也没法。她这一死引发出一场流传至今的征伐，娘家全部出动，合族无论大小，浩浩荡荡直扑婆家，上去摁住堂姑夫，一顿死揍，绳子捆了摁在灵前。又抄起家伙挨屋砸，砸到无可砸，女人们放声长哭，哭一阵骂一阵，以嫂子为首的几个至亲时不时朝堂姑夫头上脸上挠几把，把堂姑夫折腾得一佛出世二佛升天。同来的还有堂姑的两个亲姐夫，这俩人初时激于义愤，也砸也打，见挑担儿被折腾得够呛，未免兔死狐悲，溜了。

娘家不让出殡，就这么放着，在尸体上盖了七条新被子。正是夏天，尸体迅速膨胀，先是肚子鼓起，随后无一处不胀大，同时散出阵阵恶臭。大队干部前来说和，人已死，入土为安，别折腾了。娘家人不，就这么耗他们，一天不埋，就糟他一天的钱，糟死他。堂姑从嫁来没得过一天好，天天挨打受气，命都送了，多放一放，让十里八乡都知道她死得屈。堂姑夫跪在灵前，人瘦毛长，面目憔悴，任人折磨，死了似的。他万没想到堂姑会来这么一手。

放到第六天，尸体开始朝下滴水，臭气让风一吹，半个村子都能闻见。附近的人们受不住，有亲的投亲，有友的靠友，跑了。驻扎在此的娘家人也被熏得待不住，都往灵棚远的地方躲。大队干部戴着加厚的棉口罩又来说和，娘家人就坡下驴，这才同意烧人。都实在受不了这股味了。

这场征伐彻底摧垮了堂姑夫，他再没娶妻，一直光棍。我们这边的人说：他还想娶媳妇？谁肯嫁他？做梦吧他！人们提起堂姑夫，总是想起堂姑，想起长达七天的停灵。她死那年，成为族里的重大纪年。

## 堂姑 10 号

这个堂姑早年守寡，待两个儿子结过婚，又替他们带大孩子，想改嫁。

人们不理解，家中大事已了，最难的时候都挺过来了，不愁吃不愁穿，怎么想改嫁了？最生气的是两个儿子，问她为什么非让儿子们顶上不孝的名。明摆着，她这么一弄先让人想到是儿子不孝，才在家待不住。事实当然不是这样，堂姑的养老早已讲好，与小儿同院，大儿那边有她两间南屋放杂物。等到做不动，两个儿子就轮流照顾。分单上早已写清，白纸黑字，摁着指印。妇人改嫁原因无非那么几个，不是太年轻守不住，就是孩子多家里穷，或儿子不孝。再没别的。堂姑这三样全不占，人们不由往那方面想：春心不老哪！三十如狼四十如虎，五十犹能坐地吸土，说的就是她。

堂姑外表柔弱，内心刚硬。她认准的事，九头牛也拉不回。她放出改嫁的风，还真有人给介绍，说是城里有个退休老工人，想找个勤快的老伴儿，特意指出，想找村里不太老又干净的。堂姑合乎条件，讲好扯结婚证，是合法夫妻。死后嘛，各归各家，与先老伴儿埋一处。财产嘛，堂姑是分文没有，老工人的钱两人同花。一切看来都很美满，就是俩儿子百般阻拦。

大儿说，堂姑若非要走啊，出了这门回来难。堂姑不惧恐吓，依然走。小儿子来硬的，从怀里掏出把尖刀，抬起右脚踏上板凳，把刀子朝大腿外侧一插，那血顺刀往下滴。堂姑更不吃这套。这小儿子虽说有点癔症，堂姑知道他使不出来。俩儿子黔驴技穷，无招可想，只好任她嫁了。

乡亲去城里有见过堂姑的，见她气色与打扮与村里已很不相同，说她亏了拿定主意朝前走，看，享福了吧？若不往前走，也不过是给儿子们当牛做马，老了两家轮流吃饭，死掉拉倒。村里另一个五十多岁的寡妇也心动起来，托堂姑在城里替她踅摸个合适的，也向前走一走。这寡妇叫瑞莲，长得白净，也能干。堂姑让老工人打听，老工人想了想，他市里有个亲戚，是个退休老干部，想找个保姆，那种既做家务也能给他安慰的保姆。瑞莲忸怩一番，见了，彼此满意，就收拾衣物与老干部同居了。

儿子们对堂姑已绝望，两个媳妇都生二胎，没人带，提起她一肚子火。谁想一年刚过堂姑就回来了，她无颜进门，坐在门口捣衣石上默默垂泪。小儿子清早开门，看见她，大吃一惊，赶紧让进门，又叫过老大，同问怎么回事。原来堂姑嫁过去日子并不好过，那边的孩子们盯着老工人的退休金，频频在老头儿耳边吹风下蛊，说堂姑私自藏钱。下蛊多了，老头儿待

·37·

堂姑不似从前。恰巧他丢了个一万的存折，疑心堂姑拿了，叫得满世界知道。儿女也来助阵，轰堂姑，要往法院告。堂姑无处存身，只好收拾随身衣物来找儿子。她这几件衣裳还是在好几个人的监视下逐件抖落了抖落才让带回。

俩儿子大怒，叫上几个堂兄弟，租车去城里理论，让老头儿拿出证据，凭什么说堂姑偷钱。老头儿没证据，大儿子说："没证据怎么说偷？我还说你自己藏起来诬陷人呢，老东西，不看你岁数大了非揍你，一肚子坏水。"小儿子骂骂咧咧，掏出刀子向桌上使劲儿一插，刀把子忽忽悠悠。双方撕破脸面，各拉着自己老人在民政局会齐，办了离婚。

堂姑的再嫁沸沸扬扬开始，轰轰烈烈结束。她回到村里，依然与小儿子同院，杂物放大儿南屋。人们说，看，还是亲儿子指得上，半路夫妻毕竟半路，比不得原装。但堂姑运气不好，不代表别人运气差，像那个叫瑞莲的，才伺候老干部半年，喜欢得老头儿已向她求婚。这老头挺浪漫，穿上白西服配上红领带，捧着束花，单腿下跪，说："莲，嫁给我吧。"嫁他之后，老头儿挺大方，向儿女打了声招呼，把一套房子给她了。

# 堂姑 11 号

　　这个堂姑四十上守寡，立志不嫁。多少人劝她前走一步，还不大呢，何必受这苦。街上一个八十岁的老太太亲身前来说法，她十九出嫁，二十守寡，一守六十多年，很有话说。她说二十到三十这十年，还不觉得苦，一过三十就不好熬了，天天夜里睡不着，半夜起来绕着院里的大香椿转趟趟儿，地面都磨出一圈沟。熬到四十岁，总觉得周身发冷，那冷气儿从骨头缝里缕缕朝外冒，裹几个被子也暖和不过来。闺女啊，你还年幼，年幼幼的受这苦干什么？趁年轻找个合适的，嫁了吧。老太太语重心长，深为一生虚度而后悔。堂姑不听，舍不得四个孩子受屈。

　　又有人劝她，别犯傻啦，四个孩子哪，大的才十七，小的八岁，靠她一人拉扯，太难。正好趁此招一个，好好让他拉套，把孩子们拉扯大，合不来再让他走。堂姑也不听，怕孩子们不乐意。于是带着孩子过，四个全是丫头，她想从里头挑一个留在家里，招个上门女婿，也好老来有靠。

　　老大已十七，很快就说亲，堂姑问她可愿意留在家里，老大很痛快地说不，才不受这个夹瘪气，嫁就嫁到外村，哪怕一里二里，也是外村。只好给她找外村婆家，说了个在市里批发鞋的，很快娶了。老二念书不错，一帆风顺考了大学，更指不上。待到老三成人，堂姑又问她可愿意留在家里，若愿意，所有东西全给她。三丫头问：都有什么东西？堂姑不吭声，放眼望望，除了四间平房，别无所有。自从堂姑夫去世，她拼命苦干，也就混个温饱，还得指着老大接济。老三生怕留在家里，自己谈了个，飞快嫁了。余下老四，已十八。

老四也已掂量清楚，破家一个，要什么没什么，老大老二老三都不肯留，她更不肯。老四劝堂姑招一个，才五十，招也招得上，有人守着她，孩子们也放心。堂姑不肯，十年都熬过来了，总不能落个晚节不保，让人笑话。

待老四出嫁，只余堂姑一人，冷冷清清度日，孤孤单单过活。她这岁数，已没人再来劝她往前走，以为她已槁木死灰，心如古井。从前还有男的打她主意，见她坚如磐石，屡屡碰壁，也都不再撩拨她。

这年秋天，一个夜里，堂姑正睡，忽然听到咣咣的拍门声，门外两个人高一声低一声地唤她："嫂子，开门来！喝口水！"她心惊肉跳，缩在被窝里支起耳朵再听，原来是两个醉鬼，不知在哪里喝醉，敲她门来了。就听两个在外头说话，一个说："走吧走吧，借不着水了。"另一个不肯："再敲敲嘛，她个寡妇轴什么梗！"拍门声又起，夹着脚踹。堂姑又怕又气，手脚冰凉。好容易听他们走了，再也睡不下，裹着被子坐到天明。天明就叫四个丫头和女婿回来，替她出气，又叫上妯娌和小叔子，也去助阵，不能这么受欺负。

妯娌觉得这事不对，寡妇夜里让拍门子已很丢人，再兴师动众去出气，越闹越大，更丢人。堂姑不听。妯娌见势不妙，扯了个借口前去报信，省得打坏人家闹得更大。两个醉鬼一在村东一在村西，她一溜小跑，先去村东这家，这个醉鬼还没醒透，早忘了夜里的事，听说让躲躲，梗着脖子说："躲什么？我又没怎么着她。"家里劝他好汉不吃眼前亏，才很不情愿地爬起来去了邻家。村西那醉鬼已醒透，闻言大怒，大开门户，让他媳妇横在床上，人一进屋就大喊大叫，骂他们私入民宅，讹他一笔。这媳妇半彪子，自己又加了点儿戏，不但大喊大叫，还把褂子扒下，说非礼她了。一伙人打狼似的去，灰头土脸而回。还没到家，满村子已在争传这件多少年不遇的稀罕事。都说堂姑唯恐人不知道她半夜让敲了门子，这种事保密还来不及，她倒大肆张扬，想立牌坊吗？也不是这么个立法啊。说不定真有什么事，怎么不拍别人门子专拍她的？苍蝇不叮没缝儿蛋哪。

堂姑冷静下来也知道干了件蠢事，无颜出门，四个丫头陪着她，劝她干脆找个人，看谁再敢半夜敲门。虽说有女儿四个，可谁不是个家呢？远水解不了近渴。有个老伴儿两人守着，孩子们也放心。她才五十四，身强体壮，长住闺女家也不是长久之计。说来说去，还是找个人最划算。堂姑不吭声，不吭声就是默许，丫头们就张罗起来，张罗了个五十岁的，住了过来。这人很勤快，就是邋遢，爱抠脚丫子，一说话就摸脚，撕脚上的烂皮。堂姑实在受不了，让他走了。于是又找，介绍了个赶大集的商人，与她同岁，俩眼挤挤着，说话唾沫星子四溅。堂姑很生气，这找的净什么人呢？能不能找个干净的、利索的、年轻的？四丫头说："妈，你也得照照镜子，看看自家什么样。"堂姑这么些年早已忽略镜子，她向镜内一照，白发半头，皱纹丛生，顿时沮丧。老三买来焗油膏，给堂姑焗了个黑发，老二送她套除皱霜，用起来。这么一捯饬，年轻十岁。这回找了个外地男子，才四十五，承德人，家里穷，从没娶过妻。成亲之后，这男子对堂姑的岁数很好奇，介绍人说四十三，看着不像，大闺女都三十多了，怎么可能她才四十三？堂姑闪闪烁烁，始终不肯给他实话。

# 堂姑 12 号

提起这个堂姑，必先说说堂姑夫。

这个堂姑夫是被她施展诡计骗到手的。媒人介绍之后，两人通信，堂姑夫觉得不合适，堂姑不依，死缠烂打，攻不下堂姑夫，转而攻他父母，甜言蜜语，外带收拾家务，哄得老两口千肯万肯，以为遇上了贤德媳妇。这时候堂姑夫在攀枝花当兵，收到父母来信，依然拒绝。忽一日他早上出营，竟然看到堂姑在营外徘徊——千里迢迢找他来了，还垂了几滴眼泪。堂姑夫心软，只好请假送她回去，途中倒车时在一家旅店住了一晚，这一晚堂姑夫说守身如玉，堂姑却不这么说，一个月后声称自己怀孕，要他回来结婚。不结就去军队告他。

堂姑夫懵懵懂懂，只记得那晚为解忧愁确实喝了点儿小酒，酒壮英雄胆，搂了搂堂姑，不记得上床。但堂姑一口咬定孩子是他的，他不能自证清白，只好请假结婚。家里已什么都备好，就等他回来拜堂，先拜了再说，证儿晚几天扯没关系。婚后三天堂姑拍着肚子哈哈大笑，承认诓了他："你个傻东西！一骗就信，哪那么现成，说怀就怀？"堂姑夫一怒，婚假都没歇够,打道回营。

这位堂姑脾气很大,既暴又烈,极其自私。说到这里,不得不说说她母亲,老太太更泼辣,欺压了丈夫一辈子,一不如意高声怒骂,大庭广众之下也不忌讳。堂姑与其母一脉相承,不但如数继承,还变本加厉,动不动举切菜刀,要宰这个宰那个。至于说她为什么盯紧堂姑夫,只能说女人的本能,她敏感地嗅到堂姑夫是她的菜,也深知以自己的长相、脾气,没人肯要。堂姑夫心软,又犹豫,被她钻个空子,套上了。

婚后她真怀上了,是个男胎。堂姑夫三代单传,得了这个男孩儿如获至宝,一腔怒气烟消云散,立马回来,这就去办证。堂姑母以子贵,气焰更高,也不必藏着掖着了,本性彻底暴露。她扯嗓子骂大街,摔砸东西,战斗力超强。堂姑夫自生来没见过这种阵仗,气得肝疼,假没歇够又走了,写信来要离婚。

堂姑的娘支招儿:不离,抓紧孩子,孩子是他家命根子,只要有这孩子,早晚他得回,耗他。堂姑夫还真是稀罕这孩子,想到孩子就心软。这么拖延了六年,他终于决定,不轴了,回家,转业。为了儿子,死也愿意。于是办了转业。转业之后才是他灾难的真正开始,堂姑憋了这么几年,怨气终于有了出处,想尽办法消遣他。堂姑夫起初还和她对着干,想拗下她这股劲,很快发现根本不是对手。骂,骂不过,打嘛,比不上她敢拼命,好几回被她举刀追砍,不是跑得快,背上得添几条大口子。于是不再吭气,任她叫阵,只以沉默相对。堂姑也不是一无是处，她火气上来如魔附身，火气一落风平浪静，正是俗话说的"猫脸狗屁股"。发泄完毕，她有了心情，开始撩拨："哟！哟！哟！小气鬼，还生气呢？我都没事儿了你还气？纯爷们儿不？"堂姑夫愤怒抬头，堂姑又逗，"傻样儿！挨了打的狗似的，至于吗？想吃什么？我给你做。"挽袖子洗手，下厨做羹汤。

堂姑夫想方设法让自己不生气，晨起念二十遍"我不气"，睡前再念二十遍"般若波罗蜜"，又练太极，调整了几年，心境大为平和，能笑看风云了。老丈人与他命运相同，常来他这里避难，爷俩儿挺说得来，弄点儿小菜喝个酒，喝到微醺，老丈人说："你就不该回来。我是没地方去，我要是当兵，老死在军队上。守这么个母大虫，少活多少年哪。"说完知心话，端起架子训堂姑："我说淑贞，你和你妈啊，咕嘟咕嘟一个味儿，都不是个物儿。有人要就不错了，什么玩意儿？"堂姑高兴了也听听，赶上不高兴，很不客气："您这是箔帚疙瘩戴帽子，充什么人哪？有本事冲我妈使去。我倒是想不发脾气，可她遗传给我了，哪憋得住？我要是管得了自己，还用你说呀？"

佛经上说这是前世因缘，上辈子欠下的，欠多少还多少，总有还完的时候。堂姑夫彻底想开了，共同生活这么些年，堂姑再不是玩意儿，也成了他的一部分，肉里扎根刺，拔不出来，还能长成个肉刺呢。他已习惯堂姑的吼叫，几天不听吼像是少点儿什么，吼叫一通他倒放心了，坦然了。他也不打算活大岁数，趁着还不老，多挣些钱，助儿子一臂之力，等到年老，最好得个急病，干脆利索地解脱。

谁想堂姑走在了他前头。她火山喷发似的喷了这么久，对自己伤害也不轻。先是脑血管爆裂，躺在床上动不得，随后重症肌无力，眼珠上吊，丧失了吞咽能力，全靠鼻饲。堂姑夫尽心尽力地伺候，想到年轻时多少年不回家，很内疚。还是自己没出息，这么多年都消不下她的火。要是她没嫁自己，嫁给个心量宽大又能说会哄的人，也许会多活几年。他忧伤地看着堂姑受罪，痛苦地发现，原来一直盼她闭嘴，可闭了嘴，为什么自己这么难受？

拖了仨月，堂姑骨瘦如柴，皮之下就是骨头，一点儿脂肪都没有。回光返照时，她清醒了十几秒，眼珠子慢慢上轮、下轮，像在找什么。堂姑夫凑上去问："想看谁？"堂姑停止转动，拼尽全身之力，哼出几个字："滚妈蛋……"别人不知道她是骂人，以为留遗言。堂姑夫听清了，长出一口气：欠她的终于还完了。

# 堂姑 13 号

这个堂姑长相一般，很现实地挑了位长相不如她的对象。婚后两人相得，你不嫌我一般，我也不嫌你丑，夫唱妇随，十分和谐。堂姑每次回娘家，就炫耀俩人多么好，说不过三句就夸夫，张口"长德"闭口"长德"，点评个什么都是"长德说过"。姐妹们开始图稀罕，还愿意听，听多了烦，又堵不住她的嘴，只好忍耐，背地里表不满。一个堂姑说："长德那脏样子，也就淑琳当个宝儿，换我啊，他从一千里地外一步一头磕了来，我也不稀罕。那丑样，看着就恶心。胖脸滴溜到肩上，小眼抠抠着，厚嘴噘噘着，整个供桌上的猪头。"

也不怪堂姑说嘴，堂姑夫很能挣，包工发了大财。别人还在苦苦奋斗，她已衣锦披金，搬到城里住了。都说她命好，会相人，看，找了个好老头子吧？粗柳簸箕细柳斗，世上谁嫌男儿丑，有钱遮百丑，无钱嘛，难倒英雄汉，个大爷们儿瑟缩着，冻坏了的小鸡似的，要多难看有多难看。

堂姑走了三十年好运，这三十年万事皆顺，她每天不过是存钱、打麻将，兴起广场舞后，又天天跳广场舞，从来不知忧

· 47 ·

愁为何物。五十岁上,她突然发现堂姑夫有外遇。其实早就有,她不过是刚发现。这外遇很年轻,开着化妆品店。堂姑全身的细胞都调动起来,停了麻将,罢了舞蹈,全心全意投入侦查,很快摸清,这店是堂姑夫投的资,二人已来往好几年,半个县城都知道。探明情况,堂姑集中火力开炮,怒骂堂姑夫不知羞耻,弄个靠头不藏起来,还放到显眼之处。堂姑夫不和她吵,直接上拳头,要么闭嘴,要么滚蛋。堂姑头一回挨揍,清醒了,才知道男女相打根本就不是一个重量级,她躺床上养了几天,换个策略,爬起来去找靠头。

靠头年纪不大经验一把,也不把堂姑当外人,详述与堂姑夫交往经过,明确指出,她既不是堂姑夫的第一个相好,也不会是最后一个,男的就这样,有钱都乱找,你就算拿掉我,还有后来人。"大姐,安安分分做你的大老婆吧,把钱看好,别找气了,有本事把自己捯饬捯饬,留住他。"靠头说到这里,把堂姑从头至脚瞅一遍,瞅得堂姑顿矮三分。她向镜内一瞥,瞥见个胖大妈,暄腾得像刚出锅的大卷子,立刻自惭形秽。这一趟没说走靠头,却也不虚此行,知道自己朝哪个方向努力了。

她回家检点一番存折,底气大增。又检点金货,挑出几样不时兴的,拿到银楼换个新样。又去美容院包了三个套盒,做脸做眼做全身,折腾起来。才折腾一个月,还没见效,又一个灾祸冒出,大便见血,血流不止。去省里查,各种仪器照罢,查不出毛病,但肯定是肚子里的事,只能打开肚子找病因。堂姑夫不拿主意，万一手术失败赖不着他。堂姑想到娘家人，把两对哥嫂叫来，商量商量。哥嫂们听说要剖腹找病，太吓人，也不敢替她拿主意。大哥说："不做肯定是个死，做了就有希望，这主意你自己拿。你若好了，万事皆休，若好不了，我们便宜不了他。你这病就是气出来的，放心，饶不了他。"堂姑哭哭啼啼，取出两个戒指，两个嫂子各一个，回去替她找巫婆烧个香，保佑闯过大灾。

又把儿子儿媳叫回，一一交代家底子，好让他们心里有数，万一自己没挺过来，立马去银行转存。交代清楚，堂姑上了手术台。医生护士叮叮当当准备器械，堂姑等得不耐烦，默哼了一遍《大海航行靠舵手》，哼完还不手术，忍不住了，大声说："我说，给你们唱个歌儿怎么样？"一个医生走过来，笑了："对，就这么放松。"堂姑气沉丹田，顿喉开嗓："啊——牡丹……"一句未了，扣过来个面罩，昏迷了。

住院二十天，堂姑夫衣不解带，瘦了一圈。念在他尽力伺候的分儿上，堂姑不再与他正面交锋，转而嘱咐儿子："儿啊，你们祈祷我多活几年吧，有我一日在，他就不能娶别人。娶了别人，这房啊、钱啊，全折腾光，没你们一分。哪怕我成植物人，只要有一口气，就能替你们保住这些。我就是钱，好好孝敬我吧，该你们出力了。"儿子犹可，儿媳见到丰厚的存款之后不由不动火，立刻投入保卫财产之战，叫上亲姐亲妹，寻到店里，来了顿打砸抢，洋洋而回。堂姑夫一气一个死，不好和儿媳叫阵，转而挑衅儿子，挥着火钳又打又轰，要断绝父子关系。十天之后,他突然失踪,靠头也关了店,不知去向。堂姑让儿子快去银行查存款,一查才知,钱全被转走了,留给她的,就是一盒子首饰。

堂姑把首饰全戴上,十个戒指,三条手链,四条项链。她窝在家里,足不出户,频频对着儿子两口儿摸首饰,暗示他们:好好孝敬我吧,将来全是你们的。

# 堂姑 14 号

　　这个堂姑名字很好听：淑月。只是名与人不符，与"月"半点儿边不沾。她脸扁，扁脸上两只小眼，肉乎乎的小圆鼻子，嘴长得还行。身材嘛，四四方方，敦敦实实。堂姑夫也好不到哪里，全身粉红，像刚从蒸锅里出来。两人这辈子离了复，复了离，净折腾了。

　　堂姑老怀疑堂姑夫外头有人，她捕风捉影，到处侦查。夜深时爬起来一件一件闻堂姑夫的衣裳，闻闻是不是有生人味。她鼻子也不知怎么长的，还真能闻出点儿什么。但这点儿什么也不过是堂姑夫去商店买东西碰到个女售货员，理发碰上个女理发师，坐车挨着个女乘客。堂姑闻到生人味，大加想象，拼命夸张，说堂姑夫天天在外找女人，各式各样都找。她又恨又气，大吵大闹，堂姑夫只好与她分床而睡。她追到另一屋，理直气壮地把被子抱走，把她做的铺盖都搬走，想逼着堂姑夫回她床上。堂姑夫搬到单位，与她正式分居，同时上诉法院，要求离婚。分居三年，离了。

　　离了之后堂姑不再疑神疑鬼，又不是我的人了，管他干什么，爱和谁好和谁好。其实她这人还是有很多优点的，除了丑，她朴实善良，会做饭，肯吃苦，抚养孩子尽心尽力。离婚之后堂姑夫回家看孩子，两人倒能坐下来说个家常了。离婚一年，男不另娶女不另嫁，不知怎么一来，两人又重入帏帐，复婚了。

复婚后堂姑疑心又起，变本加厉。她怀疑堂姑夫和一个同事有事，看俩人眉来眼去，越看越像。正巧堂姑夫带她赴婚宴，与那女同事共坐一桌。堂姑俩眼探照灯似的，从女同事移到堂姑夫，又从堂姑夫移到女同事，女同事坐不住，要走。这一走更印证了堂姑想象，她抓到现行似的，一立而起："别走！有脸做就有胆承认。你凭什么勾引老张？当着大伙说清楚！别走，你说清楚！"女同事双眼倒竖，指着她鼻子骂起来："就你家老张，剥了皮的猪一样，才出窝的老鼠似的，谁看得上？你们就是磕头下跪，我也不想看他一眼，别恶心我了！"堂姑目瞪口呆，恨不得找个地缝钻进去。堂姑夫大受其辱，离婚。堂姑找单位找领导，搬老辈子，都不行。堂姑夫又搬出去，起诉，分居三年，又离了。

堂姑讲了个条件，离婚不离家。她哭哭啼啼，生是张家人，死是张家鬼，随他娶谁，她是不另找了，就守着孩子。堂姑夫允了，两人又开始和平共处。逢年过节堂姑夫回家，一家人也其乐融融。待儿子长大，堂姑夫为儿子考虑，复婚吧，说起来是个正常家庭，别误了孩子终身大事。于是复婚。堂姑夫一同事送他两句：红绡帐内，原样搬出旧宝贝。臊了臊他。

这回复了之后，堂姑不再搞侦查。她岁数渐长，也受不住寒夜踏霜蹑履追踪了，还是动嘴皮子方便。她楼上楼下地串，坐到人家，拿出把沙发坐穿的劲儿，分析堂姑夫在外头到底是有人还是没人。从他下班说起，一个眼神，一句话，都大有深意。衣裳换得勤，是要讨相好的喜欢；换得不勤，是和相好闹崩了。她瞪着小眼耐心找寻蛛丝马迹，说给邻居听。渐渐整幢楼都知道别看老张样子不强，花心得很，相好处处都是。堂姑夫初时不觉得，慢慢感到一出门许多眼睛盯他，如芒在背，就知道堂姑老毛病又犯了，偷着臭摆他。他也不声张，堂姑前脚上楼，他后脚也上楼，站在门外悄悄听，偷听了三次，每回都听到堂姑慢条斯理分析奸情。他忍无可忍，收拾衣物走了，这回走得绝，离清之后找了个老伴儿，彻底甩开堂姑。

楼上烦透了堂姑，听她敲门不给开，任她敲。楼下倒是开，开了不给好脸儿。都躲她，听她慢念就烦。

儿子和媳妇也远远搬了，堂姑夫与后老伴儿去看儿子，走动得稠密。

堂姑没别的爱好，就爱串门。现在无门可串，就去街上闲聊，和电影院门口卖冰糕的老太太聊得挺投，两人张口闭口骂男的。这天晚上堂姑从电影院往回走，正是夏天，她穿着条宽大的人造棉裙，露着又肥又白的脖子。走到一条小胡同，突然有人从后边跑来，往堂姑脖子上扎扎实实地摸了两把，跑了。

· 53 ·

堂姑如遭雷劈,回家把脖子洗了又洗搓了又搓。躺到床上之后,手却直摸那脖子,觉得脖子和从前不一样。她心里忽上忽下,这么说,自己并不是丑得不像样,要不怎么也受了调戏呢?她睡不着,爬起来走到穿衣镜前,看到自己除了脸和两条上臂黑,其余部分全都白而又白,可惜常年藏在里头。这回好了,终于有人看到她脖子是白的了。堂姑长叹一声,回到床上,酣然入睡。

# 堂姑 15 号

这个堂姑性子最好,长得也白净,二十岁喜欢上堂姑夫,非要跟他。堂姑夫本来唱戏,唱黑头,要嗓有嗓,要样有样。千生万旦难求一净,他若好好地唱,早混成孟广禄了,可惜不正干。但他长得真是好,古代潘安也不过这样。

堂姑一心要嫁他,家里不同意,她就抗着,私奔的事也不做,就是不见别人,介绍谁也不应。她爸爸脾气暴,擂了几拳,又扇她几巴掌,她是越打越刚,烈士似的,宁死不屈。整一年家里阴云惨淡,只好让她嫁,但有言在先,过得好与不好,不要来娘家诉苦。于是嫁了。

堂姑夫的父亲是最早的一批倒爷,若不是突发脑血栓去世,早闹大了,没他不敢倒的东西。这位堂姑夫从小出格地能闹,被他父亲吊到房梁上,鞭子蘸着水抽,抽也抽不改,就送他去学戏,让师父打他。堂姑夫在挨打中度过少年时代,待到长大翅膀硬了,来了个大爆发,扔下工作不干了。那可是多少人梦寐以求的商品粮,他说扔就扔,拍屁股走了,和几个混混儿混在一起,吃喝嫖赌,无所不为。堂姑夫女友换得勤,隔段时间往家里领一个，堂姑想嫁他，也就是剃头挑子一头热，堂姑夫和她结婚，也纯粹是一时头脑发热。

堂姑的苦难正式开始。她怀孕，脸上长出大块蝴蝶斑，这让堂姑夫十分厌烦。生出儿子后很快再怀，生了个女儿。她每天就是喂奶抱孩子，还得给堂姑夫做饭。堂姑夫招人来家里打麻将，又得支应茶水儿，手脚稍慢，挨顿臭骂。堂姑夫从不在人前给她好脸，刚与别人喜笑颜开，一转向她，立刻黑云密布，那脸能拧出水来。家里不是儿哭就是女嚷，堂姑夫嫌烦，就出去喝酒，去那种媳妇漂亮又不正干的人家，又喝又笑过一天，中间保不住和这家的媳妇来一回。他常去一个人贩子家，这人从南方贩来女人，漂亮的留下自用，厌倦了倒手卖出，再进一个。抓过他拘过他，放出来依然不改。他家常设酒场，让女人陪酒，外带卖春。堂姑夫去过之后，乐不思蜀，干脆长在这家。堂姑壮起胆子去找他，推辆小车，一对儿女在车内面对面而坐。堂姑夫正乐，见她来找怒从心头起，拳头攥得咔咔响，碍于在别人家，动武不好看，沉着脸穿鞋下炕，路上无话，一进家门，一把拖她进屋，门子一插，就听钝响声声，骇人惊悚。他娘拍着门子苦苦哀求，也不住手，打累了才停。门子开后他一蹿而出，又乐去了。堂姑身上一道伤连着一道伤，婆婆直掉眼泪，劝她："闺女啊，和这畜生离了吧。不离把命搭上了，丢下俩孩子怎么办？"堂姑哭了又哭，离了，俩孩子她都要，儿子带走，女儿先放婆婆这里。

她爸爸为照顾这不争气的闺女，提前退休让她接班。她在市里租好房子，把女儿接去，娘儿仨相依为命。堂姑夫从不来看，打扮得衣帽光鲜，走马灯似的换女人，换到一个离异的女商人，安定下来，结婚了。堂姑也找了个对象，这对象待俩孩子不好，时常骂骂咧咧，堂姑一抱怨，他变本加厉。有回又为孩子争吵，堂姑给堂姑夫打电话，电话放下不久，堂姑夫风驰电掣而来，叫开门，轻轻地捉起她对象，臭臭地揍了个半死。这顿打让堂姑扬眉吐气，她对象又恼又怒，定要离婚，离了。

女商人供堂姑夫吃喝，不供他胡来，拘管得很紧。堂姑夫年过四十，荒唐劲过去，回想起来，还是觉得堂姑对他脾性。他郁郁不乐，借酒浇愁，苍老了许多。即便这样，人堆里一站，依然十分显眼。五十上他走起背字，病了几次，越病身体越差。他老婆生意也赔，一落千丈。待他病得瘫在床上，这女人办了出国，撂下他走了。只有老母亲陪在床边，为医药费一筹莫展。病房内一好心人出主意，搞个水滴筹，替他整理了资料，又照了他躺在床上插着鼻饲的样儿，一并传到网上。

堂姑此时已退休，儿女都已婚娶，难得的清闲。闲来无事一翻手机，看到这个水滴筹，觉得照片似曾相识，再细看，这不他嘛！慌了，直奔医院，朝堂姑夫身上一扑，泪水长流："亲人哪！我那亲人！你怎么这样了啊？"堂姑夫嘴不能言目不能看耳却能听，登时精神一振，知道来了救星。

娘家都替堂姑不平。年轻时挨了那么多打，辛辛苦苦把孩子带大，没得过他一点儿好，现在却回头伺候他，图的是什么？堂姑夫现在就是个糟老头子，要身体没身体，要长相没长相，公职丢得干干净净，户口都不知落在哪里，身上分文没有，躺在床上类似木乃伊，老婆都不要他，堂姑为什么要接这个烂摊子？不但接，还帮着堂姑夫办妥离婚，把这担子结结实实搁在了自己肩上。图什么？都问她。堂姑只有三个字：我愿意。

## 堂姑 16 号

这个堂姑有沉鱼落雁之容，羞花闭月之貌，放古代绝对会选入宫里当妃子。当然入宫也未必是好事，她没有任何背景，可能会在宫斗中被赏个一丈红或干脆丧命，还不如在村子里平平静静了此一生。但她的美注定让她一生不平常，是好是坏，也由不得她说了算。长到二十岁，她就近嫁了个人，生了个儿子，这儿子像她，长大之后玉树临风，人堆中一站，鹤立鸡群。

堂姑夫有个干兄弟，弟兄们不错，胳膊不离腿，走哪里都伴着。堂姑自然也常见这干兄弟，一来二去，两人好上，不巧被堂姑夫捉个正着。干兄弟裤衩都没穿就落荒而逃，余下堂姑任人宰割。这个堂姑夫十分冲动，把妻子剥个精光，推到院外，绑在门口槐树上示众。走进胡同的人猛一看见，大吃一惊，忙退出胡同，不知这是搞什么。还是人劝着，堂姑夫才解下她，放回屋里。他是离舍不得离，忍又不愿意忍，一腔妒火烧着，想方设法折磨她。其实垂涎堂姑美色的人很多，想勾引她的人也很多，她把持来把持去，还是没把持定。这个干兄弟事后托人说和，大大出了笔钱，又在村里摇摆而行。男女偷情，向来是男的夸口女的丢丑。事发之后，娘家恨不得与堂姑撇清关系，任她挨打。倒是一位远在北京的老姑十分同情，特地寄回一信安慰："这种事多了去了，那些秘密做下的不知有多少。女人们爱拿这事嚼舌头，别理她们。要是她也受人勾引，抗住了，那么她可以笑话你。要是从来没人勾引她，她就没资格笑话你。为这事轻生不值得，大好的日子在后头……"老姑这么这么这么地说了一通，但也没指出堂姑如何才能摆脱困境。这一年堂姑挨了无数次毒打，两条胳膊依次被打折又接好。堂姑夫越打越上瘾，打人成了他唯一的消遣，渐渐觉得在家里施展不开。何况打来打去，舆论已偏向堂姑。怎么才能打得人不知鬼不觉呢？堂姑夫盯上了一人多高的棒子地，他诓骗堂姑去地里，行至地中间，摁倒她酣畅淋漓地打起来，压倒了一大片庄稼。堂姑自知难逃活命，哀求他："我不怨你，也不想连累你。打死我你还得坐牢，不如我自己了断。你放我回去，我吊死在南屋。"堂姑夫伏在地上呜呜大哭，任她爬起来自去。

堂姑趁机逃回娘家。娘家先时恨她丢人，见她挨打不闻不问，后见打得不像话，渐渐坐不住，此时见她奄奄一息，怒上心头，大骂堂姑夫是畜生。堂姑夫前来索人，娘家又骂又打，不容他进门。堂姑夫要不出人，怒气不息，想起干兄弟，抄起镐头去找后茬账，干兄弟正在家中打麻将，见他汹汹而来，逃无可逃，抓起把叉，一叉过去，在堂姑夫胸前戳了三个透明窟窿，血涌如泉，当时就没命了。干兄弟判了八年。

婆家恨极了堂姑，娘家又不能长住，堂姑无处可去，只能另嫁。这样一个引发人命的女人，当地无人敢娶。适逢一个在内蒙古开饭店的乡亲新近死了妻，回来料理丧事，见堂姑貌美，愿意娶她，于是带了同回内蒙古。娘家人长出一口气，可把她打发走了。儿子才四岁，留给婆家传宗接代，也算对得起他们。

堂姑到内蒙古之后，免不了到店内帮忙。她长得好，又天生好脾气，店里一坐就是活招牌，引来众多客人，生意十分兴隆。堂姑此时今非昔比，举止与村里时十分不同。一山西大佬在内蒙古谈生意，到店内吃饭，一见之下目眩神迷，找黑社会和饭店老板商量，给他一笔钱，由大佬把堂姑带走。饭店老板当然不肯，他拿堂姑当宝一样，岂肯为俩钱转让妻子。钱一涨再涨，从二百万涨到三百万，涨到四百万，再涨到五百万，依然说不成。这大佬一不做二不休，干脆劫人，夜深之后把堂姑从店里掏出，车上一塞，跑得影儿都不见。饭店老板告都不知告谁，找又不知去哪里找，他是个老实人，窝了一肚子火无处发泄，憋出个肝癌，一命呜呼。

娘家人听说之后，只好当她死了。一晃十五年过去，她留下的儿子十九了，他隐约知道些往事，爷奶在时禁止他提起堂姑，也不许他去姥姥家，但这儿子一直在悄悄寻母。他在网上发帖，上传了一张堂姑早年的照片，还真有人联系他，是个十五岁的中学生，说这照片与他妈妈很像。中学生确实是堂姑的

· 61 ·

儿子，与山西大佬生的，只是儿子出生不久，大佬破产，从立交桥上跳了下去。堂姑带着儿子辗转到南京，跟了一个丧偶的老将军，生活至今。

村里人很感慨，谁会想到堂姑在南京呢，还住在玄武湖畔别墅内。待到这儿子探母归来，人们更加感慨，这回好了，终于有南京的大关系了，也算朝中有人。可这关系遥而又遥，远水不解近渴。何况，堂姑除了见这儿子一面，并没给他什么好处。这儿子还是结婚之后，借助老丈人之力，才慢慢过得好起来。

## 堂姑 17 号

　　这个堂姑发育得早，十三四岁已出落得丰满艳丽，娘家怕搁在家里不安全，十九岁就让她嫁了，嫁给一户家境殷实的人家。这户人家弟兄七个，前头六个都在城里工作，堂姑夫是老七，与老母亲住在村里，日子非常滋润。他先是在大哥公司内给老总开车，婚后自己买了个大货车跑运输，赚钱得很。

　　附近村子都知道堂姑享福，她什么也不用干，天天歇着，唯一的娱乐就是打麻将，来得也不大，磨手指头打发时间而已。她天性纯真，爱大说大笑。夏夜在房上乘凉，堂姑夫喝了酒屋里屋外地找她，找不着，就叫着她的小名儿攀梯子上房，两人说话。堂姑夫醉后口齿不清，不知说了句什么，堂姑放声大笑，嘹亮高亢，直冲天际，惊得栖在梧桐上的喜鹊卧不住，飞了几圈才又落回去。邻近房上一老头也在纳凉，听到笑声心荡神驰，想起他去世已久的老婆子，一阵伤心，赶紧下房。有那些眼馋堂姑容貌的，试图兜揽她，她蒙蒙昧昧似乎全不开窍。但堂姑夫出车回来，两人屋里一钻就是半天，又说又闹，也不管是上午还是下午，全无顾忌。

她从不去地里，任那草把苗吞没，浇地收庄稼不是雇人就是找人帮忙，别人在地里挥汗如雨，她磨磨蹭蹭在厨房打下手。她想尝尝上班的滋味，堂姑夫就托人在纺织厂给她谋了个临时工，天天开车接送，没坚持一个月，觉得上班也不轻松，不去了。又闲着实在没意思，在院里弄了个大棚，买了菌种，种鲜蘑，每日钻在棚里持着喷壶浇水，干得不亦乐乎。待到鲜蘑长出，采了去集上卖，才赶了一个集就兴致索然，招呼左邻右舍采鲜蘑，白吃，很好的大棚就这么废了。她婆婆极有涵养，从不说媳妇的不是，但不说不意味着对她没意见。老太太一生节俭，见不得挥霍浪费，见他们这么过日子，眼不见为净，去大儿子家住了一个月。临行把她心爱的白猫托给堂姑，堂姑忙着打麻将，把猫关在空屋，忘得一干二净。那猫上蹿下跳，跳到一根横在墙间的绳子上，左扭右绞，把自己勒死了。老太太回来找猫，堂姑也跟着找，找到空屋，看到悬在空中面目狰狞的死猫，吓坏了。老太太一气之下又走了，这回去二儿子家。从此之后就在六个儿子家轮住，懒得看她。

堂姑夫爱喝酒，他应着好喝的名儿，酒场上不能辜负。跑车不行后，他借酒浇愁，每天都喝，昨天的酒还没醒透，今天又继续。堂姑等他回来，大冬天的，往他身上涂清凉油，涂上油又给他扇扇子。堂姑夫酒后燥热，巴不得这么凉快凉快，他光膀子盘腿而坐，面带微笑。见他舒服，堂姑又拿被子捂他，左一层右一层，捂得他大汗淋漓。任她折腾，堂姑夫就是微笑，傻了似的。他醉了既不吵也不闹，就是微微笑。堂姑无可奈何，只好随他去。他还爱赌，从前出车回来，家还没回，早有几个赌棍憋着要赢他，就在路边顶起骨牌，输个差不多，才往家走。现在无钱可赌，就站在旁边看人赌，一看大半天，过眼瘾。

堂姑当婆婆时，才四十二。此时堂姑夫一天一个醉，儿子在外打工，新媳妇又矜持着，堂姑只好抖擞精神，把租出去的地收回来，又绞尽脑汁挣零花。待孙子出生，又得带孩子，忙得脚打后脑勺，没个歇息的时候。她头发大把脱落，脱的部位很奇特，既不是前头也不是耳旁，而是后脑勺，脱得露出头皮，但有上面的头发覆着，一点儿也看不出，依然一头黑亮。

儿子很生堂姑夫的气，家里都这样穷了还喝喝喝，不给他好脸子，父子俩很僵。有回堂姑夫醉后回家，孙子扑上来让他抱，他喝了一声："滚蛋！"媳妇听见，恼了，抱起孩子回娘家。儿子不见妻子，去丈人家找，问明之后怒火万丈，旋风似的回来，冲进屋里，把堂姑夫从床上揪起，咣咣两拳，险些打断他肋骨。这两拳让他有所收敛，养了一个月，分家，与堂姑搬出去，住到了老太太的房子里。

自老太太去世，这房子漏雨灌风，蝙蝠吊在梁上，老鼠四处打洞，窗户门子走形得厉害。他们拾掇拾掇，住进来。不久，堂姑夫给栓住了，他捶胸号啕，不甘心就这么躺在床上。儿子为他请来个很出名的老医生，开了剂猛药，把血栓冲没了。堂姑夫下了狠心，每天清晨去村西路上散步，一散七八里，恢复得挺快。他动了从政的心，想弄个村干部当当，村子虽小，搂钱之处却不少，地啊、树啊、厂子啊，全是钱。六个哥哥虽已退休，几个侄子混得不错，也能帮上忙。欲当村干部，得打入干部内部，于是又喝起来。堂姑见他又喝，且一天到晚往干部家钻，十分生气，破例说了句极难听的话讽刺他，说他是"舔屁股溜沟子"。堂姑夫大怒，想她这一生全靠自己养活，宠着惯着，却换来这一句，十分伤心，回了她一句"老菜"。"老菜"就是"老菜帮子"，说她年老色衰，已不再新鲜。堂姑目瞪口呆，骂这一句，还不如骂她几句别的好受。她不相信地看着堂姑夫：我是老菜？堂姑夫气头之上又递一句："你可不就是老菜！蛆！"话音刚落，堂姑轰一声倒了，如土委地，享年四十八岁。

## 堂姑 18 号

这个堂姑很一般、很一般,却嫁了个能干的丈夫。有堂姑夫在,一切用不着她操心。要说堂姑夫有多喜欢她,也未必,他就是这种人,无论娶谁,都会这么对待,能干是他的本质,体贴是他的天性,纵使堂姑有时让他恨得牙痒痒,但不看僧面看佛面,看在她是孩儿们的妈,堂姑夫也就忍了。堂姑这人特轴巴,犯起倔来九牛拉不回,又不识逗,死水似的了无趣味,好在有堂姑夫遮盖着,显不出她太多缺点。

忽一日堂姑夫撒手西去,病因不明,路上走着向前一栽,就过去了。这真是晴天霹雳,想都想不到的事,好几个人守着堂姑,怕她想不开。堂姑先是哭,哭过之后又躁又狂,异常精神,在院里胡乱走动,挑管事的不是,嫌亲戚们不疼不痒。都觉得她精神不对头,不与她一般见识。好歹丧事完毕,亲戚散去,留下儿女守着她。

她躺在床上,琢磨三天圆坟要烧掉哪些衣物。所有衣服都要烧,一件也不留。她翻箱倒柜,把堂姑夫的衣服全找出,包了好几大包。儿子看着几件新的,烧掉怪可惜,想送给大伯,堂姑夺过扔回衣堆，谁也不给。她心里翻腾着仇恨，想起婆家的种种不是，看谁都不顺眼。三七纸烧罢，她已与两个小姑子大吵一架，互不往来。

儿子上班之后，女儿回了婆家。堂姑独睡一屋，总觉得家里鬼影幢幢，异常恐怖。她又把女儿叫来，同睡一屋，去厕所都要拽着，睡觉时拉上双层窗帘，还是怕，睡着也时时惊醒。又爬起来，搜找堂姑夫的痕迹，把他的相片找出来，一张一张地剜，剜下来烧掉。家里的小盒子令她想到骨灰盒，大盒子想到棺材，任何响动都吓出一身冷汗。女儿被她煎熬得神经衰弱，只好带她回婆家住，与公公同住一院。这公公去年死了女人，新找个老伴儿，岁数不大，长得好看，手上也利索，亲家异常欢喜，走路轻飘飘，逢人就夸后老伴儿。见堂姑状态不好，亲家出于好心，委婉地劝她周年之后也找个老伴儿，免得孤单。堂姑不听则已，一听怒火勃发，发作起来："我不是那种没良心的人。才死就要找新，寒不寒心？怎么也是原配好，半路夫妻走不走到头还两说呢！我不干那没脸没皮的事。"亲家好心被当驴肝肺，又羞又气，讪讪而退。不过他的后老伴儿还真让堂姑说对了，这女人不久现出原形，每日要钱，不给就闹。据说她专拣有俩钱儿的同居，把钱弄光，另找一家，城南都知道她，才转到城北。亲家手上渐渐困乏之后，这女人拍腚走了。

躁狂之后，堂姑窝在家里不出门，坐吃山空。儿子的钱要交房租，供女友，还得挤出一部分给她，她也觉得不好意思，但就是放不下架子。从结婚以来，她从没出过力，都是堂姑夫供着，说到出门挣钱，她迈不出那一步。她闷在家里，不是这疼就是那疼，恨不得天天看医生。医生反复查看，找不出病，让她烧香，也许是虚病，烧烧就好了。她四处寻访巫婆，让看看是不是有什么物跟着她。巫婆为她打开了一个更恐怖的天地，前世后世，仇人冤家，因缘孽债，吓得她不轻。更离奇的是遇到一个胖大尼姑，俩眼文着黑线，说与她有缘，这缘是向上推三世，她曾与堂姑同为一只母狗产下的狗崽子，有同窝的缘分，愿为她指点迷津，脱离苦海，禳解打折，六百六。堂姑一听这么多钱，立马告退。

　　堂姑昏昏欲睡，言语颠倒。儿子把她接去同住，她还能做做家务，只是屡屡出错，该放醋时放上大量酱油，该放盐了不是忘记就是放上两份甚至三份，齁咸，只好倒掉。洗衣服也这样，不是直接把脏衣晾上，就是一桶衣服反复洗。儿子忍无可忍，让她什么也不要干，坐着或躺着就行，不要添乱。她却又神志清醒了，随后几顿饭做得很见水平，衣服也洗得干干净净。儿子十分诧异，怀疑她装。但装的目的何在？百思不得其解，只好送医院看。堂姑是让查什么查什么，配合得很，就是一问三不答，或答非所问。医生束手无策，查不出器质性病变，没必要住院，回家养着去吧。

　　听说她住院归来，人们纷纷来看。堂姑容光焕发，说自己这病难缠得很，医生都不好判断，只好先养着，把病养大就好查了。一拨又一拨的人来过之后，家里又趋沉寂，堂姑打电话让亲戚们来，把收的礼品逐样打发，打发净尽，又没人登门了。谁都有事，哪能总围着她转。她又让女儿做伴，这回女儿哭起来："谁不是个家呢！你这样闹，好人也得拖病。要不到我家住吧，反正他爷又自个儿了，后老伴儿也走了，你俩成一家，也有个照应。"堂姑大怒："他那脏样子，给你爸提鞋都不配！我找也得找个你爸那样的，那么高的个头，那样的眉眼，那样能干，那样知冷知热……"女儿气极反笑："除非他活过来，真活过来你不怕呀？"堂姑一拍被子，放声号啕："我那知冷知热的人哪！我巴不得你活过来呀！活不过来你就是鬼陪我也行啊！我可不想这么孤单啦！要人的命喽！儿女都指不上哟！谁也不管我了……"她号了又号，招来左右邻居，有劝的，有看的。别的妇女遇上这种事，悲痛之后挣扎着找点儿活干，干着干着就解脱出来了。像她这样闷在家里，好人也得闷坏。

左邻老太太久已怀怨，看她哭了会儿，走到门外发议论："她嘛，就是惯出的毛病，自己惜自己。摔打摔打就好了，年幼幼的，这个不干那个不做，越可怜越上脸。谁都别理她，只要死不了，就得继续活。净装蒜！"

果然。谁都不拿堂姑当回事之后，她无可奈何，只好正常起来。烧过忌日纸，她杂入几个女人当中，到晋州卸梨去了。

## 堂姑 19 号

这个堂姑时常感慨生不逢时，想当年她当媳妇，婆婆为大，她只好夹着尾巴当媳妇。现在轮到她当婆婆，世道大变，媳妇为大，她这当婆婆的又得在媳妇面前夹尾巴。想想真是不甘。

二十五年前，她出嫁那日，特地依照风俗备了只锡酒壶，壶口蒙上红纸，纸上插着钢针一根。将进婆家门，堂姑一身大红从车上下来，拿过酒壶，抽出钢针，把那针尖掰断了。婆家没这风俗，不明何意。陪着堂姑的一个嫂子说："这是我们那边的风俗，叫作'掰老婆婆的尖儿'。"迎在门口的婆婆听见，变了脸色。堂姑回门时抱怨嫂子不会说话，嫂子说："咱这里兴这个，谁知她那里不兴。这边的婆婆都被掰过尖儿，也没见哪一个真就没了尖儿。值当得生这气，理她呢！"

堂姑这婆婆擅用心计。堂姑本是个没心没肺的人，在婆婆手里学了几年，也长出许多心眼，两人斗法似的，你道高一尺，我就要修炼得魔高一丈，人前不动声色，暗里互相较劲儿。堂姑学了婆婆的招数，又活学活用，拿这招数对付婆婆，也能弄个旗鼓相当，没吃多少亏，遗憾处是也不曾占过上风。经过数十年的精心揣摩，她已将婆婆的精髓如数学到，自己觉得将来使唤儿媳绰绰有余。

她看不惯某些婆媳争雄，兴师动众的，动不动去娘家拉人马，两军相逢，那个折腾，胜者扬扬得意，败者屏息凝气，暗地磨牙，时机成熟，找个事端再干一架，直打到一方彻底服软，才告安宁。堂姑以为，婆媳再不和也是一家人，没必要让外人看笑话。她从婆婆那里学到的是高手过招，点到为止，胜负之间只可意会，不可言传。婆婆去世之后，环顾家内，再无一人值得她绞尽脑汁地琢磨，深感寂寞。儿子不急结婚，她倒急得猴儿跳圈，恨不得直接捉个媳妇放家里与自己切磋。

当年的婆婆们从不惧怕媳妇进门，媳妇多了干活的多，越多越显出婆婆威风。此时已不是二十五年前，世道翻转，家成了媳妇的天下，婆婆们成了老妈子。娶不上媳妇固然发愁，娶进门更发愁，不知该怎么伺候才能讨人家喜欢，媳妇稍微给个好脸色，喜欢得婆婆们不知道该迈哪条腿。现在男多女少，放眼全村，三十岁左右的光棍好几十个，活生生的现实逼得人们倾尽所有娶媳妇，娶来当佛爷供，那真是含在嘴里怕化了，捧在手上怕飞了，一家人小心翼翼，生怕落个鸡飞蛋打，好几十万哪！

世道这么一改变，堂姑从婆婆处习得的招数全派不上用场，她能做的就是勤快再勤快，忍耐再忍耐。比如下轿，也不知怎么兴起来的，新媳妇下轿，要踩婆婆的衣裳进洞房，这衣裳还不能让人看出旧,新的最好,至不济也得半新半旧。她只好找出两件小袄,踩完这件倒换那件,这么倒换着让新人进了门。这比当年"掰婆婆的尖儿"还厉害,小袄代表婆婆,踩小袄就是踩婆婆。再比如早饭,也让堂姑一筹莫展。她倒是起得挺早,正点做饭,但新人迟迟不起,总不好让他们吃剩饭,只能等。七点等到八点,八点等到九点,饭一热再热,还没动静。堂姑夫饿得受不住,偷着啃了俩苹果。堂姑也钻屋里悄悄用了块点心,又照着镜子把嘴角的渣儿拂去。想叫他们,声音大了怕邻家听见,传出去不好。音小了他们又听不见,白叫。想凑到窗户根去叫,又怕新人多心,怀疑她这婆婆听房。她左思右想,无招可使,肚里这火升上又摁下,摁下再升上,只好在厨房里小声咒骂,骂过又给自己鼓劲,总得去叫,不叫更不是。她走出厨房,先在院里大声咳嗽,再加重脚步,轻敲几下门,带着笑:"我说,饭凉了,吃了饭再睡。"就听屋内哼哼,这是醒了。终于在十点吃了早饭,堂姑夫趁媳妇回屋,压着嗓儿骂儿子:"傻呀?你就不能早起会儿?你起了她还好意思睡?饿得老子肚子吱吱叫,饭左热一回右热一回,卷子馏得腻不唧唧。混蛋,娶个媳妇不是你了?"儿子当时唯唯诺诺,第二天照样大睡。

从前堂姑当媳妇时,没生养孩子之前在娘家长住,逢年过节才被叫回婆家,过完节又回娘家。夫妻不常守,婆婆也自由。如今的媳妇们常驻沙家浜,来了就不走,给婆婆们带来许多烦恼。有媳妇在,堂姑得格外表现,有火不能出,有气不能发,有话不能随便说,憋着。堂姑夫是不管这些的,他一个大老爷们儿,该怎样还怎样,唯一不便是不能再光着膀子直入厕所,得先让堂姑看看有没有人。堂姑逮个空就串门子透气,几个当了婆婆的凑一起互吐苦水,深感活着不易。邻家当婆婆后净挨儿媳骂,耳朵已长出茧儿,修炼出听而不闻的功夫。她说,见儿媳脸色不好,就耷拉着耳朵装恭顺,见儿媳喜欢,就仰起脸说笑,不如此不能过日子。想当年她也是一员悍将,与婆婆斗得飞沙走石,盘儿碟儿轮流转,她当婆婆后,也吃起儿媳的苦头。几个婆婆这么交流交流,叽叽嘎嘎笑一通,心胸开阔,各自回家,继续挣扎。

孙子一添,堂姑又是欢喜又是愁。喜的是添丁进口,愁的是月子难伺候。亲家母占据里屋守着闺女,堂姑只能打外围,由亲家母指挥着干些粗使活计,洗褯子扔尿不湿,扫地抹桌子。她也想抱抱孙子,还没抱一分钟,亲家母双手一伸,把孩子抢在怀里,儿啊肉的直叫。堂姑夫劝她:"急什么?早晚是你的事。现在又小又软,万一抱得不对,又惹人家不高兴。我不信这老东西能霸着不走,月子一满,趁早滚蛋。烦死人了!整天事乎乎的要渴要浆,八辈子没见过外孙。"满月之后亲家母回去,儿媳抱着孩子在娘家住了几天,回来后双手一撒,孩子归了堂姑。她一夜起来好几回,泼奶粉把尿,又得做家务,一圈一圈地瘦。好容易带到十个月,儿媳又怀上了,满心想要个女儿,一照是个儿子,愁得直哭。

堂姑一个主意也不敢出,不敢劝生也不敢劝不生。头一个还这么小,再添一个,真要她的命。可要说是个男孩就做掉,万一再怀又是男孩呢?总不能还做掉?但这个男孩若生下来,这一辈子甭想清闲了。她左想右想,还是觉得一声不吭好。儿媳若想要这个孩子,随她,不想要也随她。人生代代,操不完的心,不如不操。

# 堂姑 20 号

这个堂姑的灾难从搬一只炉子开始。

堂姑夫去世之后,她既不跟儿子住也不跟女儿住,独占六间大院子,种瓜种菜,自得其乐。她一生独立,从不依赖人,离了谁都能活,并且活得有滋有味。这只炉子很大,她想从后套间挪到厨房。懒得找人帮忙,就自己慢慢推,从后套间推出,刚进厨房,只听腰椎咔吧一响,剧痛袭来。试着活动,越动越疼,只好哈着腰走到门口叫人。大中午街上人少,她等了又等,等着一个匆匆跑过的小学生,叫来她侄子,送到医院,才知是急性腰椎突出,得手术,把突出的腰椎复位。于是手术。

她躺在床上哀叹,不肯接受现实。干过多少重活都没事,推推炉子就成了这样,这是怎么了?她不服老,不认为这是老的征兆,她才过六十,胳膊腿都好,怎么突然就老了?有人说人老眼先老,可她双眼既不近视也不花,纫个针一穿就过。又有人说人老腿先老,也未必,她双腿有力,走路咚咚有声,怎么算老?

出院之后继续养，养到能走动，打发走孩子，自己照管自己。村里近些年不再养猪，猪老生病，养不成，猪圈都空着。堂姑在圈里养了几只鸡，养到能下蛋，就在圈内靠个小木梯，顺梯子下到圈里拿，拿了蛋上来抽走梯子，防着鸡顺梯子飞出来。这一日她放了梯子下圈，下到一半，梯子突然断了，别住她一条腿，当时就听咔嚓一声，堂姑暗想：坏事，腿断了。她站又站不起，坐在圈里放声大喊，正巧有人路过，叫几个人来抬出猪圈，送医院一拍片，骨折，只好住院。医生往她腿内打钢钉，打好钢钉裹石膏，裹好石膏吊起来，吃喝拉撒全在床上，苦不堪言。堂姑只让儿子和女儿伺候，不麻烦媳妇与女婿，又不曾养人家一天，凭什么让人家伺候。

为排遣寂寞，她提起二十年前也曾骨折，也是这条腿，但治疗手法很不相同。当年是那么治，现在是这么治，当年疼得厉害，现在不怎么疼。想到自己的岁数，堂姑若有所悟，怪不得受罪小，看来医院安排了有经验的医生，而当年可能摊上了实习生。女儿不信，堂姑耐心解释，这医院哪，最会看人下菜碟，看你年轻，就拿你练手，那刚毕业的实习生们，就是这么一个一个练出来的，要不手艺怎么提高，总不能净拿兔子白鼠做实验。上了岁数的病人，医院不敢大意，万一治死家属不依，才安排有经验的医生。这么一分析，还真有几分道理，但也说明堂姑确实老了，才有如此优待。

她吊着一条腿，细心观察病友。靠窗那个老太太，八十多了，四个媳妇两个女儿。那女儿们一来，就张罗着轮流值班，两人一组,她俩先结为一组。四个媳妇也只好自行结组,老大老四一组,老二与老三不吭气,默认一组。女儿值班,问老太太还有多少钱,老太太一声不吭。媳妇们值班,也问老太太多少钱。老大媳妇问得最勤,每来必问:"妈,你的折子呢?"老太太躺在床上,迷迷瞪瞪:"没有啊!"老大媳妇袖着手向前一伸脖子:"没有?不可能吧?我记得你说箱子里搁着。有多少钱哪?"老太太伸出两个指头。"两千?"老大媳妇猜个数,不相信,直摇脑袋,"不可能吧?怎么也得两万。是不是?"老太太不吭声,睡着了。轮到第三组,来了也是问钱。老三媳妇听说有两万,问老太太这钱要给谁。老太太说:"给你。"老三媳妇笑一笑:"不可能吧?全给我?他们也不依呀。你那俩闺女不分啊?你没偷着给她们吧?"无论哪组值班,都绕着钱打转转。堂姑闭目沉思,觉得女人生孩子真是不幸,不幸在不能提前知道哪个孝哪个不孝,要能知道,把那不孝的先灭掉,只生孝顺的,隔着间着生,少生多少气。

出院之后堂姑拄着拐慢慢走动,还是不服老,这不过是流年不利,赶上点背。她很快抛开拐,行走自如,找人用楼板把猪圈盖上,看还能有什么事发生。

隔了半年,一波又起,这回是宫颈癌。她绝经十几年,早已忘记还有子宫,想不到这个废弃的零件还能兴风作浪。于是摘子宫,摘了才知子宫在肚内也是占地方的,少了它,总觉得肠子乱晃荡。堂姑躺在床上,庆幸是宫颈癌,没扩散,摘了子宫还能活几年。同病房的老头,也就六十岁,得的肝癌,晚期。家里瞒着他,说是肝上有囊肿,在家吃中药维持。老头觉得是大病,问谁都不承认,急得上蹿下跳,趁着家中无人,打开电脑,竟然解开密码,用一个指头敲拼音,无师自通浏览网页,逐条对照,越对照越觉得是癌症。家里只好说实话,他大叫大闹,嫌不给治,要住院,死也要死在医院。堂姑眼见他腹大如鼓,眼见他气喘如牛,眼见他抬出病房,触目惊心。自她住院,这屋里已抬出去三个,堂姑再淡定,也躺不住了。

从医院回来,她将生死置之度外。离村三里有个天主教堂,她进去学念经,看做弥撒,随后受了洗。她依然不让儿女守着,有教友呢,教友生了病,她去守护,她生了病,教友也来守护,比儿女还周到。她已准备好蒙主宠召,只要主召唤,她随时欣然前往。

# 堂姑 21 号

这个堂姑长相一般，嫁人之后生了三个孩子，突然疯了。

她疯是有原因的。堂姑夫与村里一个漂亮女人好上，这女人很刁，丈夫管不起，只好任她胡来。这丈夫原来有个媳妇，又老实又肯吃苦，他嫌丑，休了。据说这媳妇离婚那天上午还去地里收南瓜，用筐背着两个橘红的大南瓜回来，才知道自己被休了，随身衣物已被装入包袱，只等她挎上回娘家。她回到娘家，一个远房表妹听闻此事，气冲斗牛，扬言要为她报仇。报仇的方法就是嫁过来，折腾这一家子。于是让媒人说亲，嫁了过来。这丈夫得了这么个漂亮媳妇，爱若珍宝，高兴得不知先迈哪条腿，她说几就是几，要星星不敢摘月亮，还是讨不了她的欢心。这女人着实刁蛮，骂得大小姑子不敢登门，骂得婆婆大气不敢出，拿捏得这一家子像块软泥，唯她是尊。她公然与堂姑夫相好，完全不把丈夫和堂姑放在眼里。堂姑捉过他们，把他俩的衣裳抱走，抱走之后怕太丢脸，又送了回去。堂姑夫则可，这女人却不依，穿上衣裳踩住堂姑就揍了一顿，还是堂姑夫说情，才放了堂姑。

堂姑想回娘家搬救兵，怕丢人，想咽下这口气，又实在咽不下，就去找那女人的丈夫。那丈夫掩耳盗铃，不承认他媳妇偷汉子，反诬堂姑胡说八道。堂姑与他结不成联盟，转而又求堂姑夫。堂姑夫挺会说，替自个儿开脱："淑更啊，我倒想断，不敢哪！我说断她就要拿刀子捅我，捅了我，留下你和孩子们怎么过？你忍着吧，留下我，你还有个依靠，没了我，你带着孩子去哪里？忍心让他们有后爹？苦的还是你。你放心，有我在，不肯让你吃亏。"花言巧语地哄堂姑。堂姑只好再忍，忍来忍去，这对男女不但不收敛，还入侵到家里行乐，让她撞见了。堂姑怒火攻心，大叫一声，一挺而晕，醒来就疯了。

她四处串走，边走边骂，时而小声低咒，时而高声厉骂。向前走几步，折而回返，转着圈骂，手指望空书字，激愤地点点戳戳。骂够又朝前走，边走边沉思，沉思片刻，又折而回返，转着圈子骂起来。她的世界里除了骂还是骂，白天骂夜里骂，撒呓挣说梦话也是骂，无时无刻不在骂，一骂三十年。人们早已见怪不怪，不惹她也不看她，事不关己高高挂起，都知道她骂的是谁。隔几日不见，人们还会打听："淑更怎么没出来骂？病了还是怎么的？"

堂姑只骂三个人：堂姑夫、堂姑夫的相好、相好的丈夫。对堂姑夫而言，家成了地狱，堂姑什么也不干，专门骂他，骂得他心如死灰，再也提不起找相好的兴致。他也曾试探堂姑真疯还是假疯，试探的结果是真疯，若不是真疯，她怎么舍得把

· 81 ·

最宠的小儿子的手塞入门缝使劲儿挤？挤得孩子鲜血淋漓。又怎么舍得三个儿女挨饿受冻啼饥号寒？堂姑也有清醒的时候，像是一丝阳光照进无底深渊，她收住骂，上灶做饭，饭没做得，疯劲上来，又开骂了。堂姑夫迅速变老，黑发转为苍苍，脸上皱纹层叠，再也不复当年神采。三个孩子呢，大儿领回个外地媳妇，分家另过，逃离了堂姑，女儿寻个婆家早早嫁出，跳出了火坑，小儿一直单身，年近四十才与村里一个大他八岁的寡妇合为一家。

堂姑夫的相好也遭了殃。只要她走出家门，总能撞见堂姑，堂姑像是分身有术，四面八方都有她的影子。这女人起初还和堂姑对骂，骂来骂去不得不甘拜下风。堂姑骂的花样不多，翻来覆去那么几句，重复又重复，但重复多了，简简单单的骂就有了威力。她拼的不是花样，而是内力，一股坚韧的绵绵之恨令她所向无敌。堂姑夫的相好只好认输，缩在家里不敢出门，出个门先东张西望，做贼一样。她丈夫挨骂更厉害，堂姑集中火力对付他，骂得他三尸暴跳，又无可奈何，只好对人说："真是倒八辈子霉，和疯子有什么道理可讲？宁和聪明人打顿架，不与糊涂人说句话。惹不起躲得起，我躲她。"以此避开堂姑。

岁月如梭，堂姑夫的相好五十岁上死去，她死之后，她的丈夫耐不得寂寞，左一个右一个往家里领那种上了岁数又不正干的女人，每一个都待不久，嫌他穷。他拼着老命卖苦力，供家里的女人打麻将吃烧鸡。自从他换了女人，堂姑像是认不出他，见他也不骂了。他先还躲堂姑，见她不骂，十分奇怪，试着迎向她，不见动静，于是长叹："可他妈过那股邪劲了！"之后是堂姑夫死，死于心肌梗死，一下就过去了。堂姑夫一死，堂姑无人可骂，不再乱串，她安安静静待在家里，足不出户，哪儿都不去。

她这样过了十年，从六十岁到七十岁，悄无声息地活着，蒸发了似的。突然有一天，村南响起暴烈的二起，人们互相打听，才知道堂姑死了，死于中风。

## 堂姑22号

这个堂姑五十岁的时候，遇到人生的大不幸——丈夫有了外遇。

俗话说"老房子着火不可救"，堂姑夫已过知天命之年，把持不住，干出这种不可救的事，也经过了深思熟虑。他辛苦一生，别无所好，活到这把年纪，媳妇不是心中的媳妇，儿女不是期望的儿女，回首来时路，蒙蒙昧昧，似乎全是虚度。此时遇到个合心的女人，好比长途跋涉中看见一片绿洲，惊涛骇浪中踏上一个小岛，是无论如何不能轻易放弃，是死是活要尝尝无与伦比的甜蜜。这把岁数，他当然不肯离婚，人要脸树要皮，家是他的遮羞布，是他进退裕如的保障。进，可与相好畅意逍遥；退，可与老妻共度晚年。少年夫妻老来伴，堂姑夫十分清楚，半路夫妻难凑合，紧要关头还是原装的两口子给力。

他算盘打得这么精，堂姑无计可施。从本心上说，她当然也不想离，这把岁数，离了婆家门，她无处可去。娘家嘛，父母已逝，已非故土，一个五十岁的老女人还往娘家颠个什么劲。想到离婚，她首先想到死后的葬埋问题，她可不想做孤魂野鬼四处飘零，若埋，怎么也得埋进婆家坟。如今那些丧偶重组的家庭，都是事先讲好，死后各归各家，各埋各坟，与原配同穴。那老大年纪还离婚的，也要立个协议，离婚不离家，男的可以另娶，女的带着儿女独处一院，算是依附在儿女身上在婆家占住一个位置。

身后之事已令堂姑犯难，眼前现实更让她纠结，丈夫已经出轨，闹还是不闹？按惯例，男人有了外遇，做妻子的总要闹一闹，大闹小闹不论，闹是肯定要闹，不闹太窝囊，太没出息，闹是为了尊严。这闹嘛，又分明闹暗闹，明闹就是公开的闹，闹得四邻皆知亲戚全晓，把他的丑事公布天下，使其身败名裂，人人喊打。暗闹嘛，悄悄地进村，打枪的不要，关起门来俩人折腾，开开门子波澜不惊，不知情者以为两口子多么恩爱，实则已是水火不容，这叫折了门牙肚里吞，胳膊断了袖里藏。当然，还有一招：不闹。不闹又分两种，一种是不想闹，一种是闹不起。不想闹就是压根没闹的念头，此事不值一闹，睁一眼闭一眼任他自耍，要得没劲就不要了，或干脆当戏看，看他闹到最后是个什么结局，有句话叫"休与小人做对头，小人自有对头"，也许不用你出手，就有人把他收拾了。闹不起是没有实力闹，生怕一闹坏事，没闹住他倒把自个儿闹住了，不上不下，不尴不尬，前进不成，后退不得，不划算。

堂姑其貌不扬，生性柔弱，在堂姑夫的遮罩下，没经过风浪，没吃过苦。真让她离婚，比死还难。这桩事窝在心里，成了她极大的负担。她忧愁焦虑，几近抑郁，去找老姨倾诉。

老姨高龄九十七，长寿的秘诀就是又吸又喝，荤素不忌。她问堂姑："他打你骂你了？少你吃少你喝了？"得到堂姑否认之后，又问，"他外头没人的时候，天天在家守着你？"堂姑又否了。

"我再反过来问你。把你换作他，你有了个相好，他和你闹，你怎么想？"老姨又干又瘦，盘腿坐在圈椅上。

"我没有，也有不了。"堂姑耷拉下头。

"那是你没出息！但凡混得有个人样的，谁没有？明着没有暗着有。你有本事也去弄，人家武则天，左一个右一个，谁敢放屁？你呀，没出息！只这么一个男人，还没本事弄住，又不是让你弄俩弄仨顾不过来，全心全意伺候这么一个，还伺候跑了，让我怎么说你。别怨天别怨地，怨你自己没出息。"

"我心里难受。"堂姑泪水滴滴答答。

"你五十的人了，难受什么？有难受的工夫不如想个招儿出出气。我问你，想让他活还是死？"老姨阴森森地问，"想让他死，弄包药面面，每天往他碗里撒点儿，七七四十九天让他一命归阴。此事天知地知你知我知，我活不了几天了，就助你一功，怎样？"

堂姑朝后一躲，连连摇手："不敢呀！可不敢杀人呀！"

"那就出点儿血，雇人打断他的腿儿，让他瘫在家里，再也不能出去风流快活。怎么样？"老姨又献一计。

"不好、不好！他受罪，还得累着我。他那相好才不肯伺候他。"堂姑缓缓摇头。

"这不成那不行,也只能任他逍遥了。你要还难受,也找一个,找不到年轻的,找个七八十的老头子,气他一气。"老姨怂恿她,"你干得出来不?"

"我找七八十的老头子干什么用?"两片红晕飞上堂姑脸颊,她从没想过找一个,也没人勾搭过她。说她生来贞洁也罢,说她命无桃花也罢,她与世人的关系确实是小葱拌豆腐——一清二白。

"你要是还难受,干脆一绳子吊死吧,一死百了,解脱了。你一死,世人骂他,儿女唾他,谅他也无心再快活。唔!这倒是个万不得已的高招。"老姨咧开黑洞洞的嘴,得意地笑了。

堂姑诺诺而退。退出院子小声咒骂:"老东西!损招一个接一个,不教我好。"

她出了老姨洞穴般的宅子,走到街上。绿树成荫,蓝天温柔,太阳射出万道金光,人们熙熙攘攘,各自奔忙。目睹此景,堂姑胸中大畅:出轨算屁,活着真好。

## 堂姑23号

这个堂姑见不得家里人歇着,一见歇着就百爪挠心,叨叨个没完没了,一直叨叨得这人出门干活为止。她活在世上似乎就是为了挣钱攒钱、攒钱挣钱,这是她最大的乐趣。

而堂姑夫的爱好是做饭,他想当厨子,在村里的红白事上露露手脚。他爱静,喜欢发个呆,想些不着边际的事。冬天暖和的时候,他觉得什么也不干,光是坐在院子里晒晒太阳就挺好。他还好算卦,备有一个竹筒,六十四个签,有人遇到难事,找了来,他就咣啷啷地摇起竹筒,晃出个签,对照着卦书解释一番。当然不收钱,他不是干这个的,只是喜欢而已。堂姑十分不满,天天白算见不到钱,招得人来人往,还得贴茶贴水。她轰着堂姑夫去窑上,干最苦最累的活儿——出窑。一窑的砖烧好,熄了火,余热还袭人的时候,得把砖出出来。出窑的工人脱得只剩内衣,钻入窑里,把滚烫的砖运到窑外。这活儿挣是挣钱,但太苦,没人久干,堂姑夫却干了一年又一年,直干到窑厂倒闭。窑厂倒闭后,堂姑又轰着他去城南,那里小皮革厂多,抻皮子、染皮子、钉皮子都需人手,堂姑夫就去干这些。他过敏，碰到染皮子的药全身起疙瘩，堂姑依然不让回。怎么能让他回来呢？儿子娶媳妇借了好几万，得赶紧填窟窿，底下孙子渐渐长大，全是钱哪！

儿子也被她轰出去，轰到远远的地方干装修，等闲不让回来。才结婚时小两口热乎，儿子回来就不想走，堂姑沉着脸，又是咳嗽又是叹气，在儿子屋外一趟趟转，重重地跺脚。儿子缩在屋里装不是人，直到堂姑高声怒骂，才不情不愿地收拾背包上路。堂姑对儿媳还算优待，没轰她出去挣钱。况且这媳妇早已声明，别看才结婚，已有高血压，一生气就头晕欲倒，干不得重活，上不了地里。生孩子后，元气大伤，更是体虚气短，只好歇在家里。堂姑奈何不了她，就把自己轰出去，去百果园疏梨花、给泽康农业公司翻山药蔓、替人家浇地、刨长果。她四处打零工，一天挣三十挣五十，回来给孙子买俩肉包子。她家轻易不见荤，馋得孙子见肉挪不开腿，她就每天买俩肉包子。儿媳受不了清汤寡水，想吃肉就回娘家。人们都说，堂姑这日子，比劈了叉的腈纶线还细。

但可怪的是，她这么死捯着全家拼命挣，钱总攒不下，辛辛苦苦还了债，才有俩余钱，祸就从天而降，不是这个得场病就是那个摔着腿，不但把攒下的钱全贴上，还得又举债，真是忙忙碌碌一场空。灾难过去，堂姑抖擞精神，把全家勒得更紧，不但要继续挣钱，还得比从前挣得更卖劲。

她一年里只在正月歇几天，也不过串串门子说说话，听些家长里短。她没有任何爱好，从不讲究穿着打扮，但可怪的是，她也从不见老，二十岁时这个样儿，五十了依然这样，唯一起变化的是她的嘴角，隔长不短冒几个燎泡，才冒出来又透又明，不几天结痂脱落，随后又冒，又脱落，像是体内有个火山，把嘴角当成了喷泻口。

这年村里兴起戴镯子，四十以上的妇女个个手腕上套一只，银光闪闪，十分显眼。堂姑也动了心，她手上还从来没戴过什么，既然别人有，她也要有。她一说买镯子，全家欣然而动，以为她终于想开了，舍得享受了，极力撺掇她买个宽的，别买小条的。撺掇了半天，堂姑趁过年去超市转，买了个小细条，并且不戴，藏起来，谁都不知她藏在了哪里。

年过完后，她马不停蹄找活儿干，从本村走向外村，从本乡走到外乡，一天都不闲。转眼到了八月十五，这一天儿子回来，堂姑夫也回来，白天堂姑炖肉菜，晚上拜月，拜过月她回自己屋睡觉。她早已与堂姑夫分屋而睡，堂姑夫嫌她呼噜响，她嫌堂姑夫睡觉轻，两人各占一屋，各睡各的，互不干扰。第二天早上她破例没起，堂姑夫吃过饭，收拾东西自行出门，走到门口，觉得不对：她从来不睡懒觉，怎么还不起？不行，得叫醒她羞辱几句。说到这里，得提提堂姑夫的毛病，他这人偏柔，带点儿娘儿们气，说话蔫不唧唧爱带刺儿，偶尔占个上风，必得刺上几句以泄心头之气。他返身回屋，推开门，一句话还没出唇，先吓了一跳，只见堂姑满面青紫仰躺着，再上前一摸，全身拔凉。他奔出去拍儿子的门，找来医生一看，人确实没气了，这才挂白幡放炮，办起丧事。

入殓前，堂姑夫想起那只银镯，想给她戴上，把屋里翻了个底朝天，也没找着。

丧事办完，一家人像做了场梦。三天圆过坟，才渐渐从梦里醒来。他们惊喜地发现，再不用慌着出门干活了，身后唰唰作响的鞭子没了，紧勒在身上的绳子断了，幸福自由真的来了。

堂姑夫辞了皮革厂，缓了一个月的神，弄了套道衫，弄了顶道帽，又弄了张黄布，布上正中画个太极图，又捉笔写上"指引迷途君子，提醒久困英雄"，挺像回事地赶庙出摊儿了。儿子呢，继承了堂姑夫的另一志向：当大厨。去保定学了仨月烹饪，回来在县里干起厨师。儿媳依然不去地里，逢到浇地拔草就雇人。饭嘛，顿顿有肉，做烦了就带孩子去外面吃。他们从来不知日子可以这么轻松，每天都觉得像腾云驾雾，直待半年之后，才习以为常。

## 堂姑 24 号

这个堂姑有八个大姑子，大姑子多了婆婆多，是非多，但她以极度的忍让处得都还不错，过年时齐聚一堂，有说有笑，融融泄泄，十分和睦。不像别人家，不是大姑子骂了弟媳妇，就是弟媳妇轰大姑子，鸡飞狗跳，不可开交。堂姑善于吞声忍气，把委屈捂在肚里，从不对人说。

堂姑夫算是纨绔子弟，嗜好赌钱，一天不赌全身发痒，赌赌全身舒泰。他的爹是包工头，发了大财，在市里置下几套房子，又给堂姑夫找了正式工作。堂姑夫只有村里死人时才回家，来了家门不进，直扑丧主家，痛赌一宿，再搭早车回市里，堂姑都不知道他回来。他挣的钱不够输，就朝老爷子要，或干脆让债主直接找老爷子要。有老爷子这棵大树靠着，堂姑夫什么也不操心，专心赌钱。他对孩子们很民主，鼓励他们玩，想玩什么就买什么，玩坏了从不心疼。没钱他去朝老爷子要，理直气壮，这是培养孩子。

堂姑在家养孩子，养大一个，老爷子接走一个，接到市里上最好的学校，可惜一个也没考出去，就各给一套房，结婚用。堂姑对儿媳也是尽心尽力，带孩子做饭，忙完老大家，老二家又接上了，老二家刚累出来，老大家又生二胎，她是疲于奔命，但十几年之后终于还是熬出来了。

这时老爷子查出癌。说起老爷子，一言难尽。老头矬粗短胖，笑口常开，独独对他老妻苛刻无比，百般刁难，时常消遣她，吃饭时剩一口，命令老妻吃掉，老妻就顺从地吃掉。老爷子查出癌，慌了，迷上电视广告里的各种神药，大批大批地买，买来吃吃不见效，扔掉，又买。为买药卖了一套房，又雄心勃勃要卖第二套。还没来得及卖，病重了，他把存款交给堂姑，长叹一声，闭了双目。

堂姑带着婆婆回到老家，八个大姑子上门要钱，为息事宁人，堂姑各给五千。她在家伺候婆婆，堂姑夫在市里吊儿郎当地上班。没了老爷子，他的日子有些艰难，家回得也勤了。堂姑把院子修整一番，种上丝瓜豆角，把瘫了的婆婆放在暖和地方晒一晒，身边是堂姑夫帮着拔个草说个笑话，也没孩子们累着，十分知足。

不几天，她觉得胸闷、胃胀，一检查，肺癌晚期。

从查出癌到去世，仅两个月。这两个月里，堂姑回顾一生，追悔莫及。她深信如果换个活法儿，就不会得癌。

她先是怒骂八个大姑子，痛诉她们的种种不是，每一个都被她骂得狗血喷头。又骂婆婆不死，谁要敢偷着给婆婆送饭，那个闹啊，惊天动地。她内心的魔鬼全部跳出，想起受了堂姑夫一辈子冷落，辛苦养大的三个儿女谁也不在身边，她厉声高呼他们全是白眼狼，一群狼。

有人探望她，她把家里的大事小事一桩桩一件件，全讲出来，把老爷子还养个二奶的事也抖落出来，痛说婆婆不慈媳妇们不孝，自己委曲求全一辈子，落这么个下场，实在不甘。

堂姑夫巴不得逃出去赌两把，打电话给孩子们，谎报军情，说堂姑不行了，快来快来。这招数用过两回，儿子们训了他一场。他不敢再打儿子们的主意，柿子挑软的捏，给女儿打电话："快来快来快来！你妈不行了不行了不行了！"火烧火燎，说得像真的一样，然后去大门外等，一见女儿的影儿，跳着脚地催："快点儿快点儿快点儿！我去打两把！"一溜烟跑了。

堂姑夜以继日地骂，上至公婆下至孙子们，全骂遍了。临终前她骨瘦如柴，双目深陷，牙床突出。我妈去看她，她艰难地睁开眼，认出是我妈，推心置腹地说："啊，你也是好德行，净受气。别信那一套，反了吧！"

## 堂姑 25 号

这个堂姑是我的素材库。

我写了小说发给她,她仔细看罢,这么说:"我的天哪,你怎么写出来了?还写得这么真。这要让人家看见,肯定知道是我讲给你的。这还了得?"所以,她看后绝不对人说我写了什么,怕连累到她。

我的很多故事来自堂姑。她有鹰一般锐利的眼,又有一张能吐莲花的嘴,曾夸口说:"给我一粒故事的种子,我能给你讲得枝是枝叶是叶。"我从她那里学了许多词儿,听了许多故事。如下。

村里有个老太婆,院里种着棵苹果树,每当苹果熟的时候,前来串门的人随手就摘个吃。这老太婆十分独,受不了别人摘她的苹果,又不好说什么。有个老头子吃着她的苹果好吃,吃上瘾了,每天过来摘一个,恨得老太婆牙都痒。她忍无可忍,背起喷雾器给苹果打药。堂姑见她这时候打药,很奇怪。老太婆说:"那个谁谁,净来吃苹果。我喷上药,让他吃了嘴里咕嘟白沫!两个嘴角全咕嘟。"

堂姑家的旧院外面有棵榆树，搬来新家之后，老邻居觊觎那块空地，每天偷着给榆树浇药，把树毒死了。堂姑猜着里面有鬼，树死了也不刨。老邻居就今天砍个枝儿，明天锯个条儿，慢慢地把树鼓捣完了。忽一日堂姑过去，不见了自家的树，树的原址垛了一堆砖，情知是老邻居占地方，大怒："是自己的也占，不是自己的也占，怎么不去火葬场里占？怎么不去村北坟地上占？"老邻居听到叫板，慢悠悠走出来，拿着劲儿说："别骂了，我儿子他们在城里，都是脸朝外的人……"堂姑听他搬出儿子吓人，更不服："什么脸朝外朝内？茅坑里一蹲哪个不是脸朝外？"老头子吧嗒几下嘴，无言以对，败退回营。

村里有户人家找了包糖的活儿，附近的女人都去干，包上一天，能挣五十多块。一伙人挤在屋里，说说笑笑，十分热闹。有个爱耍尖儿的女人，最会嘲讽别人自抬身价，无论别人说什么，她总能加以嘲讽。她生有三个孩子，近来椎间盘突出，总说腰不好受。一日说起妇女病，这女人说："什么这个炎那个炎，都是不讲卫生。我生了三个孩子，什么炎也没有。"堂姑堵她一句："但是累得你椎间盘突出。"这女人口头禅是"不尿"："别看那谁家里有钱，我还就是不尿她！还有那谁，别人都巴结，我就是不尿他们。"一天又说"不尿"这个"不尿"那个，堂姑问："你当别人愿意让你尿？你当你尿的是香水？"

堂姑家那条街里有个女人，爱叨叨，废话多，和她说不上三句即索然寡味,"语言无味面目可憎"就是这类人。烦得她丈夫不在家待。有一回她在街上讲家里的事,有的没的都说,她丈夫终于火了:"闭上你臭嘴!"她顿时住了嘴。堂姑说:"你就是属破车子的,不搭理你呢,链子也响,挡泥板子也响,嘎嘟嘎嘟闹得人心慌,踹这么一脚,安生了。"

有人说堂姑的公公身世可疑。公公的娘年轻时如花似玉,被掳到日本人的炮楼里住了几年,直到日本战败才放回来,然后有了公公。人们说公公是日本人的种,背地里叫他"日本造"。和堂姑一起干活儿的女人当笑话提这事,堂姑警觉地说:"嘘!嘘!这话不能随便说。现在处处排日,万一把我一家子排到日本去,人生地不熟,我怎么过?"

堂姑排行在八,她出生时,大哥二十,该说媳妇了。他本来就嫌弟兄多,这时又添个小妹子,那个恨啊。再加上堂姑高额尖脸,不讨人喜欢,大哥走到院里,就让把堂姑抱到屋里,他进了屋里,又让把堂姑抱到院里,总之不能看她。她不念书之后,学了编片儿,用棒子皮编,说是出口到日本。堂姑采完了自家的棒子皮,又来我家采,驮回家,放到瓮里用硫黄熏得雪白,编成片儿换钱。钱拿给四堂伯治病,那几年四堂伯说是招了蛇精,四处求医问药,天天炕上躺着。长到二十多,堂姑的婆家还没定。老奶奶有个打算,想拿堂姑给五堂伯换个媳妇,捂着不让嫁。她怕五堂伯说不上媳妇。其实五堂伯因为长得好,两个姑娘喜欢她,其中一个情愿倒贴妆奁,为嫁他寻死觅活。堂姑被捂到二十四,才匆匆说了一家,二十五上结了婚。

　　堂姑当过代课老师。她考教师资格证，考大专证，什么证都有了之后，代课老师岗位突然取消了。她找了刷袼褙的活儿，在院里支起一块大板子，打了一大盆糨子，手持一把大排刷，蘸满糨子，左右一挥，板上刷一层，再从地上的破旧衣裳内拎起一件，双膀较劲儿，哧一下子，一分为二，再分为四，向门板上一铺，排刷呼呼两下，又一层糨子，糨子之后再上一层布，如此五六遍，晒干之后揭下，卷成捆。"不要小看我刷袼褙，知道往哪儿送吗？老北京布鞋！"刷袼褙的活儿没了之后，她给人栽山药，种葱，跟着堂姑夫跑车，什么都能干。

　　每干一种活儿，堂姑都要和堂姑夫展开斗争。拿代课来说吧，堂姑教得很好，在区里拿过名次，算是骨干。堂姑夫见她干劲冲天，格外定下任务，刷锅刷碗喂猪喂鸡，干完这些才能去上她的课，不啊，就别教了，挣那么仨瓜俩枣，还不如在家歇着。刷袼褙，堂姑夫嫌家里脏，那些破布、捂了的面、黏糊糊的刷子，就不该在家里放。栽山药种葱嘛，满身的泥。说到跑车，堂姑夫高兴起来，他的特长就是开车到处跑，最好有个漂亮女人押车。

　　堂姑爱看书，她朝我借名著，借时书是平平整整，还时书角乱卷。看到书成这样儿，我才说了一句，堂姑开口了："我的侄女啊，体谅体谅你姑吧。我一手搂着孩子，一手拿着书，一只眼看着孩子,一只眼看书,容易吗?孩子一闹,我就得赶紧放下书,倒奶粉,兑开水,兑好不停地晃,再往手背上滴两滴,才让她喝。她拉了,我又得赶紧扔下书,哪有精力照顾你的书。为了和你对话,我才这么使劲儿看,放眼亲戚里头,除了我,你还和谁说得来?"我只好闭嘴。

前几日我和堂姑说话,她问:"过了年你四十几?"问完一想,"我大你十岁,那么我五十三了。哎呀我的天,五十多了,老婆子了。"其实她刚烫了头发,染了色,还文了眉,看着也就四十岁。叹完岁数,她摸摸脸,对自己的瘦脸很不满意,要是长个胖脸,看上去多富态,富态的人命好。说到命,她讲了件事。

有个一起包糖的女人说自己从小多么得宠。她最小,上头五个哥,一家子对她那真是捧在手里怕飞了,含在嘴里怕化了。爹娘为了让她喜欢,买回个小巧的木碗,专归她用,她对这木碗视若珍宝,即便是挨肩的哥碰一下碗,也必招来爹娘的责骂。这个女人讲完,想起堂姑也是弟兄们里面最小的那个,让她说说小时候受过的宠。堂姑说:"我小时候,家里偶尔蒸卷子,卷子蒸好,屉布上总会粘着嘎渣儿,这时候我娘神秘地偷偷地叫我:快,把屉布上的嘎渣儿吃了,偷着吃,别让你哥们看见。我赶紧接过屉布撒腿朝外跑,一阵风似的跑远,钻到一个角落,把嘎渣儿啃完。看看四周无人,又飞快地跑回去,把屉布还给娘,报功说,娘,吃完了,谁也没看见。"讲到这里，一起干活的人大笑起来。

堂姑对我说："后来长大，我才知道，你老奶奶不敢明着疼我，只好背地里疼，偷着让我吃点儿嘎渣儿。那些蒸出来的卷子，还要给干活的哥们吃，轮不到我。我出生那年，你老奶奶四十四，上头七个孩子。早不想生了，谁知又生出我，她又羞又惭，哪里敢明目张胆……"

说到这里，堂姑泪眼婆娑，哽咽了。

# 堂姑 26 号

堂姑在炕沿上没坐一会儿，就讲起村里的风流事。她从村西讲起。

村西有户人家，有个十分美丽的女儿，长到十五岁，去城里当保姆，和那家的儿子好上，怀了孕，于是回来，打胎。又出去做饭店服务员，和老板好上，又打胎，于是嫁给外村一个老实男子。但这样的美人儿一般人消受不了，她很快又回到娘家。这回乡里一个很有钱的人看上她，二话不说包起来了。

有钱人开着大厂子，把她放在厂子里，同居着。这女子见厂主离婚无望，就离开他另嫁，没嫁成，花轿走到半路，厂主劫走她，带到外省住了一年，然后回来，依然在厂里住。这女子生了一个女儿，又生一个，第三个才是儿子。生出儿子，厂主突然中风，瘫了。他的老婆带人来到厂里，把女子和三个孩子轰了出去。她只好找人另嫁，两个女儿带着，儿子卖了人。

他们在厂里同居的细节堂姑都知道。这女子被厂主关在屋里，不让穿衣裳，厂主想怎么要就怎么要。还说她生这三个孩子都是厂主的老婆伺候月子。轰她走时，厂主老婆说："来人哪,把这母狗和她的一窝崽子全给我扔出去!"堂姑全清楚。

说完村西这家,又说村子中央的一家。这家的婆娘很不正经,紫棠脸色,长腰,长腿,声音沙哑,和许多男的好,并且耐力持久,一晚接待好几个。与她来往男人的"那个"剁下来,能装一筐。这样一个能征善战的婆娘在乡里驰名挂号,有一年扫黄,抓走了她。她招出半个村子的男人,引起大乱,这些男人生怕被抓,逃的逃,窜的窜,纷纷外出避难。家里的女人们对她恨之入骨,集合起来讨伐她,吓得她不敢在家住,跑到山西住了两年,风声过后才悄悄回来。回来之后,发现另一个女人已取代自己,成了旧相好们的宝贝疙瘩。她就在半夜里去拔情敌的菜,茄子辣椒豆角拔个精光,以泄心头之气。

说完村子中央,接着说村东。村东这个嘛,是个男的,算是偷香高手,村里稍微有姿色的他都想撬一撬。他看上了干兄弟的老婆,常趁干兄弟不在时前去偷腥。俗话说"月黑杀人夜,风高放火天",这家伙不讲这一套,月不黑风不高也敢下手,大雪天也挡不住他。他反裹个羊皮大袄,手掌上垫两个小木块,脚上垫两个,手脚并行进院子,远看像只绵羊。干兄弟察觉到奸情,怒打老婆,打得老婆尿裤子。老婆受不住打,离了。这男的若无其事,另找相好,半条街的女人都和他有一腿。

我问她村北有没有。"有哇!"她说,"普天之下这种事最多。"于是说起村北的故事。有对夫妻在村北开店,女的隔上一年半载就靠个男的,引来家里办事,一办事就让丈夫抓着。

于是女的诅咒,男的讨饶,丈夫怒气冲冲,最后赔钱了事。"他家是做局,现在没人上当了。村南还有一件,爹卖了闺女。"于是说起村南。

村南这家的爹包了一点儿活儿,算是个小包工头。为了巴结大包工头,把自己的闺女献了出去。这闺女长相普通,也老实。但他只有一个这样的闺女,要另有一个机灵漂亮的,肯定不献这个老实的。老实丫头跟了包工头两年,钱没弄着,她爹也没发财,黯然回来。要是发了大财,人们也就不笑话她了,成为王败为寇,说古了的。这丫头回来后已嫁过三处,越嫁越穷,越嫁越不值钱。堂姑说:"她就不该再回来,走了那条道,就得往远处嫁,嫁到个谁也不知道她的地方,也许能进个好家。"

堂姑一口气说了一下午,看看红日西斜,起身回家。我问母亲:"她怎么什么都知道?"

"她东家走西家串,没有不打听的。你还记得她男人吗?年轻时在外头胡来,这么多年没回家,死在了外头。"

她男人是老一辈里头的浪荡鬼,看不上堂姑,打得她很苦。她是离婚不离家,死后也要埋入夫家坟。她走东家串西家,搜集全村的风流事,归纳总结。她讲的每一桩事,结局似乎都不妙。

## 堂姑 27 号

这个堂姑是个自在惯了的人,她知书认字,话里头常夹个与众不同的词儿。她特别肯在说话上舍时间,什么也不干,就愿意甩手聊大天,聊到无人可聊,才肯回家。她的饭总是往后拖,早饭吃到中午,中饭吃到晚上,晚饭吃到半夜。包顿饺子得一天,早上开始剁馅,慢条斯理剁一上午,然后调馅和面,包,就到了晚上。她的孩子都习惯了,饿了自动找食儿,当家的老实得很,三棍子打不出一个屁,家里唯她独尊,想怎么就怎么,赶上心烦,炕上一睡几天,谁也叫不起她。

她不收拾家,东西随手乱放,院里屋里一团糟。要用什么,把家翻个底儿掉也未必找着,还一边找一边纳闷儿地说:"我明明白白记着有,怎么找不着?"翻刨半天,只好到我家借。凡借走的在她家转一圈,就变了样儿,判若两物。她借走一个铁簸箕,还回来一块铁片子。我妈拿起铁片子端详又端详,没说什么。我很生气,拿着铁片子送回去。她说:"没错,就是你家的簸箕,被在院里乱跑的骡子踏平了。"她挥手让我走。我照院里一扔:"姑,你借时什么样,还时也得什么样。我家可没这种铁片子当簸箕。"她无奈，只得让当家的拿锤子敲打一阵，揪起铁片子三个边，勉强恢复原样。她借走的升子，也不知怎么用了，还回来就散架。她似乎有很强的破坏力，凡物经她一用，就破的破，烂的烂，以致没人再肯借她东西。

她最大的爱好是骂街，坐在房檐上，双腿垂下，手边一杯水，渴了喝一口。她骂人不带脏字，却极尽污辱之能事，排比用典灵活自如。她最擅长骂没有对手的街，对面越没人她越精神抖擞，越骂越勇，一骂一天，绵绵不绝，滔滔不尽。真有了对手，她就气短心虚，且骂且退，缩回屋里生闷气，瞅着没人了才串门子说端详。村里人听她骂街就烦，太文气，不火爆，缠线团子似的没意思。一听她上房，人们进屋的进屋，上地里的上地里，躲开她。她把骂街当成重要的事，比做饭收拾家都重要，就那么坐在房檐上喝咧喝咧地骂，骂到天黑，下房，第二天爬上房接着骂，不骂够三天不算一回。

她的儿子很快长大，该说媳妇了。儿子长得丑，不好说，这个堂姑四处托媒，又痛下决心，把家大大收拾一番，才算过了"相家"这一关。待到新人进门，她更得全力伺候，饭要准时，家要整洁，脾气也得拿捏着，不能再上房骂街。憋了半年，她烦了。

那时正演连续剧《封神榜》，我们常到新媳妇屋里看，堂姑坐在门口看，这天夜里看到一半时她起身离开，消失了。

后半夜家里开始找，遍找不见。天明之后全族都找，兵分几路,去外村找,找了两天没音信,就贴寻人启事,贴到了外县。五天之后有了信儿,一个很远的亲戚找来,说人在他那里。

一家人喜出望外,把堂姑接回来,问她怎么去了那么远的地方。

堂姑说,她看电视看到一半,去上茅房,从茅房出来想回屋睡觉,就睡了。谁知半夜醒来,左右一看,躺在马路上。爬起来迷迷糊糊往前走,耳边风声呼呼,也不知走了多少里。天明了她正埋头疾走,遇到一个清早出门的人,见她飞一样地走,不由得问:"你走这么快去哪儿啊?"她这才如梦初醒,停下来,一问,已离家二百里,走不回去了。想起此地有个远亲,就寻了去,住下了。

人们说她是让狐子仙架走了,狐子仙就爱干这个,架起一个人,腾云驾雾,扔到很远的地去。亏了她让人撞见,要不啊,不定把她扔到哪里去呢。

这个堂姑窝在家里蔫了几天,整日唉声叹气,忘东忘西。等到又能出门,恢复了原样:东西乱扔乱放,上房骂街,尽情串门子说闲话。饭当然也不再准时,早饭吃到午,午饭吃到晚,晚饭吃到半夜。

## 堂姑 28 号

　　这个堂姑挂了干白菜的消息传来，我们都信。没人来报丧，自从祖母去世，她没来过我家，音信也就渐渐断了。只听说她做过手术，摘了两根肋骨，挺脱的身子缩得像只乌龟。她脖子细长，脑袋小，再驼了背，确实像乌龟。

　　她每回来都对我奶奶说："哎呀我的婶子哇，想得我直啼哭。我可不管孩子了，不管怎样都来看看你，好好说说话。"她守着祖母坐两天，卸下几吨的话，依依而去。她讲兄弟媳妇，说那媳妇不肯让公婆吃好东西，倒把自己爹娘接到家里，供在炕上，天天"吧嗒"好吃头。她气愤地说："我一进屋，就见那俩老东西正吧嗒，气不打一处来。我也割肉，让我爹娘吃，气着她。"还讲她的四个儿子。

　　她一直想要个闺女，偏偏生个儿子，再生个又是儿子。生到小四儿，想与我妹妹换一换，托人来说。祖母盼孙子盼得眼红，求之不得。我妈也有意，无奈姥爷死活不同意，没换成。堂姑领着小四儿来串亲戚，小四儿吃着饭，突然有了大发现："哎呀妈，我小鸡鸡里有俩蛋儿！"堂姑脸一绷，眼一瞪，小四儿闭上嘴，继续扒饭。这家伙有回来城里，正赶上人家起丧，他贪看热闹，混入孝子队伍，跟着送殡去了。我妈见到小四儿就念一回往事："要是换走老三，长到这么大，也是一嘴撇声撇气的南苏话了。"小四儿长到十四，夏天在院里睡觉，被只蜜蜂叮了一下，叮在大脚指头上，不知叮住哪根神经，昏迷不醒，送到大医院才抢救过来。

堂姑手下四个媳妇，四个媳妇又各生两个孩子，都往她这里放，每天乱哄哄。这也是她来看祖母要住一宿的原因，可以躲躲懒。回家一群孩子等着，不领还不行。孩子们让爸妈惯得没个样儿，一不如意大哭大闹，堂姑就揍，揍掉他们的臭毛病。

她的儿子娶亲都早，结一个堂姑就过一关。四个儿子结完，她算是完成了人生任务。儿子们个个想干大事，可是家底子薄，又没贵戚可攀，她就亲自出马，到各亲戚家走动，凭一张嘴密切联络。她来我家要粮票，让儿子们出门用。向小姑借钱，让儿子们做买卖。终于老二当包工头有了出息，拉扯着他的弟兄们，个个有了钱挣。这时堂姑开始闹病，哮喘、高血压、三叉神经疼，全来了。我最后一回见她是祖母去世，她没等报丧就来了，说柜顶上一个大升子无缘无故摔下来，她立刻往这里赶，果然人没了。烧过三七纸，她再没来过。

我们对她的评价是就一个嘴，花言巧嘴，喧得很，只往自家扒东西，往外出那是想都别想。摘去两根肋骨后，她身子彻底不行了，但威风照要，容不得儿子们挑衅。她早就声言要挂干白菜,还真说到做到了。小姑听说之后丝毫不惊,只是好奇她上吊的原因到底是什么。探听的结果是可能吃了老三的话头子,一气之下上了吊。老三不承认,但那天下午就老三到她屋里去过,他出来不久堂姑就采取了行动。老三百口莫辩,不知道堂姑为何非往他身上栽赃。她那么老,又那么多病,实在不想活,该选个夜深人静,完全可以让每个儿子都清清白白,给大伙留下想头。

我们谈论堂姑的死,说来说去,这还就是她的风格。她这一生斗志昂扬,四面出击,少有败绩,她才不甘心这么等死。她想挂干白菜的念头早就有,就缺机会,那只好对不住老三,谁让他来的不是时候,凑巧在她想死的时候来了呢。她是死也要给自己找台阶的人,讲究师出有名。她这么一死,干脆利落,不受罪了。反正人都有一死,不是这么死就是那么死,活到一定岁数,不想再活,挂干白菜还是喝一扫光,结局一样。

我想起堂姑在我家住的一宿。清早起来,她立在镜前梳头发,梳齐了戴上半圈黑铁丝拧成的发卡,额前一发不留。如果叫她,她眼一斜,"呃?"一声,算是回答。我从没见她笑,一个笑话逗得别人抱肚子打滚,她直挺挺坐着,人越笑她绷得越紧,狐疑的目光从三角眼里射出,扫了这个扫那个,扫到大伙不再笑,她才脸色和缓。

## 堂姑 29 号

猴仙说是来自山西，来到河北，找到了有缘人。

有缘人就是我的一个堂姑。当时她还年轻，从不信什么。猴仙找上她，让接香案，她不肯，于是开始闹病，莫名其妙全身发软，走路摔跟头，跌得全身是伤。还突发心口疼，一疼就昏过去。这么折腾了她两年，万般无奈，接了，敬起猴仙，一敬几十年。

猴仙让堂姑打扫两间西屋，用被子堵上窗户，门外挂起棉门帘，她要给人看病。屋里黑漆漆伸手不见五指，有电灯，不常用，也没谁有那么大的胆子敢随便把电灯拉亮。看病的人进来，堂姑领着坐在凳子上。只听一阵乱响，有物顺着插在烟囱内的竹竿子进来，一跳，到了地上。一个唧溜欻啦的声音问："怎么啦？哪儿不好受？"病人哆哆嗦嗦回答："胃、胃不好受。"一只毛茸茸的手摁到胃上，向里一顶，又一揉，唧溜欻啦地问："是不是这儿？"一根长针扎上来，嗖嗖两下，病人还没来得及叫，扎针结束，一包药进了手里。钻出黑漆漆的屋子，病人恍如隔世，回首看病经过，又惊又信。回家吃过药，果然好了。这样一传十十传百，找猴仙的越来越多，几千里外也有人专程而来。

人们成群结伙去看猴仙。这个猴仙挺爱闹，让大伙坐凳子上，说带他们过河，谁都不许瞎想，谁瞎想谁掉河里。真听着水声哗哗。其中一人听了会儿，突然想到："这莫不是谁用手撩脸盆里的水呢？"又听起了风，呜呜响，他又想："这莫不是谁藏在哪里吹纸？"猴仙说话了："河过完了，大伙出去看看身上吧。"众人走出屋子互相看，只有这个胡猜乱想的人全身是水，正从衣角往下滴答。

有人想看看猴仙到底什么样，猴仙让拉开灯，灯光一亮，屋里多了个四十多岁的女人，修短合度，珠光宝气，手持一柄白羽扇，她就是用这把扇子对病人敲敲打打。她笑吟吟站在屋里，看得众人目瞪口呆，满心欢喜。灯灭后接着看病，病人信心大增，来的更多。堂姑不得不雇人发药，西屋看病出来，东屋领药。门前车水马龙，两户邻家趁此机会开了小卖部，回收堂姑家的礼品，再卖给病人。

堂姑满脸麻坑，声如破锣，胖得看不见自己的脚，人倒是豁达痛快，时常给村里分发糕点，又广认干儿，与村干部乡干部处得也好。无奈她名气太大，县里决定拿下她，做一个反面典型。

一日深夜，公安局包围她家，冲天鸣了两枪，把堂姑从家里拽出。又搜查那两间神秘的西屋，揭去棉被棉帘，拉亮电灯，在夹墙内搜出个女人，一起带走了。几日之后电视上专门播出,堂姑看病全是骗局,猴仙子虚乌有,是串通夹墙内的女人演出来的。那女人的行头里有白羽扇一把,毛手套一副,戏服若干。至于给病人的药,既有香灰,又有鸦片。

人们不相信这是骗局,或者不是从头到尾都是骗局。猴仙确实在堂姑家住了二十年,这二十年里,看好许多病人,让村子大名远扬。可惜堂姑搂钱没够,狮口大张。猴仙嫌她太贪,打过她多次,其中一次有人亲见,只见一条鞭子凌空飞舞,唰唰有声,抽得堂姑满屋乱窜,打着滚求饶。人这贪念一旦发动,收心就难了。猴仙厌弃她,回了山西。猴仙走后,骗局才开始,堂姑为维持局面,找了这个托儿冒充猴仙。所以这件事前真后假,不全是骗。见过猴仙的人看了电视上的女人,断定这个根本不是猴仙。猴仙雍容大气,这女人耸肩皱眉,一脸贫相。堂姑在看守所里又哭又闹,几近崩溃,村干部乡干部作保,放了回来。

遭此大变之后,堂姑至少又活了二十年。她深居简出,但关于她的种种故事还在村里流传。得脑血栓之后,六个媳妇轮流伺候,她看哪个也不顺眼,送饭晚了骂,翻身不及时也骂,她唯一能支配的也就这张嘴了。有一回大媳妇提了饭来送,刚进院子听她大声叫骂,怒从心头起,一脚踢飞了饭,门都没进,掉头走了。

## 堂姑 30 号

堂姑提着一袋子纸钱到村北给她爸烧忌日纸。

秋深草高，簇簇菅草抽出银灰的穗子，穗子由灰转白，枝枝夯起，夯成团团白毛，数团白毛举在空中，摇头晃脑。坟间的酸枣已是熟了又枯，朱红的小果挂在枝上，发着油光，伸手一捏，全是干皮，再使劲儿一捏，落了。

她走路十分麻利，仿佛水上漂，一手提着袋子，另一手握着手机，头微歪，双腿倒腾得异常轻快，麻麻溜溜地凭记忆来到一座坟前。

这个季节，所有的坟都隐在草间，有的坟前立块碑，上写"先考某某，先妣某某"，有的坟还没立碑，草间一隐只见碎土一堆，面目仿佛，辨不出谁是谁。有块坟地异常苍翠，植了许多松柏，这一族的人很有出息，不是居官就是开厂，个个非富即贵，舍得修饰祖坟，年年清明动用洒水车浇松浇柏，整得这一片郁郁青青。而我们这一族既不富也不贵，搞不了那么大动静，老辈子们的坟挤在一处，很难分清。

堂姑放下纸钱，打开手机，拍了两张坟上的野草发朋友圈:"老爸忌日,难过。"发罢从兜里掏出打火机,蹲下,抽出几张纸钱引燃。

这些年纸钱越来越高级,全由"天堂银行"发行,"天堂银行"之下另有分行,如:"中国人民天堂银行""中华人民共和国天堂银行"。数额大得惊人,一张票子就是十亿百亿,至小也得十万。烧纸上还印有聚宝盆,很大的金盆,盆里堆满元宝,元宝烁烁闪光。还有摇钱树,枝上缀满金钱,树旁注着字:随用随摇。我们烧纸时直犯嘀咕:"这么大的票子,能找开吗?"有人就说:"放心吧,那边物价高,钱毛。"

堂姑点着纸钱,又照两张相,照完朝坟上看,看到草里藏着块短碑,碑上刻着两个不认识的名字,大吃一惊。她从附近搜了根挑火棍,一阵拍打,拍灭纸钱,小心地拨拉着余下的纸钱挪到左边坟前,点着又烧。这期间又照两张相,删去刚才的两张。烧了一会儿,她记得爸爸的坟好像正冲着北边一棵大杨树,抬头一看,不见杨树,又吃一惊,挥起棍子又对着纸钱拍打。这回不敢随便烧了,万一人死之后真的有灵,老父亲不定在那边怎么骂她呢。她又怨又气,怨得是爸爸的坟这么不好找,气得是哥哥不来烧。她哥在市里包了点儿活儿,忙着挣钱,早把忌日抛到九霄云外。她打通电话,气急败坏地问:"哥!咱爸那坟到底是哪个?"

她哥也说不清。去年忌日赶上下雨,他来烧纸,坟间泥泞难行,他在坟场之外选块水少的地儿,跪下冲坟地磕个头,大声说:"爸,我在这儿给你烧钱,你朝前走几步,咱俩就就吧。"正烧,来了一阵风,卷跑纸钱。他顿足道:"爸!快追你的钱去!别让人抢喽!"现在草这么高,他也实在说不清哪个坟里埋着老父亲。"哎呀!你就在那一块烧吧,提念着咱爸的名儿,他听到自然会来收钱。明年清明,我在坟侧栽棵小柏树,做个标记。"

堂姑左顾右看,用棍子把残存的纸钱拨到几个坟间的空地上,第三次点着:"爸!收你的钱了啊!苦了一辈子,这回有钱了,在那边别细着,该吃吃,该花花。"一小堆纸钱很快烧没了,她扔掉棍子,拍拍手,在灰前一跪,膝上一阵刺痛,垂头一看,全是干蒺藜,怒上心头,站起身,双脚又踢又搓,踢出一块干净地,重新跪下,磕了三个头。

她水上漂似的朝外走,边走边照,照了几张菅草,照了几张酸枣。走出坟地,遇见个来给麦子刮垄的老婶子。听说她来烧忌日纸,老婶子仰头想想:"今儿初几呢?初六。你爸初五没的,昨儿是忌日。"堂姑不信,拿出手机划拉日历,边划拉边嘀咕:"看你说的,我爸的忌日我还能记错?"划拉出来一看,还真是记错了,立时全身不自在,自己找台阶:"没啥!也就是让我爸多等一天,他知道我哥和我都忙,忙晕了。"她本想把刚才烧纸的事讲一讲,一想,太丢人,匆匆骑上电瓶车走了。

老婶子的地在坟场北边,她穿过坟场朝北走,看到那三堆新灰。刮垄时她想起来就笑一场,笑了好几场。

## 堂姑 31 号

这件事说起来有三十年了。

先是胡同里的老婆子们交头接耳,你偷着告诉我,我偷着告诉你,咬牙切齿点评几句,地下党接头似的,眼角扫着我们这些小丫头。她们像承担着重大使命,务必要把一个极其重要的秘密传播出去。一个拄拐的老婆子在胡同口听到秘密之后,奋力挪来,把秘密卸给了我奶奶。

家里形势突然紧张起来。我们被限制外出,晚上不准串门子,没电的时候不准去到有电瓶的人家看电视,再好的片儿也不能去看。同时说教的次数多了,增添了与男人交往注意事项,具体到老头子、中年汉子、小伙子和半古桩子,甚至还撒尿和泥的孩子:他们和你搭讪你该如何应对,万一被摸了胸摸了臀怎么办。总之,少出门,少说话,遇到坏人能跑就跑,能躲就躲,跑不过躲不过拼死抵抗,抓他个满脸花也好辨认。

我被灌了一脑袋这些东西,丈二和尚摸不着头脑。秘密还在流传,整个胡同山雨欲来风满楼,充满慌张。憋了个七八天,原因浮出水面,说是这一片出了坏人,坏人就在后街,是个话不多并在城里上班的人。我大吃一惊,这人每天早出晚归,骑辆车子,车把上挂个黑皮包。他从不横眉立目,也没听说过杀人、剪径,怎么突然成了坏人?

秘密随着一个堂姑的大肚子水落石出,瞒是瞒不住了,大肚子的制造者就是这个不像坏人的人。两家前后相邻,是在一个停电的晚上做下的。那几年正放《射雕英雄传》,村里又好停电,一停电人们急得猴儿跳圈,纷纷往有电瓶的人家钻。这堂姑心思单纯,不管多晚,只要停电,就去后邻家看完,才有了这种事,就一回,怀上了。

水落石出之后,堂姑家鸦雀无声,全家都不出门,匿了迹。人们也识趣地不去打听,但都密切关注,她家拎着桶出来喂猪都成了新闻。当然,人们更惦记堂姑的肚子。七八个月了,难不成就在家里生?半个村子议论纷纷,气愤不已。先气她的父母,竟然让怀到了这么大月份。当爹的就罢了,男的粗心,当娘的怎么就瞎了眼,看不出变化?据一个眼明嘴快的老太婆说,她早就看出堂姑不正常,早好几个月就蹲在墙根呕啊吐,那腰粗如水桶,看着就像占了怀。她还曾好意提醒当娘的:"春花啊,那谁不是有什么病吧?肚子那么大,莫不是里头长了什么东西?"春花怎么说?这么说:"她有什么病?能吃能喝能睡,壮实着呢。"这个傻老婆,可不壮实,不壮实怎么给她养外孙呢?这回好了,丢人现眼了!看她怎么着吧。

骂完堂姑的父母,又骂村里的电工,八成死爹了,想让全村陪他家点蜡。又骂电视台,放什么射雕,光么把个很好的堂姑射成了这样,这让她以后怎么做人。

人人暗中替她家使劲儿,操心这孩子生下来怎么着,是送人还是干脆扔掉。见她一家子没动静,人们又是急又是恨,急的是她家还不赶紧行动,得想法儿把这丑事遮掩过去啊。就算遮不过去,也得有个努力的意思啊,总不能这么干晾着丢人现眼。恨的是这一家太没血性,这么好个姑娘,就这么白白让糟蹋了不成?她爹呢?她哥呢?怎么不杀入后邻,白刀子进红刀子出,就算抵命,也值。才十七的大姑娘,十七哪!好比那花还没开彻,就这么着给个大兽爪子揉搓了。

后邻没有任何动静,没事没事的,该干什么还干什么,串门打扑克,与平时全无二样。

终于,堂姑的姨从一个很远的地方来了,说这堂姑得了气鼓病,带她去看,接走了。来的时候是黄昏,走的时候是凌晨。她走之后,胡同里掐算着日子,她该生了,该坐完月子了,该回来了。人们又替她操心起嫁人,连嫁什么样的人都琢磨好了。这个有了毛病的堂姑注定嫁不成正常人了,毛病对毛病,她只能找有毛病的人嫁。

消息长着飞毛腿从五十里外的村子传回来。堂姑生了个小丫头,见面就给了人。至于给了谁,不知道。她嘛,一出月子就嫁人了,嫁给那边一个又穷又豁嘴的光棍。娘家的大门对她永远关上,她再没回过娘家,就像从来不曾在这胡同内出生成长。

人们又恨起来,恨她爹娘愚顽不化。虽然这事儿不小,但人生在世难免走错，总不成走错一步就连人都不要了？天又没塌，地又没陷，新事一件一件涌出，盖住前头的事，谁老记这些？谁肯扒着肩头笑话你？这么大个姑娘，养了这么多年，说扔就扔掉，实在可惜。这么想着，人们又把矛头转入后邻，恨天不开眼，恶人不遭报应。

半年之后，我们终于盼来一场大架。这架不打太说不过去了，坏人得不到惩治，全胡同提心吊胆。这真是一场好打，异常激烈，动用了粪叉、铁锹、锄。堂姑的爹和哥大战后邻男人，堂姑的姨和娘大战后邻女人，只杀得尘土滚滚红血纷纷。好几条街围观，都不上前拉架。人们以为二比一，怎么也得堂姑家胜出。结果出乎意料，他们人虽多，却不耐战，一个小时之后，堂姑的爹和哥躺到地上，姨和娘也躺到地上。围观的人这才上前，抬的抬，扶的扶，把他们弄到家里，又跑着去卫生院叫医生。

这一架之后，堂姑的爹卧床不起，很快去世。然后轮到堂姑的哥说媳妇，小伙子文文弱弱，却发下宏愿，一般女人不要，要就要五大三粗，美丑不论，穷富不论，只要彪悍泼辣。他照这个标准挑选，果然娶进一个相扑手式的媳妇，高大敦实，街上一站凛凛生威。

## 堂姑32号

我有个老堂姑,已瘫二十年,除了腿不能动,其余部位比正常人还正常。

这个堂姑的娘家原来很富,轮到她该嫁时,家境沦落,只好嫁给一般人家,讲好不上"三台",即不上灶台,不上井台,不上碾台。也就是说,她不做饭,不打水,不推碾。她这一生,也真是享受的一生,老头子在的时候,全心全意伺候她。夏天的黄昏,她带着孩子在房上纳凉,饭做得了,懒得下去,就用扁担把饭钩上来。瘫了之后,更是双手不再碰碗,老头子一勺一勺地喂,她呢,揎着袖子抻着脖儿,一口一口地吃。晚上还得给她捏胳膊揉腿,拖了几年,生生把老头子累死了。

她也不是真就瘫得不能动,她是不肯动,能动也不动。老头子死之后,儿子和媳妇接着伺候,不到两年,媳妇也病了。儿子把姐姐妹妹叫来,说轮着养吧,这么单累一家,得出人命。堂姑要求太高:饭食差了不行,不喂到嘴里不行;穿得差了不行,换洗得不勤不行;每晚不按摩不行,态度不恭顺不行。儿子实在受不了啦，轮起来，让大伙都见识见识她怎么个难伺候，别干站着说话不腰疼，好像儿子多不孝顺。

于是轮起来，每家三个月。这时候闺女们心里都还热，怎么看这堂姑怎么心疼，把娘接了来，舍不得出门，天天守着她，吧嗒吧嗒掉眼泪，吃的穿的用的无不精心。轮到自家的时候，早早备好推车，欢欢喜喜，前去把娘接过来。如此持续两年，新鲜劲儿过去，懈怠起来。

先是女婿们厌烦了。这个老婆子怎么死不了呢？这么下去何时是了？底下已添孙子，上头还得伺候这么个老婆子，一想就烦。老婆子还这么不自觉，双手能动，非让喂着吃。拄拐也能挪动，非卧在炕上让人端屎端尿。夜里还故意折腾人，一会儿这疼，一会儿那痒，让这么捶那么打，一折腾好几个小时。女婿们心里厌烦，眼里就带出来，饱含着憎恶，嘴上也带着恨意。两三岁的小孙子无意中学堂姑咳嗽，当爷的怒火中烧："敢再学她！学什么不好？非学她！再学吊起来打！"

闺女们也烦了。最闹心的是闺女们，既得挡住男人们的不满，又得在娘前装笑脸。这时的笑已不是发自内心的笑，而是皮笑肉不笑，都在熬。熬了一年又一年，堂姑却越活越旺，不但没有下去的迹象，还有了返老还童的征兆。一日，闺女给娘梳头，看到头顶正中长了簇黑头发。人们都说，人老还童，对小人有碍，这是要碍妨谁？

很快大闺女有了心脏病，一动气喘如牛，不但不能伺候堂姑，也得让人伺候自己了。这样，轮养堂姑的就少了一个，余下的几个负担更重。姐妹们重新商量,不再仨月一轮,改为一个月一轮。

堂姑依然故我。她自在了一辈子,从没想到这么做有什么不妥,她可是从小就这么让人伺候过来的。觉察出女儿们不耐烦,她折腾得更厉害,到了夜里大声呻吟:"哎哟,哎哟!难受死喽!"叫得人睡不着。闺女们只好睡眼惺忪地过来,给她捏腿、揉肩。捏着揉着,不知不觉打起瞌睡。堂姑"嗯哼"一声,闺女醒了,只好接着按摩,想想自己也是近六十的人,还睡不上个安稳觉,不觉落下泪。

三个闺女商量一番,要给堂姑算命。

她们到处打听谁算得准,找了去,放下三十块钱,让算算堂姑的寿数。

算命女人五十多岁,两眼乌青,烟不离口,屋里全是腾腾烟雾。她坐在烟气中,云遮雾罩,十分诡异。

"她啊,还得活几年呢。"算命女人简短地说,眼在烟后眯着。

"几年?"闺女们心一揪,想知道自己还有几年才能解脱。

"她食禄未尽。不吃完她该吃的,走不了。"算命女人把烟往桌上一摁,摆手送客。

想到堂姑还得再活几年,三个闺女十分发愁。她命里怎么那么多吃的?吃不完还走不了?那让她赶紧吃呢?快马加鞭地吃,不就该走了吗?

"她今天早上说想吃什么来着?葡萄。这大冬天葡萄那么贵。"三闺女说。

"贵也得买。说不定就是葡萄吊着她走不成呢。买去！让她吃了赶紧走！"另两个怂恿。

"再想想她还要什么，一气买回去，全让她吃了。"她们站在路边想，把堂姑偶尔提及的吃食都想起来，大概有七八种。

她们不怕贵：这是她命里该吃的，不吃完她不走，让她赶紧吃。

如此又伺候半年，堂姑依然不露衰相。闺女们实在熬不下去了，一不做二不休，凑钱把她送入了养老院，让她折腾别人去吧。

这回堂姑上了大火，在养老院不到半月，走了，享年九十二。

## 堂姑 33 号

有两个堂姑敬着仙家,一个敬猴仙,已写过。这一个敬着太阳神。住在我家前面。

她全身雪白,像雪堆成,仿佛太阳一照会化成水。有人说她这白是捂的,从敬起太阳神,她足不出户,天天蒙被子躺着,一捂几十年,所以才这么白。她双目碧蓝,视力不好,暗处还能睁眼,亮处只好闭上。每逢出门,她一手搭额,一手急切地寻找支撑物,从门摸到墙,再摸向一个物,下一个物……当然,她极少出门,大小净都在屋内桶里解决。

她年轻守寡,没有再嫁。太阳神跟着她,像个咨询顾问,随时解答她的各种疑问。村里人托她向太阳神问事,也一一得到了圆满的答复。

我妈对求神问道兴趣浓厚,什么都信。她知道我爹烦这个,就偷着联系这些卜祝者。有回村里来了个胖尼姑化斋,她领来家里,闲聊起来。正说得起劲,我爹回来,见家里蹲个胖大尼姑,大怒,立马轰了出去。但他不干涉我妈出门,女人算命是娱乐,相当于男人喝酒,何况有的事也真说不清。

七舅有一年浇地时，去附近的坟边解了个手，带了灾，当夜梦到一女子前来纠缠，半月不到他全身无力，面黄肌瘦。人们说这是虚病，医院也看不好，得找仙家管一管。我妈就带他来找太阳神。

堂姑平时就是躺着，有人问事才盘腿坐起，支着耳朵听虚空中的动静，频频点头，然后转述。没有打哈欠流眼泪全身哆嗦那一套，也不用磕头下跪。七舅来了六趟，每趟都提回几大包草药，有枝枝杈杈的树根树皮草茎草花，也有簸箕虫老牛壳儿，吃了半年，还真好了。我爹分析说："这就是心理作用，一说是仙家开的药，能不灵？"但他也疑惑，这个一字不识大门不出的女人从哪儿学了开方的本事？

这堂姑养了两只大鹅，极其凶恶，生人来了狂追不止，又叫又拧，十分卖力。有大鹅护院，求见她的人都得熟人引着才能进门。她坐在玻璃窗后，鹅鸣声中纹丝不动。后来这两只鹅追胡同内一老妪，惹得老妪性起，抓住鹅脖子左三圈右三圈地拧死了一只。另一只失了伴，不多久也死了。堂姑拖着死鹅破例走出家门，坐在捶布石上，"哎哟我的天啊，哎哟我的天啊"喊了一天，以泄心中不平。她平时小心翼翼，打雷下雨风吹草动都让她受惊，何况大鹅横死。

她凭着太阳神给儿子盖起大房，娶了媳妇。媳妇十分粗壮，连生两个孙子，孙子们也是粗壮结实，似乎落地就跑见风就长，眨眼就能蹿入她屋里搜罗吃的。问事的人还没走，孙子就要吃放在桌上的礼，她充耳不闻闭目不语，任他们折腾。她似乎容颜常驻,六十多岁还是那么雪白娇弱,好像岁月流逝与她无关。

她是突然衰老的,像是花瓣受了冻,一夜凋零。有一天,她突然变瘦,全身密密地长出皱纹,头脑也糊涂起来。找她问事的人发现太阳神不灵了,时时答非所问,病也看不好了,事也管不成了。找她的人越来越少,门可罗雀。我妈去看她,也不过说些家长里短。她盘腿坐在床上,屋里是她帮人问事挣来的家具家电,全是名牌,暖气烧得也足,屋里温暖如春,她这么雪白雪白地坐着,就算太阳神已弃她而去,身上依然散发着一圈毫光。

我妈说太阳神弃她而去是有原因的。她太贪,越来越贪。先前找她问事,提包点心放十块钱,后来不要点心了,只收钱,从一百涨到三百,又涨到五百,涨到一千,遇到疑难病症,那就没数了。太阳神一走,她两眼一抹黑,什么也不懂,先还想装模作样继续看病,装了几次,露出马脚,来的人更少,只好说太阳神不再管世间事,彻底歇了。

## 堂姑 34 号

这个堂姑很懒，全村出名。

她也不是不干活，但干得慢，磨磨蹭蹭也能干点儿什么。像做棉衣，别人一天做三套，她七天做一套，也算做出来了。饭，虽说常错过正点，也终究让家里人吃上了。人们看不惯的是她专挑关键时候生病，像收麦子、收秋、头过年，最忙最需要人手的时候，她病了。这病来得蹊跷，说来就来，说走嘛，得等到麦子收完，秋收完，过了年。忙完了，她的病自然也就好了。

村里的女人们每到忙时生怕有病，病了也挣扎着做。正忙的时候生病，慢说别人怀疑是装的，自己心里也不好受，活儿堆成山了还得病？那病早让活儿吓跑了。人吃五谷，谁没个头疼脑热，都希望忙时健健康康，闲时把该得的病得了，不耽误干活。堂姑却年年来这么三场病，雷打不动，应时而来，顺时而去，不是懒是什么？但看她发病的样儿也不像装，正常人装不出那样儿。

她先是闹，中邪似的，满屋乱蹦，边蹦边斜眼吐唾沫，尖声厉气大算秋后账,责骂谁曾对不起她,谁曾惹过她,叫骂不休。当家的心疼她,只好慢慢疏导,她骂什么都耐心倾听,和风细雨地劝。闹上多半宿,她累了,蒙头大睡,睡上几天,活干完时也就好了。有人不信这个邪,想用老辈子的身份镇住她,谁知越镇越凶,她谁都不认,目露凶光,在屋里上蹿下跳,身手极其灵便,一下子跳到立柜顶,又像只猫似的轻盈跳下,落地无声。谁也拿她没法儿。

人们都知道她在装。农活确实太苦、太累。收麦子的时候,天那么热,麦芒那么尖,麦茬儿那么扎,打场那么熬人。收棒子更痛苦,先得埋头砍倒棒子,再蹲着一个一个掰下棒子,敛成堆,拉回家。这不算完,还得一个一个地剥,再用筐背到房上。花生呢,用粪叉一棵一棵地起出,连蔓带果弄回家,再一把一把地揪进筐里,背到房上晒。哪一样活儿不是浸透了汗水,若能不吃苦就有收获,都巴不得呢。人们对她在收麦收秋时闹病还能理解,但头过年闹病可就过分了。

头过年那几天,要蒸卷子蒸包子,炸麻糖炸麻花,煮肉做豆腐,每天热气腾腾欢欢喜喜忙忙碌碌,累是累,但总比过不起年要好。越忙说明越富足,穷人才守着冷锅冷灶没的忙。她竟然在这种时候放着好好的年不过,扔下一切闹起病来。她一闹病,无形中把各种活儿推到了邻居亲戚身上,总不能看着他们过不了年,大伙只好一起上阵,替她蒸卷子蒸包子、炸麻糖炸麻花、煮肉做豆腐,而她呢,裹着被子躺在炕上,倒舒服!大年初一来到,她的病豁然而愈,什么东西都现成,享用吧,吃得比谁都多。

一晃三十年过去,她的儿子娶了媳妇。新媳妇初来,摸不清虚实,头几回见堂姑闹病,十分吃惊。隔一年生了孩子,和村里人也熟了,慢慢哑摸出点儿味道来。她抱着孩子四处串门,把话题引到堂姑的病上,探问究竟。人们也不再藏着掖着,竹筒倒豆子,说了个痛快。

这媳妇冷眼观察,觉得堂姑确实懒。花生捂在院里,碰都不碰一下,房上晒了什么从来不闻不问,好像不是她家的粮食,每天不是躺着睡,就是去街上看景儿说闲话。东西从不归纳,扔在院里风吹雨淋,也不心疼。转眼又到年底,腊月二十的夜里,堂姑又闹起病来,尖声厉气,大叫大嚷。这媳妇穿好衣裳,抱起孩子,走进东屋。

堂姑正在炕角蹦跳,双目圆睁,挥胳膊抡腿。媳妇抱孩子往炕前一站:"我说你是怎么了?年年这么装有意思?大过年的高高兴兴,你想干什么?"公公插话说:"你妈这是难受,让她缓缓,让她缓缓。"

老头儿这么一打掩护,堂姑气焰顿涨,在炕上蹦得更欢,摇摆着脑袋乱吐,沉浸在狂乱之中尽情发泄,一会儿跳下炕,一会儿又蹦上来。

"她难受个屁!全是装的!你随便找个人家问问,谁不说她装了几十年。她懒!真有病现在去医院,该查查,该开刀开刀,走!"一把抓住堂姑手腕子就往下拽。公公又上来拦住:"别别别!拽脱了她的腕子!"堂姑趁机哧溜一下缩进炕角去了。

"我告诉你,再这么装疯卖傻,我立马和你儿子离婚,抱走孙子,我让你后悔一辈子!"媳妇厉声说罢,抱孩子回了自己屋。

孙子是堂姑的心上肉,虽说抱得不多,也是含在嘴里怕化了,捧在手里怕飞了。她挨了这顿骂,愣愣地蹲在炕角一声不吭,左思右想,左右为难,继续病还是不病?她突然哭起来,哭过钻被窝睡了。第二天一大早,她已在厨房忙乎,准备发面蒸卷子。

## 堂姑 35 号

这个堂姑眼有毛病，生来见不得强光，光线昏暗了才能睁大眼，平时就眯着。眯着不等于看不见，也不等于看不清，她这么眯着眼踢毽子踢房，想诡她都难。她排行最小，上头有兄有姐，全家对这个眼有毛病的老六倍加珍爱，什么也不让她干，什么也不让她触，养得她细皮嫩肉，尤其那双手，嫩笋似的，削葱似的，还特别软，指尖向后一扳，能碰到手腕子。她八岁上小学，六年制的小学念了十二年才毕业，每一年级蹲两年。这样念到二十，该嫁了，于是说婆家，嫁人。

嫁了人她依旧懒，衣裳脱了不洗，搁段时间从脏衣里挑出一件接着穿，床下扔着一团又一团卫生纸，老鼠也在床下打洞，捣得那土如同连绵的群山。她六十多岁的老娘每周来一次，拧着辆三轮跑七里地，来给她打扫卫生。她还馋，有个钱就用在吃上，那嘴不说话的时候就是正吃东西。没钱买呢就用粮食换，换回来昼夜兼程地吃。有个亲戚与她同村，提起她，羞与为伍，连连摆手，说有一回蒸了肉包子，堂姑去串门，正好包子揭锅，腾腾的蒸气，堂姑竟然不怕烫，那手九阴白骨爪似的,唰一下子扎进锅里,抓出个大肉包子,吸哈吸哈地吃了,没见过这么馋的。丈夫一抱怨,她能回一箩筐话:"买得起猪垒得起圈,娶得起媳妇管得起饭。嫁汉嫁汉,穿衣吃饭。嫌吃呀?把我脖子缯起来。从嫁了你,穿没穿过好的,吃没吃过好的,平常水果还不让吃够。俺在娘家的时候……"她一用这个"俺"字,无限委屈涌上心头,想起在娘家当闺女时的好日子,哭起来,痛诉在婆家受的苦,重提在娘家享的福,越说越受屈,抱孩子起身回娘家。

她回娘家不要紧,吓坏了男的。这男的生来胆小,最怕独睡,夜里串个门也要堂姑跟着,牵着手去牵着手回,看着像恩爱,其实他是蚂蚱胆子小极了。见她回娘家,他魂飞魄散,无论如何也要跟过去,在丈人家挨顿训,又一同回来。回来之后堂姑放开手脚大吃大买,贩子走到她门前都要格外停留,知道这是大主顾。

她一直住旧房子,从娶来就没打算盖。但看别人家盖新房子搞装修,她也心痒。她常年不扫房顶子,蛛网啊尘土啊积得大厚,响个雷都能震下灰絮子。她想,房子盖不起不要紧,但得装装修。于是买来石膏板,找来人,三下五除二吊了个洁白的顶,一时传为笑谈。村里都是盖了新房才装修,她倒好,破破的房子吊起顶,出来进去扬扬得意,比盖了新房的人还气势。全村的人都洗净眼要看她笑话,看她一没房二没钱,怎么给儿子说媳妇。

堂姑从不发愁。她很少发愁,老天饿不死瞎眼雀,不着那急。吊顶的房子住了两年，好事来了。村里一户人家盖房子后，家里人接二连三得病，找人查了查，说这处房子不利，最好与人换换。就找堂姑，问她可愿意以旧换新。堂姑立马答应，她才不管利不利，收拾东西就搬过去了。搬去住下，百事没有，一家人活蹦乱跳，感冒都不得一回。把想看热闹的人气了个倒仰，这真是傻小子睡冷炕，全凭火力壮，不费吹灰之力，自有人把新房送她手上。

这几年男多女少，比例失调，姑娘们挑着拣着嫁，还嫌嫁的不好。好条件的还说不上呢，堂姑家这条件，更别想。就算侥幸说上，十几万的彩礼她也拿不出来。十里八乡都知道她不存钱，有一个花一个，有俩花俩。堂姑呢，对儿子也没上过心，他命里有媳妇终归会有，命里无时只好打光棍，反正打光棍的也不是他自个儿。她这儿子念书不行，不行就别念，随便去哪里干活吧，摔打几年再说。谁想这儿子嘴皮子非常好使，哄小姑娘一绝，在市里打了一年工，谈上个对象，上了床怀了孕，领回家来要结婚。

堂姑还没准备好，儿子就把媳妇领回来了。她很不愿意这么早就带孙子，让去打胎。满村人骂她烧昏了头，别人想娶媳妇娶不上，好容易娶上个，怀不怀得上又两说。她倒好，怀上了竟然让打掉。儿子眼一眨巴来了主意，吓唬她说："妈，可不能打。我们做过 B 超，龙凤胎！"一说龙凤胎，堂姑闭了嘴，只好紧闹三光给他们收拾房子，又朝娘家借钱置办东西。媳妇家在远处，风俗与此地不同，也不计较彩礼，也不知道要

· 133 ·

轿车，一切从简。在别人眼里重如泰山的事，到堂姑头上轻如鸿毛就过去了。与她岁数相当的女人还为儿子急得猴儿跳圈，她家已有个待产的媳妇。

人们气不忿儿，擦擦眼继续往下看，不信看不到她的笑话，都说现在新媳妇娇气，怀胎也能折腾人呢，还有生孩子，也是鬼门关呢。谁想这媳妇皮实得很，从怀上一口也没吐过，顺顺当当到了时候。时候在半夜，连医院都没来得及去，她咪溜一下就在自家炕上生出个大胖小子，传为奇谈，都说近三十年来，村子里再没有生孩子这么便宜的。

堂姑接的生，她的眼在夜里与常人无异，睁得又大又亮。她接出个龙胎，又眼巴巴盼另一个凤胎，盼到末了，才省悟受了诓。

◎ 堂叔系列

# 堂叔1号

这个堂叔什么都信，如来、玉帝、天主、安拉……只要他能接触到，听个一鳞半爪，觉得好，就信。信之后还挺积极，什么都参加。哪里庙会烧大香，哪里巫婆跑花园，哪里做大弥撒，只要能腾出空儿，他都去。

他平时种地，闲时开小三轮跑出租，从不坑人。别的司机见了外地人狠宰，张口要三十要五十，堂叔只要三块，该多少就多少。他也不抢客，是他的总是他的，抢也没用。半天拉不上一个人他也不急。至于地里的收成，该干的都干了，收多少老天爷看着办吧。他从不将信将疑，那些天上的神，不管是中国神还是外国神，他都信得很虔诚。

有一年不知从何处刮来股风，说某月某日要灭世，神对人类大清算，好的上天堂，坏的下地狱，世界整个毁掉。总之是场大灾难，十分可怕，得想法儿躲一躲。怎么躲呢？藏到三米深的窖里，谁藏谁得福，不藏的就等着灭吧。这股风越刮越猛，堂叔惶惶几天后，开始行动。

他没经过灭世，但经过地震。那年邢台地震，这里受到波及，人们半夜惊醒，抱孩子背老人，跑到地里躲。堂叔家正好有个窖，全家钻进窖里，躲了一夜。听说进窖可以躲灭世，他立刻挖窖。

村里也有什么都不信的，对这种消息嗤之以鼻。真要灭世，那可是天翻地覆的大动作，谁也跑不了。慢说挖三米深的窖，就算钻到地心，也逃不了。也有半信半疑的，生怕世没灭成自己反成笑柄，迟迟不肯行动。堂叔这样虔诚的大有人在，他们串来串去，交流看法，推广经验，边挖边改进，把小窖挖得十分漂亮，分成睡觉间和储物间，再配个深坑处理粪便。挖成之后，又往顶上架棍子，棍子上苫棒子秸，秸上铺雨布，布上盖层厚厚的土。从地面上看不出下面有个窖，简直可做陷马坑。堂叔想，如果上帝真要审判人类，先抓地面上跑的吧，一抓一大把，向地狱一投，抓累了也许懒得再看，藏在窖里的就漏过去了。

有人已提前进地窖。堂叔自恃一生行好，从不做亏心事，不着急进去，但他替别人急。那些什么也不信的人该干什么还干什么，太阳出来去地里，太阳落了回家来，傻乎乎的不知道害怕，真没办法，这样的人灭就灭了吧。听说很早之前世界上发过大洪水，有人按照上帝的指示造了一艘大船，带着各种粮食种子、各种成双成对的禽兽进去，在水上漂了很长时间。大水之后全凭这艘船世界才恢复了。挖窖可能也是神的旨意，听者得福，不听的遭殃。

进窖之前，他挥霍了一把，买下点心、猪头肉、酒，另有足够的水和馒头，全囤在窖里。院门不锁了，里屋也不锁，反正要灭世，谁爱在临死之前占便宜就占吧。他怀着悲悯之心一步三回头钻入窖里，关上窖口，点亮小灯，看着手表，过一天就在壁上画一道。他每天吃饱喝足挺腿就睡，中间还醉了两回，醒来迷迷糊糊，日子也弄混了。熬到弹尽粮绝，好奇战胜恐惧，他爬到窖口，掀开一条缝儿，阳光刺得他又流泪又恍惚，于是脱下上衣包上脑袋，蒙面大盗似的，小心翼翼探出头。

正是上午，人们出工的出工，下地的下地，上学的上学，和平时没有两样。倒是他消失十来天后从地下钻出，吓了人们一跳。

他垂头耷耳朝家走，院门依然开着，院里空空荡荡，出租三轮不见了。屋里门依然开着，电视、冰箱、洗衣机全没了。他发会儿怔，胡子拉碴朝床上一躺，心想这世界真是该灭。

# 堂叔 2 号

这个堂叔当过赤脚医生，专好搜罗土方偏方，幻想发大财。他听说有个开大医院的人，就是早年间偶遇一个老者，老者赠他黄纸一片，上有治血液病的一个方子，这人就用此方子给人看病，看好了几个绝症，名气越来越大，才办起医院，日进斗金。堂叔没那运气，只好四处搜罗。偏方治大病，他还真治好过几个大病，于是开起诊所，号称包治百病：小儿夜哭、月经不调、消化不良、结巴、鸡眼、羊毛疔……没有他不能治的。他敢用药，一剂猛药下去，把病迎头击退，余下的病再用药缓缓而治。倒也没出过事，于是渐渐有了名气，十里八乡都来找他。

他是墙里开花墙外香，本村人看着他从小长到大，见过他掀砖头捉蝎子抓蜈蚣，不觉得他奇特，信不过他，有病去找一个从县医院退下来的老先生，这老先生虽说要价狠，但水平高，不乱开药，不说大话，有一说一，有二说二。不像堂叔，不管什么病，大包大揽，张口就是："这还能看不好？"疑难重症在他眼里全不叫病，北京看不好的到他手里也是小菜一碟。治好治不好姑且不说，他这大口气给了外地来的病人相当信心，病人一高兴，病似乎真见轻。有点儿名气之后，堂叔的打扮越来越有古风，玄色对襟衣，同色宽腿裤，千层底布鞋，行路呼啦呼啦飘飘若仙。还在院里养了四只八哥，八哥也不飞，在院里徒步走。

妇女很少找他看病，他对妇女也没兴趣。有个弱智女人说下部发炎，他扔给一盒栓剂。女人问怎么用，他脸"腾"地红了，迟疑良久，说："放阴道。"弱智女人只知道"解手那哈"，不知"阴道"在哪里。堂叔又气又臊，让她回家问丈夫。气哼哼打发了这女人，堂叔打算把牌子上的妇女病抹去，不能让"妇女"坏了名头。他对女色没有兴趣，十分注意保养，信奉"一滴精十滴血"，堂婶也毫无魅力，竹竿子似的又细又长。

还没来得及换牌子，又有妇女找。一个老太太让堂叔去家里，她家媳妇得了奶痈，胀痛无比，月子期间不能外出，退休老先生不肯来，说看不了妇科，于是想到堂叔，来请他。堂叔说也看不了，老太太不依，他只好背起硬牛皮的四方药箱跟着走。这家的媳妇苦着脸坐在床上，见来个男医生，含羞忍耻解开衣襟，这一解不打紧，两只饱满的乳房扑棱飞出，惊到了堂叔，他想这四十年真是白活了，不由得心猿意马，直吞口水。他看不见痈在哪里，就伸手到乳上找，触手又柔又滑又热，更是心荡神驰。他托着沉甸甸的一只乳，喃喃连声："不轻，不轻啊不轻！"不知是说病不轻还是说乳房不轻。掂了又掂，托

· 141 ·

了又托，开出几剂散热化瘀药，匆匆离去，生怕控制不住给人家捋起来。

此后，堂叔对女色空前关注，又配出几样秘药，在牌子上加了"治阳痿早泄"。他打着行医的幌子，对有姿色的女病人细水长流地治，一直把病人治到床上，或治到病人翻脸。这么胡来了半年，他被人揍个臭死，诊所也被砸个落花流水，肉苁蓉、紫河车、鹿鞭被扔得到处都是，四只八哥被拍得血肉飞溅。堂叔弄些跌打损伤的药，自己给自己治，内服外用，很快行走如初。他无颜在村里露面，跑了，一去多年不见踪影。我们以为他不过是暂避风头，避上一两年还会回来，可他一去无踪，带着他的土方偏方去了更广阔的天地，也许发了大财，也许缩在租来的陋室等待得了性病不敢去医院的男男女女，总之，他不会扔掉老本行，应该还是行医，如果他还活着。

说说那个得奶痈的女人。自从被堂叔摸过乳房，这女人窝在家里羞于出门。堂叔被人痛揍之后，她更是恼怒在胸，乳中渐渐长出硬块，一查，乳腺癌，于是割了双侧乳房。没了乳房，这女人心胸大畅，走路一飘一飘，轻得像风。一日她在街上走，看见堂婶坐在门内拣黄豆，拐进去坐下，说记得院里有四只八哥，见人也不怕，迈着双脚一步一步地走。堂婶叹口气："早死了，四只都死了。"女人说："听说它们会说话，来了病人，就叫：来人了！来人了！"堂婶又叹一声："那是哪年哪辈子的事啊？我早忘了。"

## 堂叔 3 号

这个堂叔长得丑,媳妇难说,老大不小好容易才娶上一个。媳妇娶来后,看见他就闹心,不愿同房,夜里裤子扎得死紧,扑腾得像刚出水的鱼。堂叔摁着她,摁住手她用脚踢,摁住脚又用手抓,累得堂叔气喘吁吁,费尽力气也脱不下她的裤子。

他忧愁满怀,只好借酒浇愁。他不好独饮,叫来三个小伙陪着喝。小伙儿们见他郁郁不乐,齐问:"哥,怎么了?"他长叹一声,酒盖着脸,也顾不得羞,徐徐道出缘由,好容易娶来个媳妇,只能干看,愣是摆布不了。三个小伙正生猛,闻言大怒:"哥!这是怎么说的?大老爷们儿还干不过个娘儿们?反了她!"拍着胸脯子要帮他做成这件事。四个人一番密谋,制定计策,小伙儿散去,只待天黑再来,堂叔回家,依计而行。

那时家家有大瓮,瓮里装粮食,粮食珍贵,得放在眼皮子底下,时时看见才放心,于是大瓮通常放在睡觉屋里,一溜排开四五个。堂叔回家,一头扎进大瓮,撅着屁股一通苦干,把粮食倒出，腾了三个大瓮，又把薄石板的盖子换成木盖，轻轻扣在腾空的大瓮上。媳妇见他鼓捣的屋里尘土腾腾，懒得问他干什么，走到邻家闲坐，坐到天将黑才回来。此时，三个小伙儿早已悄悄过来，溜进灶屋向锅下各抹几把，黑灰涂了脸，堂叔把着院门望风，指点着他们爬入大瓮，蹲下，又一一扣上木盖。

媳妇串门回来，堂叔已把屋里收拾擦抹干净，又端来饭，吃了。随后吹灯上炕，果不其然，媳妇又是抵死不从，护着裤子在炕上闪转腾挪。堂叔忍无可忍，大吼一声："王朝、张龙、马汉，都给我出来!"三个小伙儿藏在瓮里支棱着耳朵听他两口儿打斗，早已按捺不住，就等这一声，猛地一掀瓮盖，生龙活虎跳将出来，蹿到炕上，掀翻堂叔的媳妇，两个摁胳膊，一个摁腿，堂叔手持剪刀，"哧"的一声，媳妇裤子从正裆剪开，露出白馥馥的肚子，于是骑上去。三个小伙儿见他入港，松开手，撤出屋子，笑嘻嘻走了

天明之后，媳妇捧着脸哭回娘家，誓死不回，要离，于是离了。堂叔做回光棍，日子更加难熬。他买了张美人图挂在墙上，夜里无聊时就喝酒看美人，醉了同美人说话。人们说他想媳妇想疯了，天天对着墙猫一声、狗一声，不知弄些什么。有好事的人前来偷看，在窗户纸上戳个小洞，眯起只眼，另一只大瞪着透过小孔朝里望，见堂叔喝得晕晕乎乎，把美人图摘下，平放在炕上，他躺上去，"叭"地拉灭灯，屋里顿时漆黑。偷看的人正要走，却听见一个女人小声说："我说，咱玩

个什么花样？老汉推车还是山羊上树？"堂叔说："山羊上树昨儿个才玩过，来个龙腾虎跃吧。"偷听的人大吃一惊，顿时心痒难耐，无暇去想屋里的女人从何而来，恨不得冲进屋子拉亮灯，看看他们怎么龙腾虎跃。就听屋里又是喘息又是低吼，外带亲嘴咂舌，热闹程度远超偷听人的平生想象。偷听的人又气又急，想不到堂叔的光棍生活如此活色生香，不由得脱口喊道："好你！从哪里弄了个娘儿们？"话音刚落，屋里"哎哟"一声，一片死寂。这人大气也不敢出，溜了。天明后对人提起，都当奇事传，传到一个老光棍耳内，老光棍冷哼一声："这有什么？他捏起嗓儿来就是女人，放开嗓儿就是男的，灭了灯自己瞎乐罢了。"人们才知是堂叔玩口技，过干瘾。

外村的光棍用小车推来一个残疾女人，放在十字街口。据说这女人原来在黑道上，被砍了两条小腿，疯了，四处流浪，各村的光棍把她拉回家去，睡一两个晚上再送出来，接力似的，你送出来我接回去，这村的光棍轮完就送到下一个村子。堂叔看女人长得倒是不丑，就是目光呆滞，于是背回家中把她洗一洗，用了一个晚上。睡这种女人他十分忐忑，生怕招来黑道上的人，睡完喂她吃了顿饭，赶紧送回十字街口。这个女人之后，又有人给堂叔捎信，说在南苏集上见到一个傻女人，不知谁丢在那里，看着挺年轻，也不丑。

堂叔骑车子过去看了看，问问无人要，驮回来放在家里。这女人还有点儿残存的清醒，也能说几句话，不说话就看着人嘻嘻嘻地笑，村里一个更老的鳏夫用蛋糕哄她到家里睡了一觉，堂叔得知后大怒，死揍了她一顿。这女人五年里生了四个孩子，个个死胎。堂叔只好找妇联主任，弄她到乡里做了结扎。这时堂叔年近五十，想想自己将老，又无子女，万一哪天自己死去，傻女人可怎么办。他推起小车，拉上她，去往南苏集上，找块空地儿铺个垫子，把女人放到垫子上，自己躲在远处望看，看可有人弄走她。傻女人坐在垫子上，不闹也不吵，饿了，啃手边的卷子，渴了，喝瓶里的水。

有人认出她，说这不是那谁媳妇吗，怎么放这儿来了？四处找堂叔，让他拉回去。堂叔只好又拉回家，望着傻媳妇发愁：唉，傻媳妇啊傻媳妇，我可怎么安置你呀？反复斗争了几天，又拉着去了更远的集上，卸下就走，头也不回。隔了两天特地去看，傻女人不见了，他两眼汪汪而回，捶胸跺足地骂自己不是人。

这之后堂叔嫖过妓，他摸到一家洗浴中心，钻进去小声说要打炮，几个袒胸露背的年轻妓女嫌他又老又丑，瞭都不瞭一眼。堂叔僵着不走，于是出来个上岁数的妓女，闲着也是闲着，能挣一百是一百，招呼他说："来吧。"堂叔赶紧跟上，进了一间小屋。

五十五上堂叔交起桃花运，有人给堂叔介绍老伴，让他娶一个来路不明的马脸女人。媒人说：少年夫妻老来伴，你已年过半百，屋里没个人可不行，娶了她吧，虽说小你十岁，长得也不强，好歹是个照应。堂叔心动了，于是结婚。

自从娶下这个女人，堂叔对男女之事失了兴趣。不想这女人需求依然旺盛,夜夜挑衅堂叔,堂叔不从,她就用一百八十斤的身子夯堂叔,夯得他趴在床上直吐舌头。半年不到,堂叔形容大变,骨瘦如柴,走路一摇一晃,成了老朽,这让寡妇很不满意,半路夫妻本来就无甚情感,见他一衰至此,一不做二不休,卷巴卷巴东西走了。

# 堂叔 4 号

这个堂叔小时候出了名儿的不冲趟，没有他不惹的人，没有他不犯的事，路上见个树枝儿都要扒下来折断。人们断言他长大必蹲监狱，那里才是堂叔的最终归宿。长到十七，他娘请人算命，算命的说："你这儿子得找个管住他的媳妇，他啊，就是头兽，得给他找个笼子。找到了哇，他一生无忧，逢凶化吉；找不到，可就不好说啦！"他娘赶紧问找什么样的，算命的卖个关子："附耳过来，我对你说……"如此这般叮嘱一番。家里依这叮嘱而行，给他说了个其貌十分不扬异常泼辣的女人。说实话，堂叔长得还可以，配这么个女人有点儿屈。可怪的是，婚事还真成了，并且，堂叔天不怕地不怕，还就是怕媳妇，愣让媳妇降得吱儿吱儿叫。

堂婶子文又文得，武又武得，全挂子把戏，熟得很。论文，她能骂，骂起来绵绵不绝，能骂仨月，还擅长乘法，堂叔骂一句"你妈"，她回"一百个你妈一千个你妈"，堂叔骂"你爹"，她回以"一万个你爹一亿个你爹"，骂得堂叔毫无招架之功。论武，她能打，砸捶抓掐挠，力气不输堂叔。有她这么管着,堂叔换个人儿似的,正干起来,先在村里混了个管事,慢慢一拱一拱,拱到村北酒厂当了副厂长。

当了厂长应酬多,又是酒厂厂长,堂叔和酒亲得了不得。若说喝酒,堂婶倒不在乎。男人不吸烟,白在世上颠,男人不喝酒,白在世上走,喝酒没什么大不了,问题是,堂叔一喝多就乱嚷乱骂,四处惹人。他清醒时堂婶管得了,一醉也似乎无能为力。醉了的堂叔六亲不认,力大无穷,谁劝灭谁,一不如意就冲堂婶脸上来一拳,一拳揍她个满脸花,这架势先让堂婶怯了几分,见他醉着回来,她是好茶好水地伺候,好言好语地应承,打发他睡着,才松一口气。堂婶想得开,不和醉鬼一般见识,他醉了,和他一般见识等于对牛弹琴。这时候她捏紧一个"哄"字,哄死人不偿命。

堂叔睡醒,骂过谁打过谁一概不知,无辜得像刚出娘胎的婴儿。这是他真醉了。如果喝得半醉,他不敢进家,宁可在门外晃悠,晃悠到酒劲下去,才捏着鼻子上楼,轻轻叫门,入门先赔不是,说清和谁喝的,而后夹着尾巴钻进屋里睡觉。随后几天异常勤快,撸胳膊挽袖子大干家务。但如果他喝到八分醉,残存的理智告诉他:干脆,一不做二不休,装他娘吧!于是晃着膀子上楼,大呼大吼,又是砸门又是踹,叫骂得分外上劲,肆意发作之后,呼呼而睡,留下堂婶小心翼翼收拾屋子,生怕动静大了惊醒他。堂叔一睡到明,隐隐约约想起夜来的事,心里暗喜,也不肯说破,匆匆洗漱出门。

俗话说久在河边走,哪能不湿鞋,他终于露了马脚。这回也是喝到八分醉,闹腾一番睡下,睡到半夜,醒了,一时忘了还要继续装,赤着脚走入另一屋,叫醒堂婶:"我记着好像骂你了?"不问还好,一问捅了马蜂窝。堂婶大怒:好家伙,装醉呢?真醉什么也不记得,假醉才记着骂人呢。她气得手脚冰凉,又是哭又是呕吐,脱水了,输了三天葡萄糖才缓过来。堂叔吓得不轻,很有一阵子没敢喝。

这阵子过去,他又犯了,这回是真醉,醉了又骂又嚷,从进村子开始,一直骂到家门口。堂婶听他一路骂过来,早已做好准备,不等他踹门,先把门拽开,一擀面杖上去,照他头上就是一家伙,脚下再来个绊子,堂叔像个沉重的布袋仰倒在地。堂婶骑上去,左右开弓一顿抽,末了揸开五指,往他脸上一罩,指甲朝回一勾,狠狠一划,留下五道血指印。

堂叔在客厅躺到酒醒,觉得身上异样,爬起来一摸头,大包小包,走到镜前一照,五道血印从额上直通下巴。这脸没法出门,只好养伤。他愤怒地躺在家里,鼓着满肚子的气,心想这娘儿们真不能要了,打人不打脸,她专门抓脸,让大老爷们儿出不得门见不得人。厂里正抓革命促生产,忙得热火朝天,他这副厂长却窝在家里。岂可再这么窝囊下去,干脆,豁出去了,伤好后也学别人的样儿,贪点儿藏点儿,弄个小金库,找个相好,跑山西或内蒙古逍遥快活去吧,哪里黄土不埋人,何必非守她这母夜叉。

他越想越觉得此计高明,正入神,堂嫂买菜回来,冲进屋子当中一站，说了个重大消息：

"完蛋了！你那酒厂爆炸了！厂长会计们正开会，煤气罐炸了，全住院去了！"

人们都说幸亏堂叔让抓了脸没上班，他若去了啊，也得断条胳膊少条腿。这么看来，堂婶揍他实在揍得该，不是这顿揍，躲不过这场灾。

# 堂叔 5 号

这个堂叔醉酒之后很可观，五指挓开，向空中一杵一杵，每一杵伴随着一串抨击。他认识的所有人都不好，只有他好。东邻家不孝敬老人，西邻家不教育孩子，后街哪个媳妇偷汉，前街哪个汉偷娘儿们，他都一一道来，道之不足，还要蹿入人家当面训斥。只要酒劲儿不下去，他就滔滔不绝一个劲儿地说。家里怕他惹人，拼死拼活也要扣他在院里。出不成门，他就数落家里人，从老往幼，从大到小，一个不漏。他心里存着一本账，就等醉后掀开一页一页地算。俗话说酒后吐真言，堂叔吐的全是心里话，平时藏在犄角旮旯的话全抖出，没有什么不能说，没有什么不敢说。这种时候，他英雄得很，天下之大，唯他独尊，直闹到酒劲儿下去才算消停。消停之后，说的话做的事全不记得，忘得干干净净，你要是对他学样，反说你丑化他。

家里人对他这一毛病恨得牙都痒痒，千方百计阻拦他喝酒，他却总能见缝插针地钻进酒场来几杯。村里谁家喝酒，他向空中耸几下鼻子，闻着味儿就去了。去了二话不说，侧棱着身子插到席中，也不见外，冲这个笑一下，冲那个笑一下，就算入了场。他酒量不大，不用多，二两，二两就醉了。一醉立刻指点江山，粪土万户侯。人家就把他哄回家，或让家里人来弄他。他不肯回，使劲儿朝后缩屁股，骂骂咧咧，抗拒着推拉搡拽。都说他这毛病改不了的了，狗改不了吃屎，他要是立刻死去，这就算一辈子了。

他有一个儿子。儿子嘛，也能喝点儿，有段时间也挺爱喝。与堂叔一样，量也不大，一喝就醉，任人搀回。有回堂叔醉了，堂婶刚把他架回，后头儿子也让人搀着回来了，一步一颠，三步一磕，眼角上斜，舌头半吐。唯一庆幸的是儿子酒后不乱说，倒头就睡。

堂叔中风之后，半边身子不能动，有个老医生用了一剂猛药，把他脑袋内堵住的血管冲开，算是治好了他的半身不遂。病才好堂叔又扑向酒桌，贪婪地喝起来。他赶命似的，一天两醉或三醉，醉了醒，醒复醉，抱着瓶子不撒。一向柔顺的堂婶爆发了，一见堂叔醉话连篇地回来，就手持擀面杖，把走路如拌蒜的堂叔一搡，骑上去，不管不顾地猛打。也不行，生成的骨头长就的肉，堂叔照喝不误。有天晚上他醉了朝家走，一头栽进猪圈，脸朝下泡在粪水里，淹死了。

眨眼到了三七，烧过三七纸，照例要吃喝一顿。人们说堂叔这辈子可喝好了，这回去那边喝吧，去那边说吧，反正这边是听不见了，落个耳根清净。几个平时恨堂叔的人口吐怨言，历数死者生前的烂事，嘟嘟囔囔没完没了。说实话，堂叔酒后所言也不是空穴来风，人们恨的是他不该说非说，他算老几？村干部？县领导？平头小老百姓一个，不知道自己是老几。恨归恨，也忌惮他。他这一死，好了，那些心怀怨恨的人趁机把他贬得一无是处。

堂婶平时滴酒不沾，这时不知怎么有了酒量，左一杯右一杯喝起来。半斤酒落肚，脸色不变。喝痛快之后，她长吐一口气，立起来，一脚踏在凳子上，一手指那几个嘟囔不休的人："死者为大。你们胡崩乱放也不怕天打五雷劈？永祥在的时候，可没亏待过你们。每回喝酒，你们屁颠屁颠地来，吃完喝完，一抹嘴就走。他不过就是说话直，说的也不假吧？那谁，你的娘缺吃少喝谁不知道？还有你，裤子的拉链还没拉上，好意思笑话别人？全给我闭嘴！别招我一个一个地骂……"她脚踏凳子，双手乱挥，豪气干云，气势吓人。

此后，她与酒结下了亲。她把堂叔的酒具擦了又擦，拭了又拭，整整齐齐摆在酒柜内。又买来本地烧，装入各式酒瓶，时不时地喝几口。酒成了她的铠甲，保护着她。醉过几次，她觉得酒真是好东西，醒时是一个世界，醉后又是一个世界，这感觉实在美妙。人们说这是堂叔附在她身上了。

## 堂叔 6 号

　　这个堂叔打了多半辈子光棍,五十五岁时和个外村的寡妇同居了。这个寡妇儿女都已结婚,老头死得突然,她很孤单,放出口风,愿招上门女婿,有好事者就把堂叔和她搓到了一起。寡妇说,就伙着过吧,这么大岁数别扯证了,以后各入各坟,丑话说前头,她死了要和前夫葬一起,堂叔死了依然回老家,她是不能与他合葬的。堂叔一一应下,如今半路夫妻都是这么着,活着时互相做伴,死后一拍两散。

　　堂叔头发浓密,从中分开,中分发下是张皱纹密布的灰白长条脸,嘴向里缩,这叫老婆嘴,据说有这种嘴的男人爱叨叨。堂叔也确实爱叨叨,他独一人时无人可说,如今有了老伴,可说的太多了。刚过来他还拿捏着,渐渐放开,凡事都要插几嘴,嘟嘟嘟、嘟嘟嘟。寡妇与儿子一个院,孙子常跟着她,堂叔独了多半辈子,独惯了,受不得人,见到这个小孙子就烦。孙子也会学舌,说给爸妈听又是事儿。搬来不多久,堂叔已与继子仇人似的,继子巴不得他赶紧滚蛋,他恨不得立时与老伴搬走。无奈寡妇拿定主意,绝不离开儿子。都知道半路夫妻不好凑合，她这一搬走，万一与堂叔闹腾，就回不来了。

堂叔对老伴真不错，知冷知热，总想让她歇着，晚上端盆热水给她泡脚，感动得老伴热泪横流。她前一个丈夫不体贴人，又爱喝醉，醉了昏睡一两天，什么活也不干。结婚多年，她当牛做马拖拽着这个家，盖房子、儿女结婚都是她独立支撑，丈夫突然去世，对她是种解脱。有前一个比着，堂叔显得尤其可贵，她竭力周旋，消泯二人的怨气。为让他们少见面，她在村北支个烧饼摊和堂叔打烧饼，白天不着家，晚上才回。烧饼生意很好，堂叔干得很卖力，系着大围腰，哈着腰撑啊烤啊手脚不停。

孙子时常过来找奶奶要零花，老伴慷慨地给个一块两块。时间长了堂叔受不了，每天一两块，一个月六七十，一年七八百，这还了得，自己站在马路边上餐风吃土，苦巴巴地做，这么个小屁楔楔子每天跑来干个一两块，好像钱是风刮来的。堂叔对老伴嘟嘟，老伴安慰他，孩子嘛，好歹也叫你爷呢。堂叔抓个空，趁老伴不见，对跑来要钱的孩子小声说："滚，要你妈个×！"孩子空手回家，对他爸学舌。他爸勃然大怒，也没去烧饼摊上闹，专在家里等堂叔。堂叔收摊回来，去水龙头下接水，儿子一脚把盆子踢飞："滚你妈×！"堂叔："你你你……"指着他说不出话来。他擅长背地叨叨，真要当面锣对面鼓没那胆，他讪讪回屋，老伴让他缩着别露面，等儿子闯进屋里再说。儿子发作两句，倒也没进屋，站在窗外让他妈选：是跟堂叔走还是独自留下来？这家容不下堂叔，只能选择一个。老伴十分为难，别人都说堂叔娘儿们气儿，她不嫌，堂叔的勤快和体贴足以弥补，可儿子是她的根。现在儿子让她选，只好选儿子。

堂叔卷起铺盖回到老家，住回他的四间平房。他连气带悔，再加上打烧饼的劳累，躺下动不得了，托人给老伴捎信儿，想见见她。闻听此信，老伴义无反顾来照顾他，一住多日，病好之后又把他带回了自己村子。儿子非常愤怒，好容易轰走了这个老厌物，没想到又回来了。罢，眼不见为净，他拿出积蓄，又朝老人要了点儿，在村北居民楼上买下一套，一家三口搬了过去。余下这四间房子让他们折腾吧，打跟头都行。堂叔拿出主人翁的精神，把院子打理得井井有条，靠南墙弄出两个畦，种上豆角丝瓜，还种了十来棵向日葵。他光棍一人时没心情干活，如今是有老伴的人了，得拿出过家的样子来。

他一颗心扑在这个家上，冷落了原来那个家的侄子们。侄子们早已把他看作囊中之物，料定房子、地、存款早晚归他们。他找老伴时，侄子们试图阻挠，说他岁数老大，找老伴不划算，他一意孤行，坚决地找了，已让侄子们不高兴。此时他一颗心在这边，总怕他把钱鼓捣给别人，纷纷向他哭穷，这个借三千，那个借五千，借了迟迟不还。堂叔长了心，把钱攥在手心，谁哭穷也不给，这就得罪了侄子们，都擦亮眼看他是什么下场，他早晚得死，死就得埋回来，到那时不给他出殡，晾着他。

打烧饼的多起来之后，堂叔和老伴不再卖烧饼，转而精心种地，种些人们嫌烦不肯再种的山药、谷子、棉花。他兢兢业业去地里，一心扑在作物上。说实话，他前半辈子很懒散，这时把前半辈子没出过的力全拿出来了，干劲十足，一人顶两个使。都说寡妇找对人了，逮到堂叔这么肯下死力干活的，真是上辈子修来。他们的日子蒸蒸日上，堂叔的生命却猝然而止，浇地时突然发病，一头栽到垄沟内死了。人们推测他是晒死了，麦子刚刚收过，暑气蒸腾，堂叔连草帽都不戴，不晒死才怪。

  老家听闻此信，打狼似的来了一大批，朝寡妇要赔偿。一个大活人死在这里，总得表示表示吧，四万，不给就打官司。打就打，寡妇质问他们，他无儿无女，要这四万给谁？别拿死人当发财工具，我和他伙过一场，你们不埋我来埋。侄子们不干，于是经公，公家判定一分不赔。后老伴买送老衣买棺子，把堂叔装裹起来，雇人抬到坟上，埋了。那些侄子们要的就是这个结果，省事了。他们在堂叔屋里四处刨找，找出折子，合伙去银行把三万块钱支了出来，回来又抓阄儿，把堂叔的房子和地瓜分了。

## 堂叔7号

这个堂叔是抱养的,长相与养父极其相似。有人说他本来就是养父的种,养父与其母私通,生下他,又以抱养为幌子要回身边,不知这个堂叔知道内情否。他知道生母是谁后曾跑去质问:弟兄好几个,怎么偏偏把我给了人?生母无言答对。其实堂叔从小到大非常好,养母视他如己出,养父更不用说,惯得堂叔四体不勤五谷不分,长大之后游手好闲,百事不干。

他瘦条条的,吃什么也长不胖,一头鬈发,比非洲人的小卷还卷。每日烟不离手,熏得满嘴牙齿都是黄的。吃了饭就是串门,往条件好的人家一蹭半天,胁肩谄笑溜须拍马,以此为能。村里几个富户都被他蹭过,有的能蹭来好处,有的蹭不来。他曾与其中一位合伙做生意,发了,据说挣了几十万,烧得堂叔分不清东南西北,四处吹嘘有钱,被人盯上,设了赌局,把他的钱给骗了。这是堂叔一生的辉煌,只是太短暂,还没尝够有钱的滋味,又成了穷光蛋。他的气无处发泄,天天打老婆骂孩子,对老人也极其不孝,气得养母一命归西后,又大力挤对养父,把老头轰到破院去住,茶饭不管。

他妻子去市里做保姆后，两个孩子上学都住宿，堂叔无牵无挂，自由自在，到处蹭吃蹭喝。他能说，说起来舌绽莲花，无的说成有，有的说成多，天文地理无所不知，又爱看报纸听新闻，关心国家大事，只要他坐下，这张嘴海水似的滔滔不绝，生动又有趣。他编故事能力超强，自诩只要给他一粒种子，他就有本事枝是枝叶是叶地让种子长成大树。在这一点上我很佩服他，他如果写小说，绝对能成名。他还擅长捧场，总能把主家打发得十分高兴，那趣儿凑得十分讨喜。喜庆场合有他，锦上添花，哀伤场合找不着他，这种时候他躲得远远的，生怕被晦气沾染。人们说，吃点儿喝点儿有他，干活卖力别想，早没影儿了。

被他蹭过的大款渐渐与他疏远，与他打过交道的都不再招揽他，他只好目光下移，在中下层找对象。我父亲领起退休金后，被他瞄上了。其实我们两家离得不远，隔条马路而已。父亲也知道他不实诚，不可交，但没有共事的机会，不知他这人到底如何。他愿意过来蹭就由他蹭，酒场上多一人多份热闹。堂叔一里一里的，由偶尔过来变成了天天过来，过来拿烟便吸，惬意地坐在沙发上喷圈圈，说："哥，你那好茶叶呢，快拿出来吧，再捂就长毛了，别浪费了。"父亲对烟酒从不吝惜，由他吸由他喝。我弟结婚之后剩下不少酒，堂叔来得更勤，巴不得上下午各摆一场。喝了之后又怂恿着打麻将，来就来大的，一块两块纯粹是磨手指头，五块十块才过瘾，推荐我父亲去自动麻将桌。我妈冷眼旁观，得出结论：堂叔没安好心，必欲把人引上邪路才罢休。她和我父亲吵了一架，让他远离奸佞。父亲不服气：哪个男的不吸不喝不赌？我本来就这样，和他有什么关系？好像他能左右我似的。

堂叔年底下借钱，避开众人对我父亲说："哥，手头有点儿紧，给个五千吧。"父亲把他说的五千打折，给了两千，堂叔拿到钱乐颠颠去了。我妈说这钱只怕是肉包子打狗一去不回头，父亲说："弟兄关系好，有了愿给就给，不给不催。"父亲的退休金上涨之后，堂叔以庆贺为明，纠结了四五个人来吃大户，凑巧家里没人，堂叔造起反，在屋里一通好找，把父亲的好酒好烟全翻出来，几个人分了分，散了。父亲回来火冒三丈，怒吼起来："这是偷，这是抢，这是强盗。"堂叔若无其事："这么点子东西值得这样，谁喝不是喝，谁吸不是吸，从前我有的时候扔出了多少东西，哪把这点子瞧到眼里。"他照样来，来了五吹六拉，轰都轰不走。我妈听不得他笑，他那笑与众不同，从嗓子眼硬往外挤，像嘿嘿，又像是吭吭，总之不是发自内心。

父亲得病后，堂叔来看，出去对人说："可惜了，退休金挣不成了，每月两千多，够打多少麻将啊，这回打不成了。"父亲去世后，我突然接到堂叔个电话，说他想到了一个弄钱的方法与我商量："侄女儿，你们学校新生都能报到吗？"得知每年总会有一两个报到不了，他大喜，想做中间人，把这一两个空缺下来的名额倒卖出去，让我从中牵线，介绍他与校长认识。我直接拒绝，他很不甘心地挂了电话。

他妻子当了十几年保姆，挣了钱不敢给他，怕他糟掉。儿子大学毕业后留在市里，三十多岁才有女友，有了女友就要结婚。堂叔只顾自己吃喝玩乐，对儿子结不结婚看得很淡，随便他，愿结就结，不结就算。儿子突然宣布结婚，他慌神了，大骂儿子不提前招呼，弄他个措手不及。骂过之后，堂叔找到了发挥才干的地方，他要写请柬，一份一份地写，遍撒帖子，广请亲朋，这可是一个收礼的好机会啊。给我家也送了一份，邀请我弟赴宴。

　　这请柬扔在暖气上，我回娘家看到，歪歪扭扭的字，伸胳膊踢腿，倒有气势：犬子定于公元二〇一八年腊月廿三举行婚礼，恭候光临。

## 堂叔 8 号

这个堂叔三十五岁时娶了个比她大五岁的外地女人,外地女人带来个女儿,才十五。两年之后这女人跑了,把女儿留下了。

这个女儿才来时又瘦又小,两年过去,长大了,双腿浑圆修长,全身鼓鼓囊囊,衣裳撑得满满。来时插班念初中,毕业后考得不好,堂叔送她念私立高中。这个女孩子初中时就热衷打扮,贴双眼皮粘假睫毛穿露脐装,不像学生,分明是个火辣辣的女郎,上高中后,更添新爱好,时常旷课往城内的娱乐场所跑。老师拦不住,只好叫家长,家长一来,老师吃了一惊,眼前这位不像家长,倒像是兄长。堂叔个子不高,挺敦实,头发齐肩,乍看像歌手伍佰。他也知道这个女孩子总往娱乐场所跑,也是无可奈何。每次送养女来学校,养女不放他走,他就在宿舍坐会儿,这女孩子坐他腿上搂着脖子撒娇,整个宿舍都不自在。

高中上了半年,女孩子不念了,堂而皇之在大街上晃荡,缺钱就伸手朝堂叔要。堂叔还不到四十岁,眼前放着这么个没有血缘关系的养女,养女又这样子,哪里把持得住,两人名为父女,实则同居。群众的眼睛是雪亮的,他想瞒也瞒不住,为避人耳目,堂叔带着这个女孩子外出打工,四处漂泊。他们的故事被好事者一再渲染传扬,普遍认为堂叔捡了大便宜,与这女孩子有缘。虽说两人岁数相差很大,但姻缘这东西从来都是不管不顾,还有差五十多岁的夫妻呢,差个二十岁不叫什么。这女孩子的妈也不是正经货,她把女孩留下,分明是拱手送给堂叔一个媳妇,堂叔又不是柳下惠。人们推测,也许过几年堂叔就带着这个女孩子回来了,说不定还添个娃娃。

五年后堂叔回来,孤身一人。女孩子呢,走了,甩脱堂叔谈了个男朋友走了。堂叔使尽手段也未能让她回心转意,她决绝地说:"再纠缠就告他强奸幼女。"堂叔彻底绝望,恢复了单身生活。经过这个新鲜饱满的女孩子之后,他拒绝接触中老年女人,就近打工挣钱,挣了钱去找小姐,目标十分明确,要二十岁左右的,不要岁数大的。他把所有的钱都用在这上头。房子破没关系,反正也不打算再娶媳妇,穿得破没关系,反正也不打算让谁看上。堂叔很过了几年快活日子,那几年县城拥入大批小姐,天南地北的都有,这些人成群结伙在大街上逛,服装店为迎合她们进的全是性感暴露的衣服,良家妇女进店买不到合适的。

有一回来了歌舞团,在农贸市场搭起大棚,棚外搭了座木梯。大冷的冬天,四五个姑娘站在木梯上扭动裸体招徕顾客,扭个三四分钟赶紧下去,裹上羽绒服哆嗦着取暖,换另几个女子上来。棚外人山人海，无数男子冲着她们干咽唾沫，就是不敢明目张胆进棚子看艳舞。堂叔买票进去了，看不多时，形容大变，他见到了养女，没想到那姑娘进了这种班子。他孤掌难鸣，回家找人想冲进棚里把养女弄出来，没人为他冒这个险，他又冲回棚子，被几个精壮汉子给上几拳，架出来扔得老远。

忽一日全国严打，小姐们消失得无影无踪，堂叔再想嫖，一个也找不到了。他冒冒失失四处打听，险些被抓起来。他降低标准，岁数大的也嫖，打听到城郊还有残存的小姐，找了去。这几个小姐严格来说已不叫小姐，该叫"大姐"，她们徐娘半老，表面上是搓澡工，实则操皮肉营生。堂叔如今苍老憔悴，没有小姐愿让他嫖，嫌他丑。

不久这种半隐的妓女也找不见了，堂叔十分焦虑。他身体还好，需求旺盛，隔段时间不发泄全身如有火烧。他去找中医把脉，医生说他肾水太旺，可吃药冷下去，于是吃药，不顶事，药对他不起作用，只好继续打听哪里有妓女。他如今想找老伴也难，臭名在外，无人敢嫁，人家找老头是想老来有靠或弄个钱，堂叔呢，要钱无钱，穷光蛋一个，只知道嫖嫖嫖，没谁肯嫁他。

他终于打听到某个村子有老妓一名，五十多岁，不知来自何方，住在一个光棍家，专门接待上岁数的男人，价钱不贵，一次五十。堂叔闻风而去，果然，屋里等着七八个老年男子，耐心地排着队。堂叔加入进去，成了固定客户，每星期来一次。老妓态度很好，总能让他满意而归。如此过了半年，乡派出所接到举报,端掉了这个卖淫窝点,堂叔又无处可去了。

　　他四处转悠,寻寻觅觅,走到城郊,看见曾经的澡堂子成了美容中心,店外放着音响,循环播放邓丽君的《甜蜜蜜》。从外看不清里面干什么,只见窗帘低垂,凑近听隐隐似有人语。堂叔大喜,鼓起勇气推门而入,屋里一声惊叫,老板娘怒问:干什么干什么?没看见大门口"男士止步"啊?堂叔小声问:有小姐没?老板娘一点红从腮边涨起:滚,老不正经,你找错地儿了,再不滚报警抓你!

　　堂叔落荒而逃,回到家里就磨刀,磨到吹发即断,脱下裤子,果断挥向是非根。他解脱了,死于失血过多,年仅五十。

# 堂叔 9 号

这个堂叔生得矮小,又黑又瘦,留着一撮小胡子,像是贴着一撮玉米须,是为掩盖不太美观的门牙。他的门牙又大又黄,中间还有一条大缝。玉米须常年保持在同一长度,我们都已习惯,他也很以为美。提了校长后,局里有次开会,局长看见,说他年纪轻轻怎么留撮胡子,老头子似的。堂叔回来就剃了,这么一剃,换个人似的,上唇多年不见阳光,少了胡子的遮掩,又嫩又滑,整张脸都白了。

夫妻俩只有一个儿子,儿子十七,一家人还算和乐。他当了多年老师,好容易成了校长,手下又是清一色女老师,很好管理,每年从学生补贴上也能弄一笔,日子很见富裕。他这人智谋不广,手也紧,女老师们开玩笑让他请客,他钱袋子捂得死紧,连句客气话都不肯说。兴起微信红包后,女老师们让他发红包,他发了个一块钱,刚发出去,自己又抢了回来,传为笑柄。买了车后,每到刮风下雨下雪,殷勤地给老师们打电话,免费捎送,生怕她们请假不上课。不刮风不下雨不下雪时,他开起来一骑绝尘,生怕谁蹭他的车。

好日子持续不长，他的儿子突然没了，高考之后过于放松，和同学去水库游泳淹死了。中年丧子人生一大不幸，堂叔行尸走肉般，隔了多半年才缓过精神。想再生一个，妻子已力不从心，没孩子呢，膝下又孤单寂寞。两口子抱养了个女儿，这女儿才抱来还行，谁知越长越丑，越长越抽抽，长到六七岁，像个竖立着的缩头乌龟。堂叔有了幻灭感，逐渐放浪形骸。

他大方起来，时常请女老师吃饭，饭后再去唱个歌，女老师们乐得让他出血，从不拒绝，他瞄准一个有姿色又开朗的，想和人家发展发展。一次饭后，他佯装喝醉，让女老师用电瓶车送他回家。女老师鉴于他的丑和小气，也不往别处想，驮上他就出发。行至中途，他不老实起来，搂住人家四处乱摸。女老师很生气，警告一次，他装听不见，警告两次，他借酒装疯。女老师停下电瓶车，把他推到路边，扔下就走了。堂叔打车回家，向学区校长打电话，说这个女老师作风不正，把她调往了乡里一个偏僻地方。

堂叔想找个年轻的情人，肯为他生孩子的。妻子不肯离婚，那就随她去吧，让她在家带着那个丑八怪吧，也算留条后路。他也不敢担保找了情人能处长久，万一处不长，还得回到妻子身边。他四处踅摸，盯上外校的一个代课老师，这代课老师长得一般，当年没考上，又不愿干别的，就以代课为职业，哪个正式老师请长假就找她代上一段时间。堂叔请她吃饭送她东西，又许诺给她解决工作，终于打动她，好起来，给他生了个女儿。堂叔这才从失子之痛中走出来，每日红光满面，笑容满面。都知道他有个情人，还给他生了个孩子，这种事民不举官不究，他妻子默许，代课老师丈夫不吭声，一切风平浪静。这个小女儿生得白净可爱，转眼长到五岁，堂叔爱如珍宝。他花大力气把情人放到乡里，弄成了长期合同工，也算皆大欢喜。

这时风声紧起来，上面打老虎下面拍苍蝇，县里也查起腐败。教育局油水很肥，各学校拆拆建建都找局长批示，据说一任局长能弄一个亿，底下的中小学校长也都肥得流油。都紧张起来，不像从前那样明目张胆地送礼要官。一个中学校长被群众举报，说他乱搞男女关系，谁和他睡就让谁评职，在学校发展出小三不算，还发展了小四小五，被撤了职。堂叔胆战心惊，他一怕贪污被人举报，二怕包养情人被人举报，他本就胆小，这两件事闹得他心神不安，刻意笼络老师们，让替他盯着网络上的帖子，有个风吹草动赶紧告知。原来他还开车拉着小女儿来学校，现在不敢拉，也不敢再去看她，生怕被人盯梢传到网上。

他日忧夜怕，抑郁了，请假在家。情人他是不敢再去找了，人家到了乡里之后，羽翼渐丰，十分注意影响。妻子和他只是维系着婚姻，见他吓成这样，很看不惯，懒得理他。养女嘛，他从来没有正眼看过，此时当然不来亲近他。他发觉转了一个圈，生活依然这么虚幻，这么无聊，真不如死了好。妻子听他把死挂在嘴上，更是瞧他不上：还没贪几个小钱呢，吓成这样,查也得先查局长,最后才轮得到你这小学校长,你用脚指头想想,你够被查的级别吗?他想了想也是,可还有另一桩事在心里憋着,妻子一声冷笑,给他的情人打电话。情人应召而来,拿着孩子的出生证明,上面有孩子的血型。她指着血型说:"对你说实话吧,孩子和你没关系,你是O型,我是O型,她是B型,和她爸爸一样,我和你只是朋友,咱没别的关系,到哪儿我都这么说,你好好养病吧,病好了还做你的小学校长,别吓自己了。"

堂叔的抑郁立刻好了。他被子一掀下了床,在屋里走了两圈,抓着头皮笑骂:"妈的们,不早对我说。"

# 堂叔 10 号

这个堂叔的妻子婚前就有外号叫"小狐狸",长得也果然妩媚,两道细眉弯弯地耷拉着,一双吊梢细眼,眼波流转,风情无限,鼻梁又白又腻,嘴角带笑。她嫁过来时我们看呆了,都觉得堂叔驾驭不住她。堂叔长得也不丑,瘦、高、白,两只温柔的羚羊大眼,看谁都很无辜。他有个毛病,无事儿吸溜鼻子,嗖一下,嗖一下,天不冷也嗖嗖,显得很没出息。

说他妻子风流,其实细想,她也没刻意招惹谁,只是不拒绝而已。色不迷人人自迷,别人非要迷,她有什么办法?家里聚着一堆人不肯走,总不能往外轰。若说她和这么多人都好,可能性也不大,人挤着人哪有机会,人们只是看不惯男的去她家歇着,胡乱编派罢了。她似乎是个女版贾宝玉,愿意让男人们簇拥着温温柔柔地说说笑笑,吃吃喝喝,这就挺好。如果哪个男子为她吃醋干仗,她就忧心害怕。堂叔是喜着她的喜忧着她的忧,夫妻二人倒是同心同德,毫不理会村人的闲言碎语。

他们不知道操心,有人替他们操心,这个爱操心的人是族长,五十出头。堂婶一入门,他就认定这不是盏省油的灯,只怕会败坏门庭。他先找堂叔的父母提醒，让敲打敲打她，别招揽男的们上门了。堂叔父母是老实人，又不和儿子住一个院，不愿多事。族长就找堂叔，让他管管媳妇，莫非他不知道"小狐狸"是什么意思吗？放着这么个狐媚婆娘不加管束，还傻乎乎跟着乐，蠢货。堂叔挨了训很伤心，他看不出妻子哪儿该管束，人各有所乐，各乐各的，又不碍别人，多什么事呢。

但不久他妻子真跟人跑了，两家离得不远，那男的一表人才，夫妻之间十分冷淡。头一次见到堂婶，他如雷轰顶，呆怔怔而回，此后时常过来。他进行了灵与肉的斗争，灵没战胜肉，终于出手，勾引堂婶和他跑了。两家各找各的人，找了半个月，他们自己回来了，无钱又无地可去，只好回来。男的妻子为争一口气，坚决离婚，于是离了。堂叔坚决不离，他并不因堂婶私奔就看轻她，二人依然是和睦夫妻，没吵也没闹，就像这事没发生。想看热闹的人很失望，尤其族长，他要主持公道。

该说说这位族长的长相了。此人高大魁梧，下巴双得过分，走路跛脚，仰着脖子不爱看人。他以为堂叔会休妻，最不济也得揍她一顿，谁想堂叔一指头没动。族长大怒，叫了两个帮手，选了一个夜晚前来替天行道。他们叫开门子，二话不说把堂婶从床上拽下，掀翻在地，剪起双手摁在地上，巴掌拳头一起上，打起来。堂叔左拦右挡，也挨了一顿。堂婶才被拖下床时还有羞惭之意，颤声哀求饶恕，待到被捆起来毒打，羞惭之意没了，先是痛骂，继而高声呼救，惊动起街坊四邻。此事迅速传扬，没一个说族长的是：如今什么社会了，轮得着你去打人家？人家丈夫都不打，你算什么角色？族长老婆十分生气，和他大吵一架回了娘家。

堂婶也拖着伤体回了娘家，要离婚，说堂叔没出息，保护不了她。堂叔找了一趟又一趟，又发动家里人向她说好话，也不行，除非族长前来。族长巴不得她离，闻言冷哼：做梦！绝对不来。僵持一段时间，离了。

堂叔一痛而病，卧床不起。他的老母亲劝他，不行再说个吧，别惦着这个了。堂叔吸溜吸溜地哭，声称除了她绝不再娶。与堂婶私奔的那人得知他们离婚，大喜，想要堂婶，他以为是十拿九稳的事，谁知堂婶不想和他结婚，也不想和他再有联系。这人很不甘心：那你还惦记谁呢？堂婶说要复婚，这就托此人回去捎信，让堂叔病好来接她。堂叔的病立刻好了，从床上爬起，收拾干净，蹬起车子去接，二人伙骑一辆车子，有说有笑进了村。

堂婶并没有痛改前非，家里依然人来人往。每到有事，总有男的自动送钱，她也不推却。盖起新房后地方宽大，堂叔弄了四张自动麻将桌，天天人满，中午还管一顿饭。麻将桌昼夜不停，两口子轮流休息，过得十分滋润。

## 堂叔 11 号

这个堂叔猪经纪出身,人称"拽猪尾巴"的,拽来拽去发了小财,于是倒卖烟草,倒卖大发之后,竟然把烟草局的生意扛了,被招安,当了个副局长。堂叔的生意越发大了,人都不知他趁多少钱。他四处买房,把儿子安排进财政局,女儿安排进统计局。堂婶大字不识,每日跟着吃香喝辣。这个堂婶当初没嫌他穷,富了之后以他为荣,十分感谢他没有富贵休妻,对他是千依百顺。此时的堂叔确实也没有易妻之意,他虽是猪经纪出身,却很儒雅,轻言慢语,很有分寸。他后来哄着堂婶离婚之后,人们说这才是"蔫萝卜坏擦床",越是这种人越能琢磨出坏点子,不声不响就把事办了。

堂叔诸事顺遂,儿子娶了市里一家卖名酒的女儿,婚后生出个儿子,一家人乐呵呵。正乐和,天有不测风云,堂叔的儿子得病没了,至死没查出什么病。堂叔大受打击,黑发顿时变白,陡觉万事皆空。儿媳一年后带着孩子改嫁,这个家越发空荡。想到偌大家业无人继承,堂叔很不甘心,想再生个儿子。他倒还有这个能力,堂婶却不行了,年轻时候生个孩子如探囊取物，此时生个孩子得把老命搭上。何况她与堂叔生出的孩子并不优秀，都长得丑，原因就是她丑，矬粗短胖，脾气倒是好，可惜太肉，说个话哼哼唧唧不知所云。堂叔成了副局长之后，这样的夫人拿不出手去，心内未免不足，此时天翻地转，儿子出事，看开了，看来这人生得重新洗牌，不能胶柱鼓瑟。

他标准很高，欲找一大学毕业相貌姣好的未婚女子，这次绝不凑合。他资助了三名贫困女大学生，以资助为名近距离接触，选中一名精心培养。大学生毕业之后，他用鲜花奢侈品往上猛攻。刚毕业的女孩子哪架得住这个，何况堂叔一表人才话语温存又多金，于是以身相许，答应与他结婚。

堂叔这才进行下一步。他病了几天，浑身无力，出去看医生，提回一大堆中草药，让堂婶给他熬，熬好再喂给虚弱的他。堂婶托起他的头，一勺勺喂，他待喝不喝，药汁顺嘴角流下。喝着喝着，他泪落如麻，说自己肯定活不长了，他有预感，很快要追随儿子而去了。堂婶哽哽咽咽地问："那该怎么办呀？"堂叔不答，只是流泪。白天吃药，晚上嘎杂子更多，翻来覆去不睡，不是心口疼就是胃疼，让堂婶给他揉。堂婶坐在他身边，先是用手揉，两手交替着揉，揉累了，换姿势改坐为跪，用胳膊肘慢慢上下左右地蹭，一鼓捣多半宿。伺候多日，堂婶胳膊肘上磨出茧子，人也累坏了，堂叔的病依然不好。

堂婶提议算个命，她穷极无聊就烧香磕头，找神仙指点迷津。于是叫来很有名的孙大仙起卦，卦象显示堂叔得二婚，他还有一子一女的命,如不离婚家里还得有灾。堂婶目瞪口呆,眼见堂叔奄奄一息,不如成全他。堂叔极其不舍,许诺给她丰厚财产,约定三日之后,等他身子好些就去民政局办手续。议定之后堂婶回娘家散心,她已无父母,只有个弟,本不想说这烦心事,又憋不住,对兄弟讲了个大概。兄弟一听拍案而起:"傻姐姐,你被骗了!早听说他在外头找了个,我还不信,看来是真的了。你年过半百,离了还能嫁谁?死后埋哪里?与谁埋一起?都没说清,就和他离了?他愿找让他找,愿生让他生,你千万别离!"

一语点醒梦中人,堂婶恍然大悟。她起身回家,悄悄进门,堂叔不在,天黑时才见他施施然而入。知道是小舅子捣鬼,他咬牙切齿:"就知道这小子会坏我大事。"婚离不成,堂叔毫不气馁,他摊了牌:"我得有个名正言顺的继承人,你成全不成全?"堂婶当然成全,她也想死后坟上有人烧纸,原来还想抱养一个,现在有人肯生,再好不过,好歹是自家的骨血。挑明就好办了,堂叔从家里搬出去,住到市里,与大学生同居,生了一个儿子,又生了一个女儿。堂婶留在老家,有婚丧嫁娶之事,堂叔就和她一同回去露脸,事毕他回市里,堂婶独守空房。

如此三四年,堂婶渐渐多病,只得投靠女儿。都不缺钱,又无聊,母女俩常去市里逛街购物。堂婶大把花钱,唯恐死前不能花光,金饰玉器买了一大堆,衣裳也上了档次。一日,母女走进东方购物,撞见堂叔和情人儿女也在一楼逛珠宝。堂叔极年轻,不像近六十的人,倒像四十,有雄厚财力加持,尽显男人风范。那女的不到三十,电影明星似的,一对儿女粉妆玉琢,活泼可爱。

堂婶大受刺激,回想年轻时也曾这样与堂叔携着一双儿女逛庙赶集,何等幸福恩爱。如今儿子没了,堂叔找个小三,女儿出嫁,自己年老无依,好不伤情。堂叔看到她们,带着孩子过来招呼,那个大的很有礼貌,不用介绍就叫起来:"奶奶!"堂婶受了刺激,向后一仰,过去了。

堂叔把她埋在儿子身边,娘儿俩守着也不孤单。他呢,埋骨何必桑梓地,是不打算回来了。

# 堂叔 12 号

这个堂叔十岁丧母，父亲种地养羊拼命拉扯大他，好容易给娶上媳妇。这媳妇是个小巫婆，继承了其母的衣钵，烧烧燎燎，打算给人看病。嫁来之后很快怀孕，查着是双胞胎，堂叔压力顿增，离家外出去挣钱，谁想耽搁在山西，被扣在黑煤窑中。等他历尽艰辛逃回家中，两个女儿已会走路。丈母娘见他回来，破口大骂，说他是没尾巴鹰，不知道着家，靠不住，不相信他被扣在山西，怂恿女儿离婚。她女儿挺听话，让离就离，两个孩子都要，一个也不给留下。堂叔自忖没有做错什么，受不得丈母娘拿捏，一狠心，离了，把媳妇的嫁妆全送过去，一样不留。

离清之后他环顾四壁，一片萧然，老父亲佝偻着腰向外走，边走边咳，身后跟着三只山羊。他再一狠心：何必非在村里，不如去市里闯荡，也许能杀出一条生路。他不经老父亲同意就把羊卖了，这才有了路费。进到市里投靠开小饭馆的干兄弟，以此为据点四处找活，找不到就在干兄弟店里蹭吃蹭喝。他豁出脸皮，扎不下根来誓不罢休，谁也别想把他轰走。干兄弟被他蹭得无可奈何，就给他介绍对象，反正他不打算回去，在城中村做个倒插门也不错。

堂叔不在乎倒插不倒插，有人收留就行。干兄弟介绍了个丑姑娘，这姑娘姐仨，另两个嫁出去了，由她留下守着父母，她胖，上身长下身短。堂叔不嫌她丑，她不嫌堂叔穷，婚后倒也融洽。一年后生个儿子，喜欢得丈人丈母天天搂着不撒。老两口朝朝暮暮盼着得个孙子，终于有了，霸起来不让小两口碰，轰着他们赶紧挣钱，别在家里吃闲饭。堂叔想开饭店，他媳妇想开美容院，争执几天，终于决定开美容院，老丈人提供本钱，算借的，赚了再还他。二人租下门面，一番装修，又印了广告天天上街去撒。他媳妇志向远大，弄就弄高档，东西都要最好的，要让顾客体验高级享受，可惜一来选址偏僻，二来她不会和气生财，三来自身不具备示范作用，体验券发出去一大把，顾客体验后却不肯再来。夫妻俩无计可施，打发走美容师，关门大吉。

赔了钱免不了吵嘴，吵不过瘾，就动手。堂叔这才知道媳妇强悍，抓掐拧咬全挂子本事，打得他四处窜逃。丈母娘护犊子，骂堂叔没出息，该揍。堂叔逃到干兄弟的饭店避难，干兄弟出主意：还是你舍不得下手，若论打，女的怎么能打过男的，天下是打出来的，枪杆子里出政权，这号女人揍趴下就老实了。堂叔喝得高高，回去就揍，真把媳妇揍服了，还揍出了感情。老丈人还可，丈母娘不干了，卧榻之侧岂容他人酣睡，一个倒插门竟然骑上脖子，这还了得。她指出两条路，要么都

·179·

滚蛋,别在家里干吃干喝,要么离婚,给堂叔点儿钱,孙子留下。

堂叔两口搬出来另找房住。没了丈人丈母的庇护,两人整日奔波,入不敷出。也怪,堂叔总是攒不下钱,他不吸不喝不赌,每到有点儿钱就生个与这点儿钱很匹配的病,正好把钱花完。他妻子是家里的娇娇女,没吃过苦,与他出来之后越过越穷,时时抱怨。丈母娘准女儿回家,不准堂叔回,声称她已看透,堂叔就是生成的穷命,谁跟他谁穷。她下了最后通牒,给他一年时间,挣够五万拿钱来见,挣不够啊,两个山字摞一起,你给我出。

都说丈母娘看女婿越看越欢喜,堂叔的丈母娘们却是越看他越生气。干兄弟说堂叔上一世不定与丈母娘结了什么仇,这一世才处处受她们挤对。堂叔进不了家门,又来干兄弟店里蹭,这回蹭不比往日,往日蹭得理直气壮,这回好歹也是有家的人,蹭吃蹭住不大正当。他想了又想,干脆离开吧,不受这鸟气了。他什么都不要,净身出户。至此,他已有三个孩子,一个都没跟他。

这次离婚之后,他运气似乎好转,能攒下钱了,攒钱之后盘个小店,主营早点面条,外带熬大骨头汤。他一个人忙不过来,雇了个承德女人。这女人离过婚,孤身来市里打工。堂叔仔细观察,小心试探,与这女人同居了。同居一段时间觉得处着挺好,年底下和女友回承德看老人。两个老人都在,其母尤其健康。堂叔心中打鼓,不敢与她多话。两个老人都不挑剔,只让他按程序走，虽说不是头婚，也不能潦草行事。

堂叔出了四万彩礼，女方来了几个至亲，在饭店吃了一顿。堂叔的老父亲已去世，这边已无亲人，干兄弟们齐上阵，帮他把事办了。婚礼之后谢干兄弟，都希望这是他最后一婚，结一回随一回礼，已随三回。生回孩子随回礼，又随过两次，看来还得随一回。"别急，马上，早三个月了，再有六个月请你们喝酒。"堂叔呵呵而笑。

半年之后他添了儿子，丈母娘过来伺候月子。堂叔察言观色，生怕惹着她。这个丈母娘与前两个不同，很看得上堂叔，说他稳重懂礼，吃苦耐劳，知冷知热，全是优点，没毛病。堂叔长出口气：可算遇见真命丈母娘了。

# 堂叔 13 号

这个堂叔若从古典小说内找对应,只能是西门庆。他长得好,要个儿有个儿,要人有人,还能挣钱,是个兴家之主,得风气之先开了家颗粒厂,收购废旧轮胎,粉碎成粒再卖出去,挣了大钱。饱暖思淫欲,他那颗本就不安分的心得了钱的滋养,越发不安分起来。

他骨子里就好色,当年娶妻就要娶漂亮的,不漂亮不要。妻子也果然漂亮,琴瑟和鸣,夫妻很过了一段幸福时光。只是岁月催人老,生育三个孩子后,妻子不似从前那般花容月貌,令他心生不足。此时厂子兴旺,钱财滚滚,他四十左右,正是最好的岁数,区区一个妻子岂能满足得了。他很快找了一个,金屋藏娇养起来。他还出入风月场所,左拥右抱,十分享受。妻子与他闹,闹不过,三个儿子羽翼未丰,不能与他抗衡,只好隐忍,只要他给钱,就睁一眼闭一眼由他去。

一日,他去城南饭店喝酒,看上一个服务员,长得沉鱼落雁。这姑娘的母亲风流放荡,堂而皇之在家养相好,熏陶得女儿个个开放。老太太指着女儿们发财,恨不得让她们个个傍大款，傍不上再嫁人，嫁就嫁个普通人，如此日子才顺畅。三个女儿中这个最好看，肤色如雪，双瞳如剪，腮边常卧俩酒窝。堂叔一见之下，再也拔不出眼来，又见她偶然抬腿，露出大腿上凉粉一般微颤的肉，那肉一哆嗦一哆嗦，看得他全身都酥了。第二天他又来，第三天又来，第四天单刀直入，要包养她。这姑娘见他一表人才出手阔绰，动了心。堂叔回去把金屋里那个娇打发回家，大大给了笔钱。他在厂里盖楼让这姑娘住，又出钱把她娘家的房子盖好，帮她弟弟娶了媳妇。只要姑娘高兴，没有他不干的。

这个女人为他生了两个女儿，个个如她一般好看。生孩子时堂婶过来伺候月子，她忍气吞声，不得不如此。堂叔从前固然好色，但不肯弄私生子，如今左一个右一个生，像要和这女人一心一意过一生。他二人也确实感情深，凭良心说，这个女人本质不坏，心思单纯，性情柔顺，若玩宫斗，肯定是最早翻车的那个。她跟了堂叔好几年，只口不提结婚的事，可能也是怜悯堂叔的妻子和孩子们。堂叔呢，也不是不想与她结婚，他有他的苦衷，三个儿子现在虽不敢公然犯上，隐隐已有反意。若让他扔下三个儿子，也不是他心里所想。这姑娘不吭声，他很知足，走一步说一步吧。何况妻子娘家人多，也是牵制。

这女人岁数渐长，知道同居下去不是长久之计，可堂叔又不想离，协商之后她带孩子搬回娘家，想趁年轻找婆家另嫁。她名声已然远扬，都知道和堂叔靠着，还弄俩孩子，一般人不愿要，怕养不起。其实这女人要求不高，只求生活温饱，待她娘任好即可。她痛感自己为色所误，只想平平安安，普普通通。媒人左右奔走，终于说定一人，离过婚无子女，大她六岁，人很老实。议定婚期，于是准备起来。两个村子相距十里，结婚那日，吉时上轿，吹吹打打走到中途，突然杀出一辆轿车，堂叔带着三个手下把这女人拽出来，塞入轿车开着就跑，一跑跑到山东，住了一年。厂子也不管，人也不回，急得家里四处抓挠。大儿子临危上阵，把厂子接过来，亲信全换掉，自己当起厂长。他兢兢业业地干，厂子却一天天衰退。一年之后堂叔回来，轻轻拨弄几下，厂子又起死回生了。

堂叔和这女人又生了个儿子。有了儿子，堂叔考虑起离婚。好比撞见五百年前的冤家，他实在舍不得这个女人，想给她个名分。那三个儿子已经长大，妻子也算老有所依，给足他们钱，也算对得起。正谋划，他突然中风，瘫了。

有人说早就知道他下场不会好。一来他好色过度，必将不得好报；二来这厂子出过人命，他雇用过一批贵州来的外地人，克扣盘剥得利害，工人反抗，就以武力镇压，他厂子里养着数条狼狗，凶恶至极，传说他手持铁镐敲死过一个工人，尸体喂了狗。他发这不义之财，冤魂找他算账来了。

他一倒，妻子翻了身，叫上三个儿子先去清理厂子，把那个女人和三个孩子一窝端出。回家故意说起，堂叔有气发不出，有话说不出，喉内咯咯有声。他生命力挺顽强，瘫了五年才撒手归西。死后厂子彻底不行，转了出去。

## 堂叔 14 号

这个堂叔卖醋,长相酷似某伟人,那脸形、眉毛、眼、嘴、头发、个头、身板,无一不像。他赶着驴车走村串乡地卖醋,头回见他的人都会大吃一惊,揉眼再看,依然恍惚。但转念一想,某伟人是大人物,日理万机,怎么会赶着驴车卖醋?何况,眼前这个才三十左右,不可能。这么开动脑筋一琢磨,人们从震惊中缓过劲来,争着上前买他的醋。似乎因为他长得像伟人,醋也分外酸。他的醋供不应求,沾了他长相的光。

他家小西屋内有个高及屋顶的圆仓,里头装满了湿漉漉的米糠,压得紧紧。仓下掘个坑,坑里埋着瓮,醋就从仓底的小管子缓缓流出,流进大瓮。他出门卖醋,就从大瓮往外舀,舀进两个大塑料桶。本村人来买醋,直拉进西屋,舀最新鲜的醋。他家的醋酸得爽口,酸得人直眨眼依然想喝。我们打了醋提着瓶子往家走,边走边喝,能干下三分之一。

方圆多少里渐渐知道有个卖醋的酷似某伟人。那是二十世纪八十年代初,人们还沉浸在对伟人的思念中,见他如见伟人,明知不是真伟人,见他一面也得到不少宽慰。即便今天,

· 185 ·

提起往事，人们依然惋惜他没被星探发掘。像那个演伟人的特型演员，台上一站，掌声雷动，那还化装了呢。堂叔根本不用化装，可他偏偏只会造醋，可惜了的。

大名远扬之后，四十里地外来了个人，非要追随堂叔。这人干过红卫兵，搞过武斗，"文革"过后全须全尾，但脑子似乎出了点儿问题，认死理。见过堂叔之后撂住他，非要住进家里时刻瞻仰。堂叔不同意，人家不听，夹着铺盖就来了，住进门洞，要为"伟人"服务。

堂叔无可奈何，轰又不走，铺盖扔出去还夹着回来，膏药似的贴着，愣是揭不下来了，只好任他住下。天冷之后见他缩在门洞里哆嗦，就把南屋腾出一间，让他住了进去。

他跟着堂叔出门卖醋，净帮倒忙，让收钱他算错账，让灌醋他灌到瓶子外，说话还冲，吃了枪药似的，不懂做生意要和气生财。这些还是小事，他最大的毛病是爱说，绿豆蝇似的嗡嗡嗡、嗡嗡嗡，发表些莫名其妙的见解。自从他来"服务"，像给堂叔上了金箍，他一嗡嗡，不啻念紧箍咒。

他说堂叔不够挺拔："人家伟人站似一棵松，你呢，不够直溜，还差点儿，再挺挺胸，再挺挺！"

嫌堂叔爱和年轻小媳妇们开玩笑："卖醋就是卖醋，哪儿那么多废话呀？有的说没的叨叨，娘儿们一样。人家伟人，可不会和小媳妇们乱开玩笑。"

嫌堂叔斤斤计较："一个醋，多给点儿少给点儿有什么大不了？那提子晃晃悠悠，非把多的那点儿晃下来。小气！人家伟人，可是慷慨大方，乐于助人……"

堂叔已经生了六个闺女，其中两对双胞胎。六个孩子在院里跑，他又说："人们伟人没要孩子，一生全给了党。你呢，左一个右一个，生起来没完没了。"

他横挑鼻子竖挑眼，嗡嗡嗡、嗡嗡嗡，拿伟人的标准往堂叔身上套，烦得这一家子无可奈何。和他讲理，他抬出伟人压人，不和他讲理，他嗡嗡个不停。揍他，不敢；骂他，骂不过。逼得堂婶信起天主教，有空就去祈祷，恳求主把这个长驻沙家浜的无赖抓走。

主没有显灵，倒是堂叔有了主意。他不再赶着驴车外出，把临街的两间东屋改成门市，又进了酱油、各种咸菜，弄了个副食品店。他摆出大人物派头，疾言厉色地支使这个追随者，支使得他脚不沾地。倒腾咸菜，从大缸倒进小缸；把大皮囊里的一吨酱油放进桶里，再一桶一桶地倒进瓮里；把酿过醋的米糠铲出来，铲到小车上推到地里沤肥……干得慢了就虎起脸训他。这么一抖擞，堂叔找到了伟人的感觉，他学会了下命令，下死命令，什么活儿都限时，累得这人要死要活，说话哈哧带喘。

副食品店开张没半月，这人铺盖也没要，趁着往地里拉米糠，扔下小车子跑了。

· 187 ·

## 堂叔 15 号

这个堂叔盼了十五年退休金，还好，盼到了。

他四十五岁下岗，下岗之前，厂子里为安抚职工，分给每人二十亩地，收成上交一部分，余下归自己。堂叔种了五年地，五年之后厂里把地收回，他才算下岗。用他的话说这叫"归隐田园"，人生不得志，姑且韬光养晦，以待东山再起。

这十五年里，他先是缩在家里喝酒，喝了两年，觉得再喝下去不是事，得找钱，得盖处新房子让儿子娶媳妇。目前这房子还是二十年前盖的，又小又破，有回下大雨把院墙都冲塌了，所幸院里长出许多槐树，郁郁苍苍。"树长这么旺，咱们要发家啦！"他抱着天真的幻想，为没钱盖新房子找理由。媒人来说亲，一相家就没戏，全坏在房子上。堂叔这才服了，彻底放下架子，自谋出路。

他东敛西凑，买了一项"人造大理石"技术，置办原料，想弄个家庭工厂。他把样品摞在后车座上，四处推销。当时流行马赛克，没人对这种大块的东西有兴趣。忙了几个月，一块也没销出。又种药材，种了丹参、桔梗和药菊。到了秋天，收药材的没来，只好堆在家里。他还买了个马驹，打算喂大之后卖了挣钱。药材卖不出去，正好让马驹子吃，好几亩的丹参、桔梗和药菊都进了马肚子，马一打响鼻浓浓的药材味。这时来了位老友，劝他到盖房子班上垒墙，请请管事的，算他半个大工。他不肯买工具，朝张三要个瓦刀，朝李四要个抹板，凑了一套，装在捡来的大帆布袋里，盖起房子来。盖房子不欠钱，工钱之外，每天两盒烟，两天一顿犒劳。他早出晚归，回来把烟往柜里一放，偶尔数数，惊叹一声："嚄，这么多了！"

但他忘不了退休金。他是国家正式职工，别看下了岗，一到六十岁，国家就又管起来了。这么大个国家，该给的总会给。只要活到六十，就有退休金。他发下豪言壮语："哪天我有了钱，就天天打麻将，占着班不下来。"

麻将是他一大爱好。没钱的时候，他把家人聚拢起来在家里打，有了闲钱就出门实战。有回他一夜未回，黎明回来，异常激动，交给堂婶一堆票子，努牙瞪眼地说："好狗×的们，我把他们全剥啦！"这是最辉煌的战绩，其余时候不输不赢，玩一天就是磨手指头。

离六十越近，退休金在他嘴里出现得越频。六十岁的大年初一终于到了，退休金没来，原来得到六十周岁那一天。他辞了推销楼板的活儿，一心一意在家里等，生怕自己出意外。熬到十月十五，他生日这天，退休金终于来了。他顿时扬眉吐气，不可一世，先去实现当年发下的宏愿——打麻将。

他抽出几张票子，装进后裤兜，兴兴头头去凑牌局，来就

·189·

来大的。坐上牌桌,他又是放又是跑,想放几个放几个,想跑多少跑多少,那叫一个痛快。如此酣战几日,终于解了气。过够瘾之后,他想起退休金还没存,到放钱的地方去找,没找着。他又急又慌,疑心这几天是梦,现在梦醒,退休金飞了。弄清不是梦,再找还是没有,他大怒:"我的钱呢?哪个天杀的把钱拿了?"知道钱已存起,他放心了,鼓动堂婶去买鲜亮衣服:"去吧去吧,跟着我苦了一辈子,买件好衣裳穿穿。"转头对儿子另是一副脸色:"别指着我的钱!这是我老两口养老的钱,没你的事。该干什么干什么去,别仰在家里歇着,年纪轻轻的。"

手里有了几个钱,他开始琢磨投资。一想膝下两个孙子,得再买块宅基地。一番考察之后,他也不和人商量,拿出八万在村里买了块地方。谁知这地方有争议,退又退不了,盖又盖不成,成了他的糟心事。糟心事还没解决清,他查出肺癌,两个月后去世。满打满算,才挣了八年的退休金。

而他原来的打算是至少活到八十,哪怕变成植物人,也得输液维持着继续活。他曾对儿子说:"儿啊,有我就有钱。只要我有一口气,国家就给我发退休金。只要我有退休金,你的日子就松泛。好好孝敬我吧,啥也不说了。"

## 堂叔 16 号

这个堂叔写下辞职申请时义无反顾。他是乡中物理老师，工作十多年了，还是个普通老师，更可气的是工资时常拖欠，从半年一发拖到一年一发。每到年底，老师们盼工资如大旱望甘霖，上课无心，互相传播各种小道消息。有一年挺绝，等到大年三十也没等来工资，把老师们气坏了。那时乡中的钱由乡里发，乡里说收不上钱，无钱可发。堂叔异常生气，乡里说没钱那是胡呲，各种税层出不穷，村里养个猪养只鸡都要交税，提留挨家挨户地催，还有那么多超生罚款都去哪儿了？全肥了乡里那些王八羔子，吃香喝辣养的肥而又肥，可不无钱可发。当然，他也没闲着，他倒卖试卷，从印刷厂直接进货，卖给别的学校。

乡中不景气，私立学校趁机而起，县里一下子冒出四所，分站在县城的四个角上，挖各乡中尖子生，挖骨干老师，挖得不亦乐乎。私立的工资很有冲击力，是乡中的三倍，在私立干一年相当于乡中三年，十年相当于乡中三十年。十年之后，就算私立倒闭，也挣够了。这么多钱在手，又年轻，干点儿什么不行？何必苦守着破乡中。堂叔的同事们观望又观望，都想挣钱，却都怕丢掉公职。堂叔是有冒险气质的人，果断去了，写下辞职申请如同壮士断腕，从此与乡中一拍两散。

堂叔在私立很受重用，当着年级主任，当着备课组长，当着班主任，再额外多上两个班的课。他拼命挣钱，很快鸟枪换炮，房子换了，摩托换了，又生个女儿，反正辞了公职什么也不怕了，也没人来罚他。他的日子蒸蒸日上，令老同事们无比眼气。他风光无限，乡中的同事们依然苦挨日子，工资依然一年一发，改在麦收时发，用麦子抵工资，老师们去粮站领麦子，雇人往回拉，再粜出去，损失不小，民怨沸腾。终于，县里出手，工资不归乡里管，由县里统一发放，这才解决了拖欠。

那批跑到私立的老师各自飞腾，胆大的越跑越远，石家庄、张家口、太原、北京，这还算近的，更远的去了广州、深圳。堂叔懒得动窝，比上不足比下有余，东家待他不错，就一直干下去吧。私立之间竞争激烈，为抢一个学生引发过打斗，你说你是全县第一，我说我是全县第一，各自吹捧，彼此揭短，每到招生时大力宣传，贬低对方。几年之后，倒了两个，余下两所继续争战。

乡中也办起重点班，本来师资就齐备，工资一到位，抖擞精神直追私立，差距迅速缩小。县里硬气起来了，让流失的老师回原单位，不回就真的开除公职了。这话从前不敢说，如今有了底气，定个最后期限，回头是岸，写了辞职申请的既往不咎，想回赶紧回来。各校长亲自打电话，把出去的老师呼唤回来。堂叔犹豫了，回呢，还是不回？回吧，不甘心，挣了大钱的人怎能再安心挣那么五六百，不回呢，又怕在私立干不长久，他岁数渐长，身体大不如前，再那么拼命上课不太现实，有朝一日年老力竭，私立会一脚把他踢开。他摇摆两天，决定不回。想到回去还做一普通老师，头发半白夹本书橐橐地朝教室走，他受不了。他和校长谈条件，好歹也是在私立干过的人，学了些管理经验，能不能提个主任呢？校长直言相告：没开除公职就算便宜你了，还想要官？私立有什么了不起？私立的摊子怎么能和公家比？你做了几年流寇，有个机会回头，还讲条件？愿回就回，没的可谈。

公办老师大量回流，私立师资异常紧张，家长很不满意。堂叔一则以喜一则以惧，喜的是可以趁机多挣钱，惧的是体力有限，挣不了多少钱。此时县里两所乡中撤并，内中就有堂叔那所。上百名老师一时无处安排，只好闲着，工资照拿。这批老师愿歇就歇着，不愿歇爱干啥干啥，自在了三年，县城中学扩大，把这批老师全安排进去了。原先调进县里千难万难，这时不费一分钱，都进去了，公办的优势尽显无遗。堂叔动了次手术，休息了三个月，休息期间只有基本工资三百，这钱不够吃饭。想托关系往公办找找，为时已晚，他已被除去公职，档案扔人才市场去了。他顿感荒芜，茫茫然前看后看，有如孤魂野鬼。

屋漏偏逢连夜雨，病好没半年，他的私立突然完了，董事长卖掉学校去山西办医院，上百号教职工登时抓瞎，各自纷纷找下家，有的去市里干培训，有的去别处试讲，有的转行，最终也都有了去处。堂叔不想去远处，他没了年轻时的闯劲，私立挣下的钱早已花光，孩子上学结婚都要用钱，到哪里再挣呢？此时公办学校工资大涨，堂叔原来的同事挣得比他都多，真是风水轮流转，回想扔掉公职，他后悔地撞墙，险些抑郁。

堂叔琢磨又琢磨，干了一辈子教育，也只能吃教育这碗饭，别的行业不熟，不敢轻易下水。他放下身段，租了房子，招来四十个小学生，办起午托班。堂婶做饭，他负责辅导，收入也不错。

# 堂叔 17 号

这个堂叔弟兄三个，大哥打了一辈子光棍，时常抱怨老父亲偏心不给他说媳妇，父子俩住在一个院里，日日吵得鸡飞狗跳，比仇人还仇。二哥是迟迟说不上媳妇，近三十岁才与一个来村里要饭的女人结成一家，不幸这女人又难产死了。丧妻之后二哥实在耐不住寂寞去当倒插门，和一个脑子有些糊涂的女人结成一家。这位堂叔呢，有两个哥哥的经历在前，他不敢奢望，有介绍的赶紧应下，是个女的就成。其实弟兄三个数他长得好，又会木工，完全可以挑一挑拣一拣。他妻子模样挺好，其实有癫痫，新婚之夜就犯了一次，吓得他来不及穿衣就跑出去喊人。这才知道妻子有病，但又能怎么着？木已成舟，还能退回不成？退了就没媳妇了。何况这病不是经常发作，好的时候和正常人一样，不好的时候也不过躺在地上人事不省片刻，缓一缓她自己就醒来了。除了癫痫，妻子没别的毛病。

堂叔母亲死得早，也死于癫痫。他曾有个姐，结婚前没事，结婚之后也闹起这病，四十岁时没了。如今娶个媳妇也这样，都说他家房子风水不好，妨女人。看看这门里的女人们吧,非傻即病,八成房子有问题。还有人说是祖坟不好,但族里别人家都挺好,只他家这样,这又怎么说?总不会独衰他们这一支?堂叔和两个哥哥想动坟,没的可动,爷是公共的,不能由着他们想挪就挪,只能等老父亲死了埋到别处扭一扭风水,看情况能好转不。

村里的男人纷纷外出挣钱,堂叔出不去,他得照顾妻儿。两个孩子还小,妻子有病,他只能就近接活儿,白天出去,晚上回来。女儿七岁,能顶上事了,烧火做饭收拾家都行,也能照看妈妈。但总有意外发生,有一回正做饭,她妈妈犯了病,一下子坐到开水锅里,深度烫伤,住了四十天的院。堂叔回家先把孩子打了一顿,嫌没看好她妈,该揍。他白天干木工,夜里浇地,让女儿跟着去地里撒化肥看畦子,一干一宿。

随着岁数增长,他妻子的病越发作越频繁,说不清什么时候就犯起来。亲戚结婚,她过去吃饭,好端端与人说话,突然倒地,亲戚们腾出地方等她醒转。大喜的日子出这种事总归有些扫兴,她就不愿出门,不再参加红事白事,人也日渐呆傻。她死之后,堂叔终于解脱,立刻去了市里搞装修。后面的事还多,盖房子,儿子上学,娶媳妇,任务艰巨,必须紧抓紧挠。

他让女儿辍了学,丫头似使唤她,对儿子则极尽溺爱,恨不得攥在裤腰上去哪里都带着。这儿子蔫坏,看着老实,其实很不老实,浪里浪荡的初中毕了业,高中没考上,堂叔掏钱把他放进去,以为他会好好念,很放心地去了陕西打工。女儿呢,才十九岁,已嫁在邻村,图的是能让她婆家帮衬。去陕西还没一个月,儿子的班主任打电话,说他儿子跳墙上网,还喝酒,堂叔断然不信:他胆小如鼠,从小听话省心,肯定被坏学生带坏了,甭管什么原因吧,饶过孩子这一遭,给个机会。

这事刚了,没过一个月又出事了,这小子和人打了一架,把人家打坏了。这回怎么说情也不顶用,开除。堂叔忙往回赶,要找学校说理:"凭什么不和家长商量就开除?说开除就开除哇?"班主任说:"这有什么商量的,你不同意就不开吗?好比你儿子在街上打人,警察还得和你商量才抓他吗?"离了学校,这儿子窝在家里哪儿都不去,天天吃方便面看电视。堂叔放心不下,让跟着出去干活,反正也不念了,琢磨着挣钱吧。他把儿子带在身边,又疼又惜,舍不得使唤,更舍不得撒手。反倒是儿子觉得没意思,不肯跟他。这时有人提议,何不让他去当兵?送进兵营锻炼锻炼,学门技术也好。堂叔意意思思,怕他受苦。这儿子倒愿意,于是应征入伍,分到甘肃。隔不几天打回电话,让把高中的书寄去,他想考军校。喜欢得堂叔逢人就夸儿子有出息,知道考军校了。他不吝费用,把家里所有高中课本和习题全给寄了过去。他憧憬着美好未来,仿佛儿子已考上军校衣锦还乡,这可是祖坟上冒青烟了。他托一个在军队上的拐弯亲戚把儿子往近处挪,图的是离家近,探亲方便,于是挪到陕西。

儿子当兵两年,军校没考上,复员了,除了多身军装,什么也没变,回来又是窝在家里,大门不出二门不迈。此时堂叔的老父亲已九十有三,向来是自己做饭自己吃,可能寿数到了，只想躺着不起炕。这位堂叔和二哥偶尔过去看一眼，伺候老人落到老大身上。老大平时与老父亲仇人似的，父亲落了炕，数他悲伤，一日三餐送过来，还给他擦身子按摩。老父亲很不领情，见他煮了鸡蛋送过来，骂他："又偷着煮我的鸡蛋！"总不放心他，怕偷走屋里的零零碎碎。其实屋里有什么呢？一屋子破烂，洋灰桌上立个贴着陈年旧照的相框子，框内有他年轻时的照片，与堂叔宛然是同一个人。

老父亲去世，停灵在床。弟兄三个跪在灵前，此外再无别的孝子。一个乡亲问堂叔："老三，我好像见你儿子在家呢？"堂叔说："在，他不愿过来。"

# 堂叔 18 号

　　这个堂叔嗜赌如命，无论来大来小，只要是赌就成。他上有个好老爹，做包工头发了大财，与人在市里成立了基建公司，把他安排进去，干不了多少活照样拿钱。下有好儿子，生意做得很大，从不花他的钱。中间有个好媳妇，勤快能干，家收拾得井井有条。都说这个堂叔是自在命，家里实在没有可让他着急操心的事，只好玩，不玩对不起这么好的命。

　　麻将还没流行的时候，他酷爱推骨牌，赢得快输得也快，点大点小地推一宿，又惊险又刺激。每到村里死了人。赌徒们照例聚到丧主家，三百度的灯泡下支起几张桌子，又是骰子又是骨牌地斗。堂叔就爱这种氛围，听说村里死人，黄昏时专程坐车从市里而回，直奔丧主家。赌棍们听说他回来，兴致更高，你呼我叫十分快意。斗这么一宿，他搭早班车直回市里上班，家都不回，妻儿都不知道他曾回来。小女儿长到八岁，不知父亲是谁，忽一日见饭桌上多个人，小声问堂婶："妈，这是谁啊？"。

　　堂叔在市里忙什么呢？也是忙赌。他东奔西跑，四处凑局，听说哪里有局，闻着味儿就去了。他父亲本想让他在公司历练历练，当个领导，见他实在不是那块料，浩然长叹，转而培养孙子，把大孙子带来市里上学，孙子小学初中高中念下来，没考上大学，老头很伤心。他出身草莽，很希望从此转换门庭，成为书香门第，可惜孙子们个个不爱念书，大孙子算是高中毕业，另两个初中都没念完就撂了挑子。他无可奈何，什么人什么命，随他们去吧。想开之后老头不再攒钱，儿孙没出息，攒钱有何用，转而关注自身健康，狂买保健品，听说哪里出了新保健品定要去买，几年下来，光保健品花了几十万。老头扬言卖楼也得买保健品，吃不死就得吃。

老头这么糟钱，堂叔毫不心疼，爱怎么着就怎么着，反正赌输了就朝老父亲要。他垂头听骂，骂过给钱就行。每回登老父亲门边，他未语先笑，右手大拇指食指中指捏在一起搓来搓去："爸，给点儿那个。"老父亲装作不懂："哪个？当然是那个，还能哪个？"他嘿嘿地笑，口不谈钱，谈钱不高雅。老父亲又气又恨，骂骂咧咧，堂叔好脾气地听着，渐渐皱起双眉："爸，这世上就这规律，有挣的就有花的，有花的就有挣的，你不挣，我花什么？谁让你挣来？谁让你就我这一个儿子？"老父亲抓起卷钱向他投来，堂叔伸手接过，拱拱手走了。

过年堂叔肯定回老家，年下无事，村里打麻将的多，随便在哪里都能成上局。他如鱼得水，昼夜不停，熬得人瘦毛长，依然不肯下台。离了牌桌他昏昏如醉，坐上牌桌精神抖擞，走在街上他佝偻着腰，进了牌局双目放光。他并不以赌养家，纯粹是玩，赢赢输输，输输赢赢，乐在其中。

玩到五十，老父亲去世。老头很明智，临终前把财产分了分，女儿们若干，孙子若干，给堂叔不多。堂叔不以为意，只要有打麻将的钱就成。他从不大赌，顶多把工资输光。从这点来看，堂叔不糊涂，一块两块的也来，不干磨手指头就行。如此在牌桌上又消磨了十年，堂婶病了。

堂叔万事不操心，堂婶则操心过度，三个儿子结婚，女儿出嫁，都是她哄着公公出钱，又逐个给儿子们带孩子，积劳成疾，病倒了。这一病再没好转，病榻上过了三年，当然得由堂叔伺候。堂叔他健健康康，又不上班了，他不伺候谁伺候？可把他憋坏了。他一天不摸牌没精神，两天不摸牌昏昏欲睡，想雇个保姆，儿子们不允，就让他对堂婶尽尽心。他欺不住儿子，就欺负女儿，三天两头把女儿叫来替他伺候病人。女儿上着班，不能随叫随到，他就编瞎话，火烧火燎打电话："快快快，你妈不行了不行了！"女儿紧急赶来，他已在门口悬悬而望，望见女儿身影，一蹿就跑："我去打两把，就两把。"一去不回。

堂婶去世，他解脱了，不肯和儿子们住，怕管，让儿子们给他在县城租个房，再雇个保姆做饭，他专门打麻将。每日早饭之后去麻将室，中午在那儿吃，晚上回来吃饭，饭罢让保姆按摩坐了一天的筋骨。有人劝他再找个老伴，或干脆和保姆伙过得了，这保姆不丑，又年轻，现在兴这个。堂叔不屑："喊，我稀罕那个？"

## 堂叔 19 号

　　这个堂叔曾经辉煌。他是老小，上有五个哥，哥们儿日子都过得好，他自然也赖不了，娶个媳妇明星似的，生了一儿一女，可谓事事顺遂。周边四邻刚解决温饱，他家已是小康，住着舒适的新房子，烧着暖气，天天喝酒打麻将，从来不知愁是什么。

　　他好喝，动不动弄一桌，招几个人狂饮，尽醉而散。他与老母亲住一起，老母亲修养极好，年幼时因被后母虐待，出嫁后誓不再登娘家门边。她精心抚育孩子，对六个儿媳妇一视同仁，力求一碗水端平。她与小儿住一起，从不说小儿媳的是非，不干涉内政。其实这个小儿媳只是长得好，干什么也干不成。两口子都不擅长过家，也不敢大折腾，毕竟对老太太有所忌惮，收敛着。老太太一死，这个堂叔搞起大动作，他贷款买了辆大货车跑起运输。

　　当时跑运输挺发财，只要不出事，个个都挣钱。这个堂叔也挣钱。可惜钱来得快，去得也快，左手刚挣回来，右手就输出去。一伙赌棍知道他手松，算着他出车将要回来，早带着骨牌等在路边，在路边就支起局，来上半个小时，堂叔这一趟跑车所得就流走了。输了钱还不起贷款，他也着急，一急又喝，喝来喝去成了酒鬼。幸好儿子已成人，能替他开车了，且极讨厌喝酒赌钱，才管住了他，把贷款还清了。

好日子不长，搞运输的多起来，堂叔揽不上活，闲在家里，日日喝酒，醉了发酒疯，轰这个赶那个，看谁都不顺眼。他给儿子定了门亲，这姑娘很丑，嘴噘噘着猪拱子似的，儿子不乐意，他乐意，他与这姑娘的父亲有交情，隔长不短喝一壶。有他镇压着，婚事只好先这么搁着，堂婶无能为力，谁的主也做不了，任他父子俩角力。

堂叔的哥哥们说不行全不行了，当官的退了休，经商的赔了钱，一荣俱荣，一损俱损，谁也顾不上谁了。堂叔想重盖房子，实在没能力，但儿子要结婚，只好把旧房装修给儿子，他两口搬到四哥的老房子里去。儿子见他无能，壮起胆子把亲退了。退亲之后又说一个，这一个对心，于是结婚，生了个女儿。堂叔十分不高兴，小孙女能走之后找他抱抱，他醉乎乎地让孩子"滚蛋"，儿媳顿时气恼，抱起孩子回了娘家。儿子回来不见妻女，得知原因，怒从心头起，恶向胆边生，冲堂叔肋上就是两大拳，打得堂叔炕上养了好几天。挨这种打说不得道不得，说出去丢人，老子被儿子打了，颜面何存。他心里憋火，火冲头顶，一根血管堵住，半身不遂。

堂婶抓了瞎，急得直掉头发。她长得漂亮，头发也挺会掉，专掉后脑勺上那一块，不细看看不出来。堂叔出院在家养着,他大哥找了个名医,名医开服猛药,让他大胆吃下,还真把堵着的血管冲开了,很快恢复如常。他好了伤疤忘记疼,又喝起来。他还不老,才五十岁,想弄个村干部当当,摆酒场招呼干部们来喝酒。堂婶不干了,她不稀罕干部不干部,也知道堂叔没那搞政治的脑子,人家那些干部个顶个的有渗眼儿,从不瞎开口,也很少喝醉,喝多了从不撒酒疯,那叫一个沉稳。她把自嫁来后见过的村干部捋一捋,无论清廉还是贪腐都非等闲人物,岂是堂叔这种醉鬼能胜任的。她毫不客气地拆场子,堂叔在家摆,她就不给好脸,弄得人不敢来。堂叔就去饭店,她赶过去骂骂咧咧,说他舔屁股溜沟子。堂叔挂不住。骂她泼妇,她毫不羞惭:"泼妇也是你逼成的,我原来这样?你没出息我只好变泼妇。"确实,她从前不理凡尘,只管坐在家里当太太,谁想变得这样了呢?即使这样,也管不住堂叔,他不再聚饮,改为独饮,每天喝点儿,一喝就醉,醉了依然闹。他如今怕儿子,儿子在家很老实,儿子不在就撒酒疯。

不多久他又栓住了,这回栓得厉害,眼斜嘴歪,木头似的横在床上,完全不能自理。家中除了那点儿地,再无别的进项,日子十分艰难。儿子家生了二胎,女儿婚后也弄着俩孩子,都是自顾不暇,偶尔接济接济还可以,长期支援都没那能力。

堂婶疯了似的想挣钱养家。她吃不惯苦,不能像别的妇女下地打零工,别的妇女做惯了地里活,农忙时候一天能挣一二百,堂婶不行,她还是爱美,出门防晒,总怕变黑。去城里站超市呢，她又不大识字，认得的字早忘得差不多了。打扫卫生倒可以，可离不了家呀，她走了谁给堂叔做饭，谁给他换尿了的裤子？有这么个瘫子拴着，她哪儿都去不成。有次遇见我，托我给找个看大门的差事，要求不高，让把堂叔带上，管吃管住就行。她说这番话时，堂叔坐在轮椅上，干枯瘦小，头发与胡子等长，大张着嘴，眼珠左晃右转。我凑过去问："叔，你怎么成这样了呢？"他乌拉乌拉，一句也听不清。堂婶翻译："他说，谁他妈知道呢？"

# 堂叔 20 号

这个堂叔是族里的佼佼者。初中时他没好好念，近中考突然发奋，知道用功了，这一用功真不得了，成了匹黑马。当然，仅两个月的苦干还不足以变成年级尖子生，但他心理素质好，考场上一坐如有神助，不会的题也会了，成绩出来，所有老师大吃一惊，指着的云彩没下雨，他这不指着的倒考上了师范。

师范毕业分到乡中，教化学，他口才好，语言生动形象，声音也好听，泠泠然泉水似的，很受学生喜欢。这期间他结了婚，妻子很早就订下的，考上师范也没有退亲。他妻子没结婚之前心中一直忐忑，总怕他再谈个吃商品粮的甩了自己，往学校跑得勤，每周必来一次，来后不是为他洗衣就是为他扫屋子归置东西。他回家之后也去找妻子，看看未来的丈人丈母娘。他妻子姐妹七个，个个如花似玉，内有两个堪称绝色，都不愁嫁。堂叔在一众挑担儿之中不算出色，但女友就是看上他了，何况现在成了老师。有一回堂叔周末没顾上看她，她等在家里心焦如焚，眼看着嘴角烧起一个又一个燎泡。实在等不来，就顶着满嘴燎泡来找他，大人们一看这架势，干脆让结婚吧，别煎熬她了，又不打算另找，早结婚早完事。

结婚之后学校招代课老师，堂叔就让妻子来了，也教化学。生孩子后，赶上县里出个土政策，代课老师交六千块钱转为公办，堂叔毫不犹豫，借钱也得办这事，他到处借钱，交上去了。现在回头看，堂叔当机立断非常明智，名额有限，欲办从速，那些犹豫观望的、凑钱不及时的都错过了这唯一的机会，错过了县里送给代课老师的一大福利。这下好了，两口子比翼双飞，钱总会挣出来的，只是早晚罢了。

堂叔三十刚出头遇到了贵人，贵人是教育局即将退休的局长，听了堂叔一节课，非常赏识。当时干教育不受重视，不少人出线，千方百计往银行调，往机关单位挪，从教育线上出去的人才多了。堂叔也耐不得清贫，也打算出线，苦于无关系门路，况且孩子还小，只好忍耐着。局长听了他的课想提拔他，正好县里有个偏僻的乡中没人愿去，就把堂叔放了进去做校长。

这乡中有个小食堂，只有一个大师傅，乃是地头蛇，饭做的不好吃也罢了，还不刷锅，说话又冲，老师们意见很大。原来的校长奈何不了他，堂叔这么年轻，他更不放在眼里。他净做省事的饭，恨不得一天三顿拌疙瘩。在拌疙瘩上他挺有创意，弄点儿菜锅里一炝，添上半锅水，烧开之后把搅的稀稀的面往漏勺内一倒，筛糠似的筛起来，做出一锅似疙瘩又似短面条的东西，爱吃不吃。堂叔就治他，一天三次来厨房转，也不多说,来了把锅铲子照锅里一铲,铲出饭渣让他立马刷锅,又定了食谱,今天包子明天烙饼后天面条,必须照做。大师傅懒散惯了,受不得这个,没坚持几天,卷铺盖走了。

堂叔在这个乡中一待三年,老局长退休,换了新局长。新局长与老局长不是一条战线,上任以后大力排斥异己,凡是老局长赏识的统统冷落,堂叔被挪到另一个破乡中,依然做校长。朝中无人,他只好更加苦干,希图干得出色向上走一步。这所乡中出过一个特异功能的女生,其貌不扬,据说"带眼儿",能治病,能断吉凶,预测前程。一个胳膊上长了个核桃大疙瘩的老师曾让她看病,这女生摁一摁,扎一针,眼看着就平复如初。堂叔让这女生预测前程,女生说他到退休也就是个校长。这倒激起了堂叔的雄心,非要好好干不可,至少也得干到学区校长。

当时私立群起,四处抢学生,挤对的乡中没法干。堂叔很有胆魄,向局里请示之后弄起公办民助,只招高分学生,多收学费,用最好的老师教。他分析过,私立与乡中最大的不同是住宿,住宿之后时间充分,早读晚辅导地折腾,磨也能磨出好成绩。招来了好学生,工资又比原来高,老师们干劲冲天,争做班主任,一个最懒散的男老师被堂叔点燃,主动请缨,堂叔给了他个机会。学生乍一住宿问题多多,有个女生夜里想大便,不敢去厕所,偷着在墙角拉了一堆,不敢承认,舍长去找班主任,让把屎弄走。这位老师勃然大怒:"什么?还得给你们弄屎?"把八个女生叫一起抽签,谁抽中谁弄。

学生多了之后,堂叔大力改革,把包食堂的人换了。这人和乡里有关系,包了很多年,堂叔不管这些,大刀阔斧把他弄走,换上自家亲戚,肥水不流外人田。小卖部也换人。不要轻视小卖部,每日流水很可观,按每个学生每天消费一块钱算,六百个学生就消费六百块,就算只有五十块的利润,一个月下来也有一千五,而老师们每月平均工资才四百。堂叔把原承包人弄走,换上另一个亲戚。他还想把旧房拆掉盖新楼,局里不拨款,他找到投资商,许诺日后招来学生收了学费,逐步还。

他越闹越大,新局长也承认他能干,任他折腾,就是不提拔不重用。新楼盖起后,旧房改作宿舍。忽一日旧房着火了,老化的电线冒出火花,点着了学生的被褥。那天正刮大风,风助火势火借风势,那叫一个大。消防车呜呜而来,局领导也来,县领导也来,警察也来,偏僻的乡中顿时变成大看台,堂叔的职业生涯就此终止。

他赋闲在家,一闲十多年再也没被起用。堂婶兼职做推销,该着她发财,发展了许多下线。有下线忙乎着,她稳拿提成,在市里买了两套房。

# 堂叔 21 号

这个堂叔自从盖了新房,家里接连出事。不是小事,全是大事。

先是他妻子得病而去。这堂婶才四十岁,高瘦白净,罕言寡语,自嫁来一直健健康康,住进新房仅半年,得了绝症,百治无效,撒手人寰。她没了之后,邻居街坊说,堂叔对她并不好,时常当着外人不给她脸,她都默默忍受。她这绝症是生暗气憋的,家里数她受气,这回解脱了。也怪她没福,连住新房子的命都没有。堂叔家弟兄四个,四条汉子架着胳膊在村里横横地一走,无人敢惹。弟兄四个很敢打架,一人被惹全体上阵,痛快地打上一架,洋洋而回。堂叔这块宅基地就是抢来的,本来给不了他,他硬弄过来,二话不说,堆上砖头占住了。有一户意甚不平,抱怨几句,堂叔大怒,重提人家一件十几年前的丑事,干了一架,堂叔赢了,于是得到这块地方。他的房子盖得十分气派,盖好就搬了进去,随后堂婶得病去世。

这时堂叔才四十出头，按说还年轻，本想再娶一个，无奈盖房子花光了钱，儿子也已二十岁，到了说亲的时候，先顾儿子吧，就给儿子说个媳妇，第二年生个男孩。眼看着家道好转，蒸蒸日上，谁想这媳妇得个急病也没了，病发突然，来不及往医院送，一个活蹦乱跳年纪轻轻的大活人就没了。谁都接受不了，娘家人守着尸体不让拉走，放到肚子胀了气才认命。

家里连死两个年轻女人，透着诡异。堂叔的娘求神问卜，结论一致，这房子风水不好，有邪气。邪气从何而来？细细一想，这块地基其实一直闲着，是一片废墟，成为废墟之前，住过一个老太太。老太太信神，屋里挂着一墙神仙，天天烧燎。这老太太早年守寡，脾气古怪，搞得家里阴气森森，还在院里到处埋东西。她有个女儿，女儿还小的时候，有一回突然在屋里哭叫，说看到几个小白人在柜上跳，她把立柜拖出来，劈达劈达，点把火烧了。那可是立柜，大型家具，她毫不心疼。女儿出嫁之后，她独守在此，日日办的就是这些说不清来路的事，供这些说不清来路的神仙。她在墙头遍插圪针，不养猫，不养狗，不养鸡，不养猪，家里冷冷清清，寂寥无比。好奇心重的人想看看她屋里到底有什么，进了院朝屋里走，撩帘子大吃一惊，扑面而来的神像努睛瞪眼，像要吞人，吓得屁滚尿流，鼠窜而回。老太太七十岁时搞了一桩风流韵事，和附近一老头好上了，女儿使计把她诓骗到自家，拆了她的房子，留下一片废墟。堂叔的房子就盖在这片废墟上。

堂叔找了个会看风水的来破解，里里外外祛除一番，又在房上倒扣一个瓮，房檐上挂了反光镜。这一番折腾花了上千，破财免灾，求个心安吧，堂叔自我安慰，拆房子不可能，只能继续住下去。他愁的是得再给儿子娶个媳妇，好把孙子养大。

他儿子长得挺好，给人开大车，自从死了媳妇，小伙子萎靡不振，在家待不住，依旧出去开车。一日走到新疆，对面来一大车，司机忙着刷微信，两车对撞，这小伙双腿齐断，那司机当场毙命。家里人都不知道拿堂叔家怎么办了，灾祸连连，莫非灾祸真爱扎堆？还是俗话说的丧事晦三年？一股灾气笼罩在堂叔家，挥之不去，谁知以后还会出什么事呢。

为给儿子治腿，堂叔四处借钱。亲戚们对他家失去了信心，每回出事都借，没完没了，望不到头了。往日架着胳膊走路的堂叔再也仰不起头来，他垂头丧气，唉声叹气，看看不到两岁的孙子，看看双腿钉着钢钉的儿子，不知怎么才能闯过这一关。一件又一件大事迫使他反思：莫不是报应来了？思来想去，没干伤天害理的事，人不犯我，我不犯人，人若犯我，我必犯人，报应从何而来？那就是老人做下什么事应在后辈身上了？刨来刨去，老人除了在家里耍个横，也没对外人做下歹事。他百思不得其解，只好硬着头皮继续活。

儿子出院养了半年，先是架着拐走，又扔了拐，终于行走如常。堂叔熬出来了，却有了心理阴影，总怕进这个门的女人又把命送掉，不敢催儿子找对象。

　　儿子也不急，爷仨就这样过。此时堂叔已过五十，头发斑白，肩背佝偻，闲来无事，想想去世的妻子，觉得她确实跟着自己没享什么福，反倒净受自己的气，心里十分难受。他再也不考虑找老伴了，有个好哥们儿找了个后老伴，隔几天要点儿钱，不给钱就闹腾，没多久走了。这么一想，没老伴挺自在。他慢慢走出低谷，面相发生了变化，由横眉立目变成了慈眉善目，成了个和蔼的老头子。

# 堂叔 22 号

　　这个堂叔的妻子还在时，显不出他多么无能，妻子死后暴露出来了。

　　他妻子出了名的抓得紧，一家大小攥在她手里，谁都别想松懈。她鸡鸣即起，叫醒堂叔，支使他去地里拔草啊、摘菜啊，实在没的可干，也得去看看地头那堆粪会不会被人偷走。又骂醒儿子，骂不醒就照屁股上狠狠一巴掌，又脆又亮。儿子揉着眼醒来，癔癔症症地在院里转圈，不知该做什么。女儿也被她叫起来。总之，她一睁开眼，谁也别想安宁。她脾气急，一不如意大叫大吼，声震屋瓦，吓得全家战战兢兢。在她的统治下，这个家从一穷二白到中等人家，实现了质的飞跃。堂叔干不过她，听指挥就是了。结婚二十多年，二人的性别似乎颠倒了，堂叔徒具男人之形，实则是女人心态，他妻子则大开大合如男人，嗓音也越来越粗哑。只是这女人没福命，打发儿女结了婚，又带大孙子孙女，俩孩子刚刚离手，她得个急病没了。

　　这下好了，全家如蒙大赦，各寻各的自在，简直不敢相信这样的好日子会降临在自己身上。腾云驾雾过了半年，矛盾出来了，堂叔与儿媳水火不容，他嫌儿媳太懒，不会过家，儿媳嫌他娘儿们气，叨叨得慌。二人互嫌碍眼，恨不得永世不见。没了老伴堂叔孤掌难鸣，不得不略略低头，逮空就偷着向儿子说儿媳的坏话，挑拨二人关系。他不愿在家看白眼，又不愿外出干活，就进了点儿香纸，在集上卖个二三十，也算不闲着。

儿子想跑车，儿媳不让，堂叔大唱反调，极力支持，把积蓄全部拿出，让儿子买辆货车跑起来。他也不闲着，每晚在家烧香磕头，保佑人车平安，财源广进。跑车不到一年，儿子开车时刷微信翻了车，大腿被勒得见了骨头，幸好车入着保险，没有倾家荡产，出院回家，养了一年才恢复。这期间一家子坐吃山空，堂叔不得不努一把劲，到窑上卖苦力。

他还有个老母亲，是高寿之人，已九十六。堂叔最小最得宠，却对老太太最有怨言，嫌她寿数太长，把四个儿媳克没了。老太太本来该和堂叔住一个院，他不让，说占不开。一共四间北屋，他两间儿子两间，东屋是厨房，南屋放杂物，没老太太的地儿。老太太只好住到别的儿子家，说好百年之后在堂叔院里停灵。

堂叔把院子大加改造，扣上玻璃瓦，院子变成客厅，门筒变成过厅。老母亲九十九上去世，堂叔不让来院里停灵。他振振有词，没院子了，院子已成客厅，哪有在客厅停灵的理儿。那在哪里停？不管，反正不能在客厅停了。三个哥哥恨不得揍他，最终在堂叔家门口停，来往客人都在过道内闲立闲蹲。丧事之后三个哥不再与他往来，堂叔若无其事，院里干干净净没沾晦气，这就是一大胜利。

村里几个鳏夫找了老伴，堂叔动了心，也想找一个。儿媳劈头一瓢凉水：你也想找，你是有钱还是有什么？人家不图钱肯跟你？家里总共这么点儿地方，弄个来住哪里？挣那么仨瓜俩枣，养活自己都成问题，别充大尾巴鹰了。堂叔拧着脖子："就找，这家一分两半，你们两间我两间，分家，谁也别管谁。"儿媳大怒："你找去，找来算你本事，找来我跪着接她。"堂叔气呼呼而去，其实心里也发虚。那几个找了后老伴的要么有退休金，要么儿女有出息，找个老伴正好解了儿女们的急，自己呢，没有退休金，只有每月一百零八块钱养老补，还有几十块钱一亩的地补，又没养下有出息的儿女，拿什么去找后老伴呢。

他心中拧巴着，逮空就和儿媳吵架，二人势不两立。堂叔的儿子闲了两年，蠢蠢欲动，又想弄车，觉得来钱快，他媳妇绝不同意，两口子争吵不已，闹起离婚，俩孩子一人一个，儿子留下女儿带走。儿媳走了之后，堂叔不急不慌，对儿子说，他做了个梦，梦见家里的旧车换新。什么意思？是说儿子要离婚重娶一个，这是预兆。他叨叨叨、叨叨叨，儿子本就别着劲，更轴住了，也不去丈人家找媳妇，任她在娘家住了十天，又住十天。

住到第三个十天，他媳妇憋不住了，要回来闹一场。她骑着电瓶车边走边琢磨怎么闹，进村口迎头撞上另一辆电瓶车，两车同时后弹，两个人仰面飞起，摔到地上，都摔坏了，一个住进县第一医院，一个住进县第二医院。堂叔的儿子这才急了，也不轴了，匆匆往医院赶，老丈人和小姨子见他过来，骂他一顿，把病人扔给他走了。人们说这是憋事呢，都是劝和不劝离，堂叔倒好，劝离不劝和，脑子进水了。

儿媳出院后，两口子勠力同心，让堂叔搬出去，正如他当年让老母亲搬出去一样。堂叔凄凄惶惶，在村里觅了处空房子，略作收拾，搬了过去，又养只黄狗做伴。只有小孙子想他，时常跑过来看。

# 堂叔 23 号

　　这个堂叔买了个外地媳妇，怕跑了，千般呵护万般监视，对人家好得不行。这媳妇也认命，自忖就算回老家也未必找到这么体贴的人，就安心和他过起日子，先生个女儿，又生个儿子。

　　儿女长到四五岁，这媳妇想家，要回去看看，堂叔的心揪了起来。他原来生怕这媳妇娘家来人把她带回，落个鸡飞蛋打，恨不得她无父无母无娘家，待生出一对儿女，才允许她往家里去信。去信前一家人去村北照相馆照全家福，两口子并排而立，前面是一儿一女。堂叔借了两块手表，夫妻二人各戴一只，袖子高高挽起，务必让这表引人注目。信发出去，很快收到回信，让他们回娘家看看。堂叔想尽办法往后拖，忽而说他晕车，忽而说他转向，忽而又说凑不够路费，总之不愿成行，怕去了挨揍。

　　拖了几年，那边来信屡催，说老母亲思女成疾，盼着一见。堂叔心里七上八下，不让回呢，有违人性，让回呢，怕其中有诈，丢下他和孩子抓瞎。一日，他喝得半醉歪歪而回，找碴儿和媳妇吵架，说她不孝。媳妇莫名其妙，他们没和老人共院而住，没吵过闹过，这不孝从何说起？堂叔不说原因，趁醉又推又搡，把媳妇推出大门，插上门闩，自己回屋睡了。

正是半夜，凉意渐生，露水繁重，后半夜尤其潮湿。这个堂婶推门不开，就坐在门口的捶布石上哀哀而哭。她不敢大声，怕人听见笑话，又憋不住心酸，只好呜呜咽咽，哭了两三个小时。堂叔呢，其实没睡下，也没闲着，他拉开抽屉看重要证件，身份证、结婚证、存折都在，再打开存钱的匣子数钱，也一分没少。干完这些悄悄走到门口，没动静，开门一看，没人了，大吃一惊。正要喊人去找，却听"咚"一声，堂婶从墙上下来了。她怕天明被人看见，只好翻墙而入。

堂叔大受感动，当即决定带她回娘家。他与老人左商量右商量，依然不放心，云南古称蛮荒之地，万一去了有不测之事，他得考虑怎么脱身，两个孩子都带去顾不过来，一个不带又说不过去，那就带一个。带谁呢，带女儿，儿子是家根子，比女儿金贵多了，一定要留在家里。议好这个问题，余下的好办，拿够路费，带上特产，好歹头一回见丈人丈母，多吧少吧有个表示。

整个胡同的人都来相送，似乎此去永不再见，生离死别似的，似乎去了就客死他乡尸骨无存。胡同里的乡亲与他们挥手作别，老父母牵着孙子泫然欲泣，仿佛牵着的这个已是孤儿。

二十天后三人安全返回，拿回了云南特产。有巨大的长粽子，米里放的不是红枣，是腌肉。有蜡染布，与此地的蜡染区别不大。还有两个硬银手镯，上刻精美花纹，是丈母娘补给女儿的陪送。这个东西很稀罕，我们挨个往手上套，咬一咬，比纯银硬很多。

堂叔不顾旅途劳累，神采焕发，喷着唾沫星子讲趣闻。火车上人多，路又长，人们困了躺下就睡，他也睡了一觉，被臭味熏醒，睁眼一看，一只又黑又脏又臭的大脚丫子正杵在嘴边。他与小舅子比吃米饭，敞开肚皮一气造了五碗，吃服了小舅子。语言基本不通，他住了十来天，就听懂两个词，一个是他的名儿，一个是钱。说到钱他心疼不已。这来回一趟干掉一千五。这可不是小数，买这媳妇才花了四千。

别的外地媳妇也想回娘家，哭的哭闹的闹，她们的丈夫很怪堂叔开下这个头，撩拨得媳妇们个个要回家。堂叔又嘲又笑："凭什么不让人家回？换你，离家几年，想家不想？咱得将心比心，让她回去一趟，那边放了心，她也感激你，你们看我这个，回了趟家待得更结实，轰都轰不走，那回吵架，我把她推出门，还要翻墙进来。"这之后陆陆续续，外地媳妇们都如了一次愿。

堂叔的儿子长大，该说媳妇了。堂叔怂恿往远处找，别找近处的，尤其别找本村。近了麻烦，有那不懂事的亲家三天两头看闺女，成天往这边钻，还指手画脚挑拨是非，稍有不睦就挥师过来展开大战，是非太多。找就找远处的，路途遥远来去不易，亲家母挑事有难度，挑不起来。媳妇呢，没有娘家撑腰，也不会动不动使性子往娘家跑。她得掂量掂量嘛，跑得太累就不值得使性子了。如他所愿，儿子谈了个远处女友，娶过来，果然安安静静。

## 堂叔 24 号

这个堂叔是个瞎子,不是天生的,三岁时一场天花毁了他。失明之后,家里让他学唱曲学算命,算是有个谋生的本领。他学了三弦和算命,跟着师父四处走串,长大之后单飞,也能混饱肚子。他背着三弦,挎个军用书包,拿着根棍子,点点戳戳,越走越远。

远来的和尚会念经,远来的瞎子会唱曲,人们图的是个新鲜。每到一村,堂叔就打听十字街在哪里。十字街是村子中心,走村串户做买卖的都在十字街上摆开摊子,耍猴变魔术的也找十字街,当当当地敲上锣,满村子听见,东西南北的人们就来了。堂叔走到十字街口,自会有人接管,有那积德行善的人家给他提供住处,或南厢房或门筒子,饭嘛,也会有人送来。

堂叔唱曲不为挣钱,只为混个肚饱。晚上才唱,白天人们忙别的,没空听曲儿。晚饭之后他坐在马扎上,不楞登不楞登地弹起来。三弦配上沙哑的嗓子才够味,饱含沧桑,才算唱得好。夜色深沉,有月就有月,有星就有星,无月无星,点点烟头也能烘托气氛。堂叔挺享受这种生活,靠嗓子就能养活自己,这不挺好啊,何况他还会算命,能挣个小钱。

他有一筒竹签,签尾烫着数目不一的小点,摸点就知道这是什么签。签上写有卦辞:困穷他乡志不伸,忧愁寂寞到如今,时来喜逢遇知音,对面相谈大放心;浓云遮日不见明,劝君切莫出远行,婚姻求财皆不顺,提防是非到门前;一鹊雨天晚入林,不想内里先有莺,莺见小鹊生恶意,口舌是非不见轻;等等。别人抽出签,他一摸签尾,张口就把卦辞背出来,唬人不轻。村里妇女不外口舌是非,或替家人问灾问病,少不了那几套。她们抽出签来让堂叔解释,抽到上中签,当然皆大欢喜,卦不白算,多少给个钱,不给钱卦不灵嘛。为增强仪式感,堂叔让她们抽签时洗手默祷,喃喃念诵,别嘻嘻哈哈不当回事,信则灵,不信就不灵。

他还有一套硬纸牌,牌上有画,画下题着四句词,左上角也有多少不一的小孔。妇女们抽中哪张,他一摸左上角,不但背得出那四句话,还能说出画上是什么。他也能接点儿大活,谁家有灾给破一破,犯了重丧就解一解。这个收费较高,他得寻寺觅庙专门办理,买香买烛烧烧燎燎,切实地为人家办事。有人总不行好运,堂叔也能替他想招,比如说,让他戴上个什么,或在立春、立夏、立秋、立冬这四日避一避哪几种属相,或许就拨拦过了。

堂叔无父无兄无弟,娶过个妻子,很傻,没生出什么,老母亲趁堂叔不在家把她送还了娘家,母子二人为此十分生疏。

老母亲去世之后,堂叔只身一人四处漂泊,常年不回。他精神矍铄,除了头发和胡子渐渐变白,无甚大变化。我们这个族里男丁兴旺是兴旺,只是都不长寿,六十左右就飘摇落下。这个堂叔六十五岁了还十分硬朗,竹竿子点地叮叮地响,令人羡慕。

七十岁他彻底还乡,收拾了破屋子,三弦挂到墙上,签筒束之高阁。他攒了点儿钱,吃用不愁,每日坐门口听动静。与他岁数仿佛的老头来听他说话,听他讲游逛多年的趣闻。有人问他算命出过错没有,他老老实实回答:"出过,还不止一次。"于是细讲起来,说有一回给人排下八字,详细推算,结果事事不符,急出一身汗,后来才发现八字排错了,他又羞又臊,忙收拾东西赶路,也不知那个村的人怎么评价他,或许说他是骗子。有没有娘儿们照顾你?没有,堂叔忙摇手,打死也不敢弄那事,咱眼瞎,又不认路,让捉住还了得,丢人可不能丢外头。你活这一辈子有什么遗憾没有?当然有,眼瞎就是最大遗憾,一辈子不如人,还有就是没孝敬老母亲,竟然没为她专门弹过三弦。

如此消磨两年,堂叔在一个凛冽的冬日消失了。邻居见他整日不出来,进到院里去叫,无人,墙上的三弦也没了。这么大岁数的人,又在这样的冬天出门,透着古怪。就叫了人去找,遍找不见。有个半夜回家的人说起怪事,他夜半从村北坟地边走过,隐约听到弹三弦的声音,不楞登不楞登的挺带劲,当时很纳闷儿,胆子小没敢进去看。他自告奋勇带人去坟地,但见松柏参天挂满霜雪，人们在坟间转了又转，一无所获，立在堂叔老母亲的坟前发呆。

一条树挂簌簌而下，众人抬头，赫然看见堂叔坐在松树横出的大杈上，怀抱三弦，跷着二郎腿，坐得稳稳当当。不知他怎么爬上去的，还坐得那么结实。人们搬来梯子，爬上去，搬下了硬邦邦的堂叔。

## 堂叔 25 号

这个堂叔曾经做过倒插门。

他弟兄四个挨肩长大,到了说媳妇的时候,一无房二无钱,个顶个的娶不起。老父亲看得开,天高任鸟飞,海阔凭鱼跃,都倒插门去吧,先把媳妇弄到手再认祖归宗。老头当过兵,给国民党当过,也给共产党当过,东奔西跑中很长了见识,知道曲线救国是怎么回事。他小眼,说话一挤一挤,喝下二两酒兴致大涨,说起打仗那是滔滔不绝。妻子死了之后,老头无为而治,对四个儿子不偏不向:都出去吧,找个媳妇要紧,别管黑猫白猫,抓住老鼠就是好猫,我这人开放,你们过得好就成,等我老了依旧是你弟兄们轮流伺候,我先说好,咱们倒插门也是有条件的,得养爹。

儿子们只好向外发展,堂叔排行老大,首当其冲,倒插到了八里外一个村子。他媳妇跟着舅养活,这舅是光棍,无儿无女,抱养了姐姐的女儿,招个女婿养老。入门之后,堂叔十分卖力,本是穷人家出来的,吃苦不在话下。他干得多吃得也多,老丈人不乐意了,老头儿半辈子独居,人也变独了,容不下人，尤其容不下这半路插入的女婿。他和堂叔的矛盾如同婆媳纷争，琐琐碎碎难对人言，难分对错。老头子固然可恶，堂叔也爱捉弄他，故意气他。妻子心胸宽广，见两个男的斗气哈哈大笑，把饼子偷回屋里让堂叔吃。

小两口处得不错，很说得来，无事躲在屋里叽叽咕咕说笑，气得老头在院里噌噌地转圈。一日堂叔和他媳妇给老头收拾屋子，掀起席子看到个小本子，本子上密密麻麻记着：某某几月几号吃三碗米饭，四个饼子；某某几月几号吃五个饼子两大碗炖菜……他免费给堂叔两口做起居注，每天吃多少喝多少尽在记录之中，小两口嘿嘿而笑，也不介意。这媳妇去看妈时当笑话讲出，她妈不依了，找到老头儿一通打闹：还记变天账呢？吃个饭都记下，像是老人干的吗？说什么也不让闺女受屈，这就要把闺女领回，不跟着舅了。

媳妇走了，皮之不存毛将焉附，倒插门也就烟消云散，堂叔尴尬起来。老头气呼呼地问：“你是想走还是想留？想走，从哪儿来回哪儿去，想留，我再给你说一个，你给我当儿子。"堂叔想了想，不可与这老头久居，也不想再找媳妇，就说要回，老头慷慨地说：“那好，看上什么拿一件吧，做个纪念，也算你没白来。"他刚买了辆新自行车，在当时算大件，可他不会骑，留着也是白留着，堂叔若要，就顺水人情给了他。堂叔在院里转了转，没要自行车，挑了把好铁锨，辞别老头扛着回来了。正是春天，麦苗欣欣成长，他扛着锨走在回家路上，满怀忧伤。

回家来臊臊答答，像被休弃的怨妇。老父亲也不难过，拍了一下手："想不到的事让你碰上了！再找下家吧！"下家不是那么容易找，堂叔插了一回门，好比离婚再嫁，多了挑头。他也不想倒插了，曾经沧海难为水，除却巫山不是云，他和妻子两情相悦，却被这么生生分开，实实难舍她。想去妻子家，人家有男丁，不需要上门女婿。把她娶回来？穷得叮当作响，无房无钱，也娶不起她。丈母娘已托人给闺女说婆家，说得了就要打发出门。

堂叔日夜焦虑，苦思苦想怎么才能把媳妇接回来。他也曾去找，丈母娘一口咬定：这回不比上回，嫁过去没房可不成，饿着也不成，买得起猪垒得起圈，娶得起媳妇管得起饭，我可不放心花朵似的姑娘跳进你们家受穷，盖房去吧，一年以内盖上新房，你们依然做夫妻。

堂叔蔫蔫地回来，弟兄四个相对愁叹，都不愿去做倒插门，看看堂叔这一番倒插经历，就知道倒插门不是人过的，决意扭转现状，说不定嫂子过了门，家里有了女人气，筑巢引凤，能把别的女人引过来。不就是两间房子吗？盖！他们早出晚归，打草积坯，卖力苦干，把盖房的材料备了个差不多。一向散淡的老父亲也来了兴致，赊了根大梁。房子如期盖成，粉刷完毕，借几件家具放进去，堂叔让丈母娘来验收。

丈母娘得寸进尺，条件又提高了：只有房也不成，我这姑娘去你家得大办，相家打帖儿给彩礼一样也不能少，该多少你给我多少，不啊，想都别想。又把堂叔难住了，回来忧愁叹息，别的还可，彩礼他出不起，能借的人家全借了，再弄钱只能去偷去抢，他干不了。

俗话说，老大傻，老二精，眯眯眼的老三出鼓怂。老二是个精人，一眨眼一个主意。他想出一计，不和那边拔河了，松开手让那老婆子蹲个屁股蹲儿，让她再抖劲。他让堂叔放出风去，说这边有了房子，要娶黄花大闺女了。此风一出，堂叔的妻子着了急，单盼着来娶她呢，竟然相起大闺女，不瞭她了。丈母娘按兵不动："离他就不行了？他找别人，咱正好往别处说，我的儿，别怕，就他家那穷劲，谁肯嫁他，我再给你抻一抻，抻出彩礼你好过日子。"

老二见老婆子沉得住气，又生一计，去姑家叫来表妹，让表妹和堂叔假扮情侣，去赶城里集。这回影响大了，有人给堂叔的丈母娘捎话，问那小伙怎么和别人好上了。他妻子长号短叫要寻短见，丈母娘也急了，这就收拾东西把闺女送过去："本就是夫妻，他敢停妻再娶，告他去！"

这是堂叔的前半生，后半生无的可说。他们生了个儿子，儿子养大，娶的媳妇同年同月同日生，都说是天作一双地作一对，肯定能白头到老。只是两边老人事多，那边有个多事的丈母娘，这边是同样不省油的堂叔，针尖儿对麦芒儿，小夫妻间不值一提的点点小事被两个老人无限放大，升级到家族荣誉的高度，互不相让，打斗不停。这对同年同月同日生的夫妻夹在中间左右不是人，终于离了。离婚时为争一口气，两边又抢孩子，堂叔誓死不撒，托关系把孩子判给了这边，孩子养到四岁，儿子又要结婚，女方的条件是不能有孩子，得把孩子打发掉。堂叔想把孩子送还他妈，人家已结婚又有了孩子，不要这个。堂叔只好再往别处送，送给了三十里外一户无子的夫妻。这孩子已记事，屡屡提起爸爸爷爷奶奶。这对夫妻见他这么念旧，怕养大不亲，想送回来，堂叔不要，于是这对夫妻把孩子转送给了别人家。堂叔五十七岁死于车祸，他骑摩托撞到停在路边的拖拉机上，车把别进胸口，当时毙命。

# 堂叔 26 号

想是受着宿命的差遣，这个堂叔十五岁时从甘肃来到冀中平原，落到这个只有两个姑娘的堂爷家。

堂爷两口子还是老观念，生不出儿子，哪怕是移花接木，也得让这一支血脉续下去。他们不如另一个堂爷开明，另一个堂爷也是两个姑娘，一个也不在家里留，都嫁在本村，既能互相照应，还没有负担，比招上门女婿划算多了，养老也已和姑爷们说好，老病之后轮流伺候，家产平分。老两口不用带孩子，也不用偌大年纪还挣钱奔波，过得十分滋润。至于死之后的祭扫，由女婿和外甥烧一烧得了，不愿烧也随他们，看那三代以上的坟，早不知埋的是谁了。这个堂爷则不，他认死理，一生的遗憾就是生不出儿子，于是半路上要来个儿子，养大之后变女婿，肥水不流外人田。

两个女儿中，大的憨厚，没心没肺；小的精明，敏感多疑。堂叔的任务是要和老大结婚，其实他喜欢的是老二，老二也喜欢他，二人日久生情，难以分开，早已成了好事。堂爷两口子也看出他们有意思，只是不肯变通，还痛恨堂叔吃着碗里看着锅里：他喜欢哪个就给哪个呀？老大还喜欢他呢，把他和老二配一起，老大怎么办？

堂叔和老大结婚后，家里忙着给老二说婆家。都知道她和姐夫有一腿，婆家挺不好说，近处不行，得往远处说，于是说了四十里外的村子。腊月二十四过门，这个堂叔跟着送过去，回门时他又去接。正月里老二回娘家拜年，拜过年回到婆家，得正月十五才回来。自堂叔从甘肃来到这个家，二人还不曾分开这么长时间，他醋意大发，想到老二睡在别人怀里，实在按捺不住，正月初六就骑摩托去看，二人在屋里窃窃私语，当婆婆的起了疑心：一个做姐夫的来看小姨子，还迟迟不走，这是怎么回事？下功夫一打听，得知二人有一腿，立刻让儿子离婚。

老二巴不得永不结婚，但父母岂肯任他们逍遥，岂肯便宜了堂叔，马不停蹄又给她说婆家。这回更远，丈夫又矮又丑，不在乎她的名声，只要她肯好好过。婚后老二时时回娘家，不肯在婆家常住，丈夫只好去找，找回来住上一宿两宿又走了。婆家盼她怀孕，生出孩子就待结实了，日子慢慢过，她也会慢慢收心。可她迟迟怀不上，一年过去，肚皮无丝毫动静，急得婆婆四处烧香，又去医院检查，去了县里去市里，去了市里去省里，查不出哪有毛病，直到她一时疏忽把避孕药放在枕下，丈夫才明白，不是怀不上，是她不想怀，大怒，问她是离还是继续过，继续过就生孩子，既往不咎，离就快刀斩乱麻，别耽误再娶再嫁。

老二低头不语，要回娘家商量。堂爷两口子誓死不让离，绝不让她再祸祸娘家，不让她在家住，趁早回婆家去。堂叔胆子挺大，和老二商量之后让她背着父母离婚，然后去市里打工，他随后也去市里，二人住在一起。老二依计而行，和丈夫说想离，丈夫只是吓她，见她认真，不肯离了。这堂叔先去市里打点，找了个保安工作，租了城中村的小平房，决定冲破所有樊篱，追求幸福生活。

　　说实话，这个堂叔长得挺好，粗犷深沉，很有雄性的迷人气息，配那个憨乎乎的老大确实委屈。他若是执意和老大离婚，离开这个家，谁能管他以后怎么着呢？他和老二私奔也好，结婚也好，谁能奈何他呢？他脑子里绕来绕去，就没想到和老大离婚，把自己套住了。

　　他在市里左等右等，不见老二前来会合，又回家去问，才知道婚没离成，老二被关在屋里，避孕药被搜去，衣服被剥光，做丈夫的天天行使权利，立志要让她快快怀上。堂爷两口子十分解气，该，早就该这么管她了，管住她这边才能安宁，堂叔才歇心。堂叔大怒，抄起一把粪叉，骑上摩托就去解救老二，他气势汹汹，挥舞着粪叉进院，做丈夫的从屋里出来，抄起铁锨自卫，两人叉来锨去，一番激战，做丈夫的越战越勇，堂叔一个失手，被锨劈中头，削去了天灵盖，当时毙命。老二成了众矢之的，不是她，焉能惹出这场塌天祸事？一死一入狱，她这辈子别想安定了，婆家不再留她，任她自去。

　　堂叔这种死法实在不光彩，堂爷两口子拒绝领尸，不肯让他入坟。堂爷的盘算是老大还年轻，还要再招一个，百年之后和那个埋在一处，领回堂叔算怎么回事？绝对不要。堂叔老家的人闻此噩耗，来了几个近亲，把堂叔弄去火化，却不肯带走骨灰。堂叔少小离家，户口也迁了过来，算是这边的人，只能葬在这边。两边把骨灰盒推来推去，都不要，于是寄存在殡仪馆。

老二再次远嫁，这次嫁得更远。她再无别望，只好生儿育女，踏实过日子。她长条脸，紫棠面皮，长相上并无过人之处，弄出这场轰轰烈烈的大事之后，泯然众人。堂叔呢，生于陇西，死于冀中，骨灰一直在殡仪馆存放，若干年后被清理出去，填入树坑，肥了棵小梧桐。

## 堂叔 27 号

  这个堂叔小时候没少挨打,三岁看大,七岁看老,他父亲早看出他日后不好管,打起来不遗余力,手段残忍,把他吊在梁上,用蘸水的鞭子猛抽,张口闭口骂他畜生,牲畜。这老头下场很不妙,五十岁得了脑血栓,好容易恢复到能走,就拖拉着很不便利的腿脚满村子乱转,转到哪里歇半天,又拖拉着回家,死时六十岁整。
  堂叔初中没毕业就不念了,他动刀子与人打架,在后面追着对头砍了三十余刀,家里人紧急到医院替他善后,挽回一条人命,他一听没死,抓起菜刀直奔医院,非要结果了对方。猛到这个份儿上,他父亲也无能为力了,于是让他当兵,托关系多报了两岁,去军营锻炼吧,磨几年再说。
  从军队回来,堂叔长得健硕无比,比入伍时更勇猛,浑身散发出强烈的雄性气息。他整日与黑道人物混在一起,要搞大钱。他偷车,向砖厂窑厂收保护费,私占无主之地盖房子。公安抓过他好几次,有一次抓了之后关到很远的一个神秘之处长达半年,人们四处打听,也不知那是什么地方。家里只这一个儿子，说不急是假的，他父亲上点岁数之后很依赖他，总怕他出事，总觉得会白发人送黑发人。半年之后，他全须全尾而回，还胖了一圈，不知使什么手段出来了。

完成原始积累后，他想成家，找了个大他十五岁的女人。这女人姿色中等，但是挺有韵味，别看老大不小，从未结过婚。家里听说女的这么大，竭力阻止，堂叔家都不回，直接领证结婚。

村子附近有个几百亩的大沙坑，曾是沙场，当年无数车辆来来回回拉沙子，把大片平地撤去，向下挖到十几米，挖到又露出黄土才止，挖出个几百亩的大沙坑。人们不知拿这大坑当什么用，一直闲着。堂叔以极低的价钱承包过来，做垃圾填埋场，倒一车垃圾收五十块钱。当时处处拆楼，处处大变样，建筑垃圾无处堆放，堂叔这个大型填埋场大发其财，日进斗金，人们才知道还可以这样挣钱，悔不早想到。沙坑填满之后，堂叔一番跑动，在填平的临街处盖起房子，租出去又是大笔的钱。

他本就吃喝嫖赌，有钱之后变本加厉。他对妻子有所忌惮，不敢在近处嫖，去远处偷着嫖。至于吃喝赌，无所畏惧，大张旗鼓。家里每日人气腾腾，热闹非凡。家里人对这个妻子的印象渐渐好转，原来觉得她不像正经人，后来觉得比正经人还正经，对乡亲们也热情周到，从没传出嘎杂子事。更重要的是她能管住堂叔，马嚼子似的约束着他。

自从结婚，堂叔远离了打打杀杀，转而做起正经营生。生意大了难免有人巴结，有人怂恿他去大地方消费，堂叔就去，进了些高档娱乐场所，还去澳门赌了一把。还没娱乐几次，东窗事发，妻子知道了，绝不容忍，声称婚前让堂叔发过誓，绝不与别的女人发生关系，无论是良家妇女还是非良家妇女，他违誓这婚就到头了，说到做到，驷马难追。堂叔哀求无效，只好离婚，女儿归妻子。

失去妻女他十分悲伤，调整半年，缓过来了。有好事的前来说合，让他与前妻复婚，他不，离了就离了，复婚不可能，他是好马不吃回头草的人，但如果前妻不再结婚，他可以时常照顾，这个不成问题。他又找了个小他十岁的，这女子美丽无比，在歌厅干过几年，婚后不几天就离了，正好嫁给堂叔。不得不佩服堂叔眼光好，他总能在娱乐行业中选出好品质的女人。这个女人低调内敛，脾气柔和，与婆婆相处得很好，与邻居处得也好。她生了个儿子，又生个儿子，专门在家带孩子，很少外出。

四十岁之后，堂叔开始洗白自己，他踊跃参与村事，与村干部打得火热，动用关系为村子谋福利。兔子不吃窝边草，他对乡亲一直很好，红事白事积极参加，对鳏寡孤独更是热情。五十岁之后，他面相起了变化，笑口常开，弥勒佛似的，脖子上挂个翡翠观音，腕上戴串和田玉，手里盘着两个金刚核桃，宽裤大衫在街上闲踱。他市里有房，北京有房，都不去住，就爱田园风光。

有个年轻人包了辆客车，没跑多久，觉得太受气，黑白两道的气都受，逢年过节要凑钱给车管所的头头，给交警大队的头头，还要给沿途的黑道人物，不送麻烦不断，不是交警查违规，就是遇到碰瓷的，烦不胜烦。他向堂叔问计，堂叔呵呵而笑："要不我把他们叫过来坐坐，认识认识？"年轻人问："认识之后呢？""认识之后钱还得出，世人结交需黄金，黄金不多交不深，现在你是被迫送，认识之后心甘情愿送，送到交情厚起来，有钱大家一起赚，等你混成灰道，就能过我这种日子啦。"

年轻人算了算，落到手里的钱总比交出去的多，还是安心跑车吧。他不想结交黑道，也不想混成灰道，只想做个安分良民，堂叔那种跌宕起伏的生涯他消受不了。

## 堂叔 28 号

这个堂叔展示给我们的那一面美好无比。

他家住村北,我们在村南,血缘关系已很淡薄,论辈分该叫他叔。我父亲交友不看身份地位,酒席上一坐,几句话投缘,交情就深厚了,接下来序齿,互串门子,我才知道有这么个堂叔。

他看起来比我父亲大,满脸皱纹,老婆嘴,这种嘴长在男人脸上很见慈祥。我一直以为他脾气好,每回来我家,他温和地说话,双眼细眯着,轻声慢语,不像我父亲动辄瞪眼训人。我妈以他为例说我父亲:"你看人家的脾气秉性,再看看你。"父亲也是只看到了他在外这一面,不了解他在家的另一面,垂头听我妈抱怨。忽一日来个妇女,问明是我家,进院子坐下,道罢寒暄,诉起苦来,说这位堂叔今日不知在哪里喝醉,回家发穷性,又摔壶又摔碗,追儿打女,她也挨了几脚。她从结婚说起,历历数来,堂叔没给过一点儿好,非打即骂,自进这个家,生儿又生女,天明即起,很晚才睡,辛劳受气,有苦无处诉,有冤无处说。近来听他提起我父亲,言下很是佩服,这堂婶就摸了来诉苦，让我父亲劝劝他。

这番话让我们举家震动。她走之后，我父亲犹犹豫豫，不知如何措辞，他很少管事，但这妇女找上门来哭诉两个小时，不惜端出家丑如实相告，不劝说过不去。他酝酿又酝酿，打了一夜腹稿，起承转合都想好，若干例子也组织到位，才把这堂叔叫过来，边喝边劝。堂叔没想到妻子跑来告状，诺诺连声，一句也不反驳。这顿劝看来有点儿效果，堂叔的妻子没有再来，下面来的是他大儿媳。

这大儿媳说老公公分家不公，分给她一处破房子，还让清账。院子破也就罢了，凭什么清账？结婚又没额外多要彩礼，分家时不管三七二十一，好家伙，一下子摁给这么多钱，还让我们活吗？这个大儿媳妇声称自己有病，至于什么病，她说不清。听她说话只觉得云遮雾罩神神鬼鬼，忽而上天，忽而入地，像是神经不正常。她此来只为告公公的状，告这个老畜生分家不公，偏向小的。自从入了这个门，她饱受压抑，脑子越来越不够用，全是气的。

堂叔的小儿子隔几天过来找我父亲歇一歇。我父亲和他没有共同语言，任他自歇，他拘谨，话少，没的可说，有电视看电视，没有电视就默然呆坐。他长得不丑，两只大眼围着圈漆黑的睫毛，十分秀气。一日他来歇着，家里只我一个，他开了话匣子。他的苦闷是找不上媳妇。我很有志气地劝他：那就自己谈个呀，谈个对心的。他长叹一声：谈什么呀？真谈个还不让我爹打死，你不知道他，在家里压得我们呼气都不自由，不听话就是揍，拿到什么用什么。他哼哼唧唧，既没胆与堂叔对着干，又不甘心受他控制，总之陷在泥淖中，前进不成，后退不得，看不到一点儿亮光和希望。我先还觉得他秀气，谈了一番话，觉得他软弱，失去了与他谈话的兴趣。

隔一年他有了媳妇，是买来的外地女人。刚买来怕跑了，走动得跟着，常见他媳妇嗖嗖地在前走，他橐橐地在后紧跟。这媳妇生了孩子之后要走，说坐月子时堂叔钻她屋里调戏。这可能吗？堂叔能干这种事？我们断定这媳妇为走扯理由，把污水朝堂叔身上泼。不想这媳妇又爆出个惊人消息，说孩子也是堂叔的，他儿子根本没能力。说到这份儿上，别人当然难以置喙，只能当事人清楚了，结果是这媳妇丢下孩子走了，介绍人为她找了下家，把下家的钱给了堂叔家。

堂叔的小女儿个矮，侏儒似的，常挨骂。堂叔嫌她干活没样，看见她就生气，她忍气吞声，不敢回嘴。堂叔骂人很厉害，生就的老婆嘴，比娘儿们还能骂，荤素不忌，十分生猛。这个小女儿有一回又挨骂，是个黄昏，她就出了家门，走到村外。她茫然无主，不知该投奔哪里，就哭着慢慢走，遇上两个男的。俩男的把她劝进一户人家，用酒灌醉，奸污之后卖到十里地外，配了个四十余岁的光棍。坏事传千里，传播速度之快超出想象，第二天中午，村子里传开了：堂叔的小女儿被骗了拐了。还有细节：灌了什么酒，上了几个男的，老光棍是何等样人。一个一个细节打雷似的在村子上空滚过。人们议论纷纷：她怎么黄昏之后离家出走了呢？挨骂了，挨骂就离家出走吗？那挨打还不上吊了？是她耍小性害了自己，花季少女误入魔窟，一生至此完蛋。

堂叔第一时间宣布他没生过这个女儿，宣布完毕，钻回家里不再出门。一家子不找不动，也不报案，天大的事就这么灭过去了。村里人很生气，得有所行动呀，毕竟养了这么多年，甭管嫁了什么人，认下这门亲，好歹多个亲人。再说，这么大的姑娘还挨骂，谁不生气？根儿上还是堂叔造孽，看，骂出祸事了。

这事对堂叔一家打击很大，他们很少出门，出门也是低头耷拉耳。他再不来我家，他妻子更不来了，说什么呢？一家子被堂叔搅成这样，诉苦也无益。倒是他家小儿子，又弄个媳妇，也是外地人，这个待住了，小两口从家里搬出去，不与老人一个院，少了许多是非。堂叔死后，他妻子立刻去找小女儿，母女抱头痛哭，从此往来不绝。那光棍就是岁数大点儿，脸上有麻子，这姑娘配他也算相宜。

## 堂叔 29 号

这个堂叔不是老实人,他打了半辈子光棍,东走西串,学了点儿算命的本事,逢到有集就提了马扎去摆卦摊,还戴副小圆墨镜,挺像回事。

据他说这墨镜用处大了,戴上它你尽可放心观察别人,上看下看左看右看,江湖上算卦不就是察言观色吗?哪里真有知过去鉴未来的神仙高手呢,真有,人家也不来集上,坐在家里就把钱挣了,他这种在集上混个小钱的就是靠胡说蒙人。人和人能差多少,每个年纪有每个年纪的急事,眼皮子灵活点儿,说话留下活口,就能算个差不多。十个里头有一个算准,就是百分之十的正确率,传扬出去,那就是灵。他会相面,会看手相,会推流年八字,会查太岁,每个集总能弄上一二十块,够吃烧饼裹肉了。

这日子挺对他的心,一人吃饱全家不饿,还能在集上尽情捏摸个把妇女的手。年轻的妇女让他看手相,堂叔就掐人家无名指和小指的骨节交错处,有时能掐着个小疙瘩,就说人家心上有人。年轻妇女若脸色发红,就进一步说人家有婚外情,人家着恼,他就说那可能是个小骨刺,让人家去医院。看着不恼,他就要测人家与情人是只能做露水夫妻呢还是能做长久夫妻。遇上个信神信鬼的,堂叔更能发挥,算不准了就问人家是不是敬着什么,若说没有,就再启发是不是老一辈敬了什么,一直启发到人家终于想起祖奶奶敬着狐仙,堂叔笑了:"怪不得不准,有家神干扰,别算了,回去好好给神上供吧,上上供难事就解决了。"

他小有积蓄,吃穿不愁,只是老来寂寞,膝下无子,未免悲凉。这时有人牵头,说一个外地女人想找主,还带着儿子,问他可否愿意收留不。堂叔心动了,至于那儿子,就当是买桶白送的瓢,要就要了吧,等自己俩眼一闭,从哪儿来的他回哪儿去,管不了那么多。

外地女人挺利索,也爱干净,与堂叔挺对脾气,照顾堂叔非常好,不但饭做得可口,每晚还给堂叔烧洗脚水,喜欢得堂叔不行。他从不知人生还有如此滋味,死心塌地对娘俩好。他准时出摊,上午算卦,中午回家吃饭,吃饭时对老伴夸口:"别急,下午还有进账。"下午果然又弄回钱来。

一日他收了卦摊往回走,车尾巴后夹着马扎,车把上挂着装书装笔的黑皮革包。他在公路上好端端靠右行,突然后面来一辆车,一家伙把他撞飞了,飞到空中啪地砸下来,把轿车的前玻璃砸坏,又从玻璃上滚下去,摔到地上。堂叔的肋骨断了几根,一条小腿骨折,全身多处擦伤。送到医院,打石膏裹纱布抹药膏,直挺挺躺在床上像木乃伊。他脑子清醒,能说也能吃，住了一个月的院，要了三万赔偿。管事的说他运气不好，撞的是辆奥拓，要是奥迪就好了，至少这个数：把两个巴掌一张，十万。堂叔哼哼，我还想撞个飞机呢。

出院之后回家养着，他回想挨撞经过，只听到"咚"一大声，就百事不记了，醒来已在医院。这算在鬼门关转了一圈吧，若是再撞狠了一命归西，倒也不痛苦，看来那些出车祸丧命的，当时看着血赤呼啦，其实并不受罪。他对老伴讲这感觉，希望有朝一日死个利索，千万不要瘫在床上累着人。

老伴带来的儿子转眼长大，挺孝顺，从不和堂叔顶嘴。既是自己儿子，当然得为他打算，房子得盖，媳妇得娶，这么一算，没有二十万下不来，堂叔抓起脑袋。自从挨过撞，他大不如前，算卦也不灵了，地里活干不了，想外出打工，身体不允许了。他苦思苦想，把积蓄拿出来，又借了些钱，把房子翻盖了，盖成二层小楼，一层自己和老伴住，二层儿子住，地方不大也能占开。盖房子耗尽了家底子，娶媳妇更难，如今兴得大，彩礼得七八万，再买家具，请客摆席，又是一大笔。

老伴苦巴巴拖着儿子出来，为的就是在这里给儿子成个家。老两口绞尽脑汁，决定去山里给儿子找个媳妇，山里的女人便宜，这么好的房子她肯定愿意。他们收拾一番，顺着老伴的来时路，回到邢台小山村，还真物色到一个，给了人家三万彩礼，把事办了。堂叔功德圆满，安心养老，如此又是五年。

五年之后，他六十五，疾病增多，旧伤时时发作。他很怕瘫掉，最怕困在床上，他是跑惯了的人，憋不住。他琢磨起身后之事：以何种方式离开世界呢？给老伴和儿子留下什么呢？他想到那次车祸，如果找个好车撞，一下子弄一大笔，痛痛快快地过去，可算两全其美。生固可恋，但苟生就不可恋了，讹钱不义，但为了老伴和儿子，也说不得不义了。

堂叔挎着军用扁水壶，骑辆破车子，每天去公路上转悠。他到离家五里的省道上转，那里什么车都有，可他分不清什么车值钱，看不出奥拓和奥迪的区别。他向人请教，一请教才知道里头学问大了，不是他能搞明白的，那就拣气派高档的轿车撞，好歹也曾行走江湖，这个他能看出来。拿定这个主意，堂叔守在路边伺机而撞，他守口如瓶，从没对任何人说过，有人看见他站在路边，问干什么，他说，看景儿。

他早出暮归，看了无数辆车从眼前驰过，也下了无数次决心，真到要撞，那腿总是哆嗦。这天他远远看见一辆高档车驶来，鼓足勇气向前一跳，没想到太过激动，心脏病发作，猛一下倒了。那车优雅而去，不知道刚刚躲过一场蓄谋已久的讹诈。

## 堂叔 30 号

这个堂叔娶了个东北女人，跟着她回了东北。回东北是他媳妇受不了这里脏，尤其是猪圈，那猪养在圈里，圈又和厕所相连，解手时猪又跳又冲地够屎吃，吓得她得了痔疮。再就是婆婆有神经官能症，每到麦收就闹病躺炕上，活干完才起来，人们说是吓的。老婆子为了躲懒，时常装病，家也不收拾，故意弄得又脏又乱。东北人干净是出了名的，新媳妇怎么受得了这个。凑合了一年，生下儿子后她就要回老家，老家比这里干净，比这里环境好，堂叔就跟她回了东北。

他的媳妇虽是外地人，却与别的外地媳妇不一样，别的外地媳妇来自穷乡僻壤，这媳妇来自一个富裕地方，与堂叔偶然结识，头脑发热跟过来结婚，婚后热情消退，双目不再发昏，才知道跳进个穷坑。生出儿子后，她一刻也不犹豫，抱儿子带丈夫回了老家，堂叔不从就离婚，儿子绝不给他，不能让儿子在这又穷又脏的地方长大。所幸堂叔还有个弟弟，娶了本地媳妇，能照顾父母。他给自己打气，好男儿四海为家，混好了把父母接过去，好好孝敬，此刻顾不上他们了，先奔自己的前程吧。

去了东北,他们和亲戚合伙跑车,很挣了些钱。他媳妇每日打麻将、逛街,闷了就翻腾旧事骂他,所谓旧事也无外乎是婆婆的脏和婆婆的狡猾诡诈。年底堂叔想回老家,这媳妇就闹腾,死也不愿回。堂叔进十一月就酝酿谋划,先抛出话题给媳妇留出闹腾的时间,他媳妇又叫又骂,闹上十天半月,火气渐消,堂叔开始了,心口疼,胃疼,吃不下饭,吧嗒吧嗒掉泪,这么闹上十来天,媳妇心软了,双方各让一步,回就回,不多待,待上十天就回来。于是订票,腊月二十六出发,初六往回赶。

堂叔恨不得能拿的全拿上,东北大米两袋,榛蘑木耳弄两大包,还有给父母的衣裳,过年吃的鸡鱼肘子。还要给亲戚们带特产,说起来混得不错,也算衣锦还乡。这样大包小包往回拿,拿了几年,太累,不如给钱划算,于是改为直接给钱,亲戚们的特产就免了,总不能年年给他们。

头几年回家堂叔很激动,四处转转看看,看看他的地,看看同学朋友,爬爬村外的大岗子,在岗子顶上发发感慨。儿子跟着他学,在院里踢踢枣树,摸摸杨树,每样东西都亲不够。老父亲见了他频频拭泪,母亲顾不得装病,忙里忙外大献殷勤。这老太太把带回的东西如数收起,吃到初三初四,不肯再往外拿。东北媳妇对堂叔说:"看啊,你娘这是嫌烦了,咱们该走了,你看清了不?咱们要是不拿回东西来,她都不愿招待。"于是改为两年一回。

老头老太太见他们不常回来,他们的房子和家具任意使用，客厅堆满猪饲料，进门一股子味。堂叔知道他们这毛病，将回家时专门打电话，让把屋里收拾收拾，老两口这才忙着腾屋子，把猪饲料挪出去。老家的红白事堂叔不再参加，也参加不了，亲戚朋友早把他除名了，有事也不再通知他。有一年回来赶上亲戚家死人，他跟着去吊唁，一个堂兄弟说："去不去的吧，多你不多，少你不少，这回去了，下回谁家有事你赶不回来，反倒不美。"堂叔就没跟着去，亲姑父去世，他也不回来了，奔波千里，不如把那路费当礼金。亲人们很生气，接二连三打他电话，问回不回，他说想回回不了，票买不上，买上了坐一天车，赶回来早出殡了。他媳妇替他定下了标准：除非亲爹亲娘去世，别的一概不回，没那必要，礼也不随了，常年不见还有个屁的情，出那钱干什么？

不久堂叔的老父亲得病，老母亲让他回来和弟弟商量怎么办，堂叔以为父亲不行了，和妻儿忙往回赶，回来问了医生，老父亲还能拖一段时间，可能一个月也可能几年。他媳妇带着儿子走了，堂叔在医院伺候了十来天，出院后又在家伺候几天，返回东北。钱难挣。回去才一周，这边又打电话，老父亲没了。电话是他媳妇接的，她不信，她对老家人一直不信，总觉得是骗堂叔回去，拿出力扛千斤的劲和每一个打电话的人吵，惹怒了老家人，联合起来展开车轱辘大战，轮番轰炸，让她放堂叔回来。她扣着身份证，扣着手机，根本不让堂叔和老家联系，还是族长出面郑重其事与她谈，才和堂叔回来奔丧。

这次奔丧的最大收获是知道老人有十万存款，堂叔和弟弟说好，钱是老人的，百年之后若有剩余，再平分。丧事之后他回东北，每日被媳妇吹枕边风，生怕那钱被弟弟私吞。他媳妇数着指头算日子，算着折子到期，逼着堂叔带她回老家，两口子从天而降，让家里人十分吃惊。钱当然不能分，老太太还在，分了她花什么？族里出面，一言九鼎，别想了，这钱不能分。

钱没分成，他媳妇很不甘心，与老太太同屋而睡，也不嫌脏了，花言巧语哄着婆婆写了张字条，摁上手印，把村北的地给了他们。两口子拿着这字条悄没声地回了东北。他们走后，老太太回过味来，气得生了病，对亲戚们讲，对小儿子诉苦，又去医院吸氧，才缓过来。此事成为笑谈，都推测堂叔在东北过得并不好，连这点儿钱都惦记，显见得不行。亲戚们都很生气，他们混得好时没沾上多少光，混得不好了却来老家掏摸，门儿都没有。大伙扎成一道篱笆防他们，坚决护住老人的钱，不能让他们抠走。一旦被弄走，他们远在东北，有事不肯回，谁能奈何？

堂叔这一走三年没信，过年也不回，只在过年给老母亲打个电话，说要回，却迟迟不回，一推再推，推到第三年，不前不后不冷不热不年不节的时候突然回来了，人们猜他又是为钱，不为钱回来干什么？并且两手空空。他也不出门，帮着老母亲打扫卫生，院里院外收拾得干干净净，住了十来天，中秋节也不过，悄悄走了。走后老母亲才对二儿子说："你哥借了我一万块钱，不知以后能不能给。"

## 堂叔 31 号

　　这个堂叔和我们没有半点儿血缘关系，他是十六岁时从内蒙古过来的。那几年，内蒙古、承德的男孩源源不断向冀中流，也算是一次人口迁移。他们流过来给全是女儿的人家做儿子，其实是准女婿，养到二十左右，和这家一个女儿结婚，就此扎下根来。

　　我们一直叫他叔，婚后也没改口。他的老丈人开药铺，有四个女儿，弄他来是想让他和三女儿成婚。老三缺条胳膊，家里怕嫁出去受气，想留她在家里。堂叔刚来时没说什么，他踏实肯干，苦脏不惧，和丈母娘关系尤其亲近。老太太只生出四个女儿，终于有了儿子，虽非亲生，也是稀罕得紧，给他做衣纳鞋，比亲儿子还亲。堂叔长相中等，但自有一股憨厚朴实的气息，这气息很对老太太的味儿，她不喜欢那种舌绽莲花一打两头翘的主。堂叔倒插进家里，老太太很放心。

　　老丈人严厉，他是家里的定海神针，轻易不露笑脸，端着一家之主的架子，抖得那叫一个威风。他对堂叔很不客气，有人问起直言相告：这小子是我六千块钱买来的，他敢不听话。

堂叔当然听话，他弟兄三个，家里穷得揭不开锅，都是来到冀中先做儿子再做女婿。他必须扎下根，最好不挪窝，一竿子扎到底，在此繁衍出自己的一窝后代。来的时候他不知道老三缺胳膊，见了面，心里一咯噔，再看还有个老四，就留了下来。老丈人对老四很偏爱，让她在药铺跟着学医看病，又送出去培训。给老四说婆家嘛，怎么也得门当户对，要么找个医生，要么找个村干部。

四年过去，堂叔二十岁了，老丈人想让他和老三完婚，堂叔不干了，他想要老四。此言一出，全家惊动，万没想到他竟有如此狼子野心。老三怎么办？老四愿意吗？老丈人一口啐他脸上："你也配！做你的清秋大梦，滚回内蒙古去吧，不要你了。"当时就要堂叔滚。堂叔就收拾东西，别的不要，把丈母娘做的鞋拿了一双："妈，别的我不要，就要这双鞋留个念想。"

丈母娘本已挖心摘肝，听他说这句话，再也受不住，一把抱住放声大哭，死活不让他走，老四就老四，只要他不走，万事好商量。老太太和老头子闹起来，又哭又骂，又抓又打，就算他哪个也不要，也得留下当儿子，给他另娶媳妇，就认定他了，谁让他滚老太太就和谁拼命。老头表面不松口，心里早已松动，他问老四愿意不愿意，老四不愿意，这个姑娘心高，从没想过留在家里。

老太太就和老四折腾起来，绝食上吊，逐一给老四演示，逼着她答应，不答应就死给她看。老头也劝，若她肯留在家里，这么大的房子、药铺全是她的，比嫁出去还要享福。老四哭了又哭，想了又想，再看堂叔那双巴巴的眼，心一软，应了。

老三虽缺一条胳膊，也有志气，堂叔不稀罕她，她倒解脱了。其实没人愿意留在家里，都愿意嫁出去，堂叔不要她正好顺了意，于是给她说了个家境穷苦的，大大给了份陪送。打发走老三才给堂叔和老四办喜事。

堂叔日子如意，笑口常开，他早已融入此地，口音也一样了，他考了驾照，开大车跑运输，跑了几年，腰椎间盘突出，在家里歇起来，也在药铺帮忙。

他老丈人敢用药，别处治不好的感冒，他两顿药就过了，外村的慕名而来，药铺十分兴旺。堂叔让把药铺名字改一改，不要叫"某某村药铺"了，改成"和仁诊所"，这名字大气。又大打广告，在村外大路上树上大牌子。这么一弄还真顶用，来的人更多了。老丈人专门问诊，老四抓药，堂叔把药片碾成面，草药切成片。进了熬中药的机子后，他就操纵这台机子，也穿一白大褂。

他热心政治，也爱打听闲事。村外要把公路修一修，他很快得知，这回修公路是上面拨款，按省道的标准修，沥青内掺上橡胶颗粒，增加弹性减少噪音。他还知道高考移民，听说内蒙古有优惠，把儿子高中学籍弄回去了。老四嫁他之后越过越省心，想起当年算命说她是老北瓜命，越老越面，越老越甜，深以为然。

老丈人年事渐高，去省里住了两回院，病好依然坐诊给人号脉。他干了一辈子,闲不下来,他的手艺传自他父亲,也算有渊源,而他父亲的手艺来自"文革"时一个要饭老头,这老头不知什么身份,偶然相逢,教了几招。老丈人把老四当成接班人,防着堂叔,总怕他胆子大胡乱治病,治出事不得了。老丈人在诊所时堂叔老老实实,不在诊所,他就穿上白大褂,戴上听诊器,给人看病。他瞒着老丈人参加了培训,又经老四指点,也会一二,看个头疼脑热不在话下,解决不了的病号往乡里县里打发。老丈人在诊所时间越来越少,堂叔替人看病的机会越来越多,外人也不追究他有无从业证,只当他是医生,见他披着白大褂就叫他医生。

　　我是知道他底细的,对他半路出家的医术很不信任。有一次嗓子疼去诊所,没见人,喊了一声,堂叔穿着白大褂,手拿一根玻璃搅棒,从后屋踱出,看样子正制药。他放下搅拌棒,拿起手电让我开口喊啊,说是嗓子发炎。他手挺快,拿出支喉风散拆了包装,二话不说照我嗓子眼儿上喷了一下。我打算去别处看看,他把药往我手里一放:"去哪儿也是这么治,又不是疑难杂症,一个嗓子疼,我就给你治了。"一天之后我的嗓子也果然好了。

## 堂叔 32 号

　　这个堂叔早已死在外地。他少小离家去当兵，希图奔个前程，谁知死在外地。军队通知家里去领骨灰，父母年迈走不得远路，唯一的哥哥胆儿小，不愿去：就让他埋在外边吧，哪里黄土不埋人，弄回来干什么。这个堂叔就葬在了外地。当时有人说，最好把他弄回家，落叶不归根，妨害后人。他哥不信，说是诓他，决不上当。

　　他哥娶妻之后生了四个儿子，四个儿子长大，齐刷刷一站，满门兴旺。妻子性格强硬，在家中说一不二，谁都惧她三分。大儿到了说亲的年纪，自己看中一个，家里不让，非让订另一个。这个大儿子一怒，喝敌敌畏死了。养到这么大，以这种方式死去，未免令人伤悲。他爹低头垂泪，他娘又气又痛，啪啪地扇他耳光。人们以为这个大儿死得诡异，他开朗爱说，常站在十字街上高谈阔论，不像要寻短见的人呢，何以为这么点儿事走了极端？有人提到这个葬在外地的堂叔，说该把他的骨灰弄回来埋入祖坟。他嫂子也听人说过有这么个死在外地的小叔子，这时大儿死去，她对这个小叔子只有恨，绝不睬这一摊。

　　三儿子长得白净细瘦宛如女人，说话柔声细语。他娶了个妻子，两人还行，可惜老人多事，挑剔儿媳不会做棉衣，不会做鞋。那时新媳妇过门要给老人做鞋，她做得很不合脚，婆婆到处笑话，讲她的不是。这媳妇嘴笨，受了气说不上去，回娘家诉苦。亲家母十分生气，怨恨老三不给媳妇撑腰，拦着姑娘不让过来。双方互相挑理，越闹越僵，媳妇家这边来了帮人，把家具一抬拉走了，要离婚。老三很重情，不肯离，再三再四登门赔不是。那边让婆婆来说好话，可婆婆生性强硬，宁折不弯，宁可让这一对散开，她也绝不低头。她痛哭流涕，诉说养儿不易，大儿喝药死了，二儿娶个二婚头，三儿又这样折腾，活着真没意思，不如死了好。三儿不再逼她，转头想自己的法子。他性格软弱，遇事拿不起放不下，想离舍不得，不离又见不得老母亲生气，夹在中间左右为难，日日长吁短叹。有人给他出主意，事到如今，一不做二不休，拿把刀子把丈母娘和媳妇捅了，让她们也好不了。这句话老三听进去了，他买了刀子，又买了一批罐头，罐头搬入老宅窖内，他袖着刀子去找妻子。可巧家里只有她娘俩，像是专门等他，他二话不说，跳上去一顿乱戳，刀刀见红，眼见两个女人横在地上，他弃刀而逃，奔回老宅，钻入地窖藏了起来。

　　其实他下手不重，妻子脸上被刺两刀，鼻梁断了，下巴裂开，丈母娘胳膊上着了两刀，肚子上中了一刀，都不致命，送到医院包裹缝合，很快出院。公安局找不到凶手，案子只好挂着。一个月后，老宅突然聚了堆，歪脖子槐树上吊着个人，正是老三。他料定已杀了两个人，在窖内藏了一个月，弹尽粮绝，自忖必死无疑，不如自己了断，于是爬出来了断了。接下来是老四，老四给邻家帮忙盖房子，楼板突然掉落，砸断了他的腰，从此瘫痪。

一件又一件祸事把老两口砸蒙了，堂叔的事又提上日程。每到家里有了难事，人们就想起堂叔，想起他孤苦伶仃飘零在外。上岁数的人还能记起他当年的模样，都说好铁不打钉，好男不当兵，他执意当兵是为了什么呢？看，把命丢在外头，家里也不去找。老两口越发坚定，如果真是堂叔作祟，接他回来何用？他能让死人复活瘫子立起吗？他们恨得牙都痒痒，不把这个死鬼挫骨扬灰算便宜他了，还接回来？四个儿子两死一残，余下一个是酒鬼，这算是跌到谷底了吧？还能出什么事？堂叔的嫂子尤其强硬，她挺直腰板，绝不低头，不低。

老二年近三十才娶上个离婚的女人。这女人离婚是因为嘴太碎，出奇地爱叨叨，那嘴从早叨叨到晚，没个停的时候。她头婚没少为这个挨打，挨不过离了，再嫁还这毛病。两人凑合着过，也过了二十多年。老二酷爱喝酒，一天两三场，醉了醒，醒了醉，日日酒中昏睡。上点儿岁数喝得更多，人们说他是绝望了，家里接连出事，妻子不是心上的妻子，孩子也不是期望中的孩子，活着没意思，死又死不了，于是喝酒。

妻子也不指望他养活，自己在街上卖卤肉，生意还不错，邻近村都来买。一天中午，一个骑摩托的人自北而来，可能喝了酒，骑到摊子前，一头栽倒，磕破了头，汩汩流出白白红红，吓得她大呼救命。运走死人之后，她铲些土把血盖上，心神不定，总觉得要有祸事发生。一个来买卤肉的山西人见她神色异样，问怎么了，她说刚才一人骑摩托栽下来，骨碌骨碌地滚了几滚死在眼前，总觉得有事。这人望望她脸色，说不久还有祸事，起因是她家有人埋在外地不能回来，得把骨灰弄回来才消停。她回家对婆婆说，婆婆哼道："还能有什么事？再有事不过是把我叫过去，不怕，我什么也不怕，我早活够了，叫过我去好好和他折对折对。"

不久老二突然没了，他一天喝了两场酒，喝第三场，出溜到了桌子下。人们忙把他往家抬，路上瞳孔就扩散了。他的老母亲过来，在地上打着滚哭，这唯一健全的儿子也没了，让她老来依靠何人？她急剧衰老，临死前对着虚空大骂堂叔。她死之后，老头一反常态，他这辈子老老实实躲在妻子身后，很少发声，家中大小事情都是妻子定夺，他坚决执行。妻子死后，邻近的老年妇女们同情他，过来陪他歇着，他动手动脚，捏人家的胳膊，捏人家的腿，吓得老妇人们再不登门。他不傻也不呆，吃喝如常，生活照旧，就是变得不正经起来。

# 堂叔 33 号

这个堂叔只有破屋两间，没院墙坍了的砖墙常年堆着，也不收拾收拾。这破屋子似乎有魔力，成了落难女人的栖身地，常有女人来与他同居，这个去了那个来，小则半年，多则七年。堂叔白净文弱，性情温和，人很实在，他不拈花惹草，那些女人扑他而来是为了渡过难关。我重点讲两个。

第一个是带着四个孩子的离婚女人，讲好的离婚不离家，百年之后要埋入婆家坟地。她丈夫不是东西，总怀疑她与人相好，怀疑孩子们不是亲生，日日寻衅滋事，日日家暴。这婚离得不易，拉锯式地离了好几年。为养活孩子，她只好和人靠着，这似乎坐实了与人相好的传言。她个子修长，细腿长腰，两条长辫盘在头上，十分俏丽干练。与堂叔同居之后，他们相敬如宾，十分和美，两间破屋收拾得很宜居。四个孩子大的那个在外打工，二的上学住宿，两个小的跟着她。她憋着一口气，誓要把孩子们养大，养大之后率领儿女浩浩荡荡回去，让婆家人看看，离了丈夫她也能活。

我家离这个堂叔家不远,我和这女人的二女儿一个年级,初三时都在乡中住宿,宿舍里床也挨着。那时我每天睡不够,冬天晚上尤其犯困,困得睁不开眼,不是趴在课桌上睡就是溜回宿舍睡,她则是从来不困,晚自习下课后还耗在教室。我不知道她什么时候回宿舍,也不知道她清早几点起来,起床铃响后睁开眼,她的铺平平整整,像是压根没动。有件事她写入作文,吓了语文老师一跳。写了个亲生父亲雨夜强奸女儿,写得激烈饱满。语文老师看完不知如何点评,把作文悄悄还给了她。我趁她不在时在桌肚里搜到,偷着看了,也是猛吃一惊,忙塞了回去。

这个女人爱赶集,赶就赶城里的大集。我们村也有集,不算小,好歹是个乡,集上物品也丰富,但这女人仍然要去城里赶,她穿得干净利索,辫子盘上头顶,堂叔骑车子驮着她。街上有人叫她:"嫂子又出门儿呀?"她笑着纠正:"真是,可会开玩笑呢。"这人就问:"不叫嫂子叫什么?"她不吭声了,堂叔嘿嘿而笑。这女人和堂叔同居到她儿子上高中,娘五个选个黄道吉日,浩浩荡荡回到老家,捉住禽兽父亲揍了一顿,理直气壮住进家去,又弄来砖灰把院子一分为二,另开一门。人们说,这女人弄走堂叔许多钱。

第二个女人从山西太原而来,矮个,瘸腿,长相如猴,两只圆眼放出黄光,一看很不寻常。她是避难,至于避什么难,没说,这让她很有神秘色彩。她算命,说有个师兄在北京某大学当教授，后不知何故被大学开除，以算命为生，住高档酒店，一卦上千，等闲人见不到他。她的水平比师兄差远了，但肯定比江湖术士强。

她用堂叔卷烟的旧算术本子给我算，坐着小马扎，趴在炕沿边上，猴子似的动个不停，抓抓头挠挠腮，揉揉鼻子捋捋发。这女人与上一个完全不同，她邋遢，不修边幅，袖口上积着灰垢，嗓子粗哑热情。她很少出门，时时望窗外，透过破窗能一直看到街上。有个老婆子欺她是外地人，偷了她晾在铁丝上的一条裤子，气坏她了。

我后来也看了些算命的书，见了些声称会算命的人，回想这个女人，才知道她是高手。她大气，直接，敏锐，不随意发挥，找准用神排好流年，人生运程一目了然。关于命运，她有个生动比喻：命是车，运是路，你天生一辆小轿车，可惜走在坑坑洼洼的山路上，好车也得颠散，天生是个破拖拉机，开上平坦的马路也能跑出很远。

堂叔坐一边听，他文化水平不高，未必能听得懂，但听得津津有味。以堂叔的外貌和气质，说他是文化人也充得过去，他说话有分寸，不懂的不说，从不信口乱说，听到有意思的话就细心揣摩，会心而笑。他很少大笑，十分高兴时就摘下破绿军帽捋帽檐子。

这女人与堂叔同居半年就走了，说是灾难已过，走得静静悄悄。我十分好奇堂叔为什么不结婚，他有女人缘，要不那些女人为什么全来扑他？村里还有别的光棍，像他哥，与他长得相似，穷得仿佛，但就是没人稀罕。

每当堂叔有了新女人，他哥分外惆怅，常坐在两个院子间那堆废砖上向院里看稀罕。

堂叔五十岁上正正经经有了个女人，云南来的，很丑，蛤蟆似的。他与这个办了手续，生了个儿子。第一个女人的孩子们偶尔提着东西来看他，以示不忘养育之恩。

## 堂叔 34 号

　　这个堂叔五代单传，上有三个姐，算是连着开了三朵花，下面该结果了，于是有了堂叔这个果。女人生孩子也有讲究，先开花好，花在果的上面，几个姐姐护着，下面的弟弟才享福，可怕的是只开花不结果，像是开了几朵谎花。堂叔家就是，开罢三朵花，后面没了动静，一等十五年，父母都绝望的时候，他却姗姗来了，出生时双眼紧闭，满面青紫，一丝气儿也无，接生婆倒提着他的腿使劲儿拍打，依然没气，只好宣布这是死胎，没救了。一家人懊丧无比，他爷爷哽哽咽咽，用件破衣卷起这好容易盼来的孙子，夹着去村西岗子上挖坑，挖了坑舍不得放入，对着孩子又哭，怕土压着孩子，盖了薄薄一层。回家之后老头翻来覆去睡不着，总怕孩子被野狗刨出吃掉，天不明又往岗子上走，要再往深里埋埋。走近岗子，听到嘹亮的婴啼，老头奔上岗子，见孙子正手舞脚蹬在坑里哭呢，那层薄土都蹬开了。他脱下布衫裹紧孩子，一路小跑回家去，喜欢得一家子又蹦又跳，堂叔于是得名"拾命"。

他很灵气，一路顺当考上大学，分配到单位，不几年就成了领导。他梦寐以求想要个儿子，把这脉香火接续下去，可惜没这命。生的第一个是女儿，当时抓计划生育，提倡一对夫妻只生一个，按政策，他五代单传，能再生一个，又生一个依然是女儿，为掩人耳目，就把这女儿送给亲戚养，户口上在亲戚家里，这样还可以再生一个。他妻子很配合，知道儿子是他的心病，说生就继续生，生出个老三依然是女儿。堂叔曾经算过卦，说他命中无儿，一直不信，直到三女儿出生，他信了。

老三长到三岁，让人偷了，就在大院里玩着，眨眼不见了，报警悬赏，遍寻无果。堂叔两口子伤心至极，每日茶饭不思以泪洗面，一年之后才缓过劲。他寻思，莫非是天意让自己继续生？莫非命中注定该有个儿子？于是又怀。当时已有B超，能提前知道是男是女，堂叔不理这些，听天由命，是儿子跑不了，他定力十足地等，等到八个月，胎儿没了胎心，只好引产，引出来是个男胎。堂叔不淡定了，夫妻向隅，无声暗泣，自叹无福。

折腾二十年，留在身边的只有大女儿一人。二女儿在亲戚家长大，他两口子时常去看。三女儿丢了之后音讯全无，这是堂叔的伤痛，什么时候提起什么时候掉泪。那孩子若落在平常人家还罢了，若落在坏蛋手里，堂叔不敢细想。大女儿已大学毕业，二女儿上了大学，他愈发想念丢了的三女儿，寝食难安，不见见这个孩子死不瞑目。这时有人出主意，不如去找某个出名的易经大师算算，万一能算出来呢。易经大师远在北京，一卦上万，找他的人排着队，一个月也未必轮得上。堂叔迎难而上，去北京交钱挂号，排了一个月。大师说他得再生一胎，生出这一胎，丢了的那个就找到了。

堂叔万想不到会是这么个结果，妻子四十有六，这个岁数生孩子是拼老命，就算生出来，丢了的那个真能找到？简直是天方夜谭，亘古奇闻。从北京回来他当笑话说给妻子，妻子认真了，左思右想之后决定再生一胎，不怕一万就怕万一，万一应验呢？退一万步说，就算应验不了，多个孩子多个亲人，户口本上只有一个孩子，再生一个依然在政策之内，她就是老母亲五十岁上生的，这不挺好？她这就调养起来，拿了三个疗程的中药。

大女儿接受不了，问她图什么稀罕，这岁数生孩子不嫌丢人现眼。她铁了心要生：你该佩服我，我快五十了还有这个能力，别的女人谁有？母女不欢而散。

十月怀胎，一朝分娩，妻子生了，又是一个女儿。这岁数平安分娩已不容易，哪还计较是男是女。不过天下事也真是巧，老四刚满月，丢了的三女儿有信儿了。一个去阜平山里给人家干活的乡亲闲话中得知这家女儿是小时候买过来的，眉眼仿佛堂叔，岁数也对，回家后专程对堂叔说知。堂叔委托中间人前去说和，与姑娘见了面，这姑娘依稀记得小时候被人抱着上楼下楼，这又准了一步。接下来做 DNA 鉴定，结果出来，果然是，一家人十分激动，带回这姑娘，遍告亲朋，举行盛大的认女仪式。三女儿的养父养母只是普通村里人，万想不到堂叔家境这么好，能让姑娘享福，又让她依然回来看他们，求之不得，千肯万肯。于是户口迁过来，放在堂叔的户口本上，又给她安排了工作。这姑娘长到二十二岁，谈了个男友，堂叔给他们一套房，离自己近近地住着，生怕她再消失。

## 堂叔 35 号

这个堂叔生有一女,很出息,大学毕业后公费留学,留在了英国。若是只这一女,两口子何等滋润,可惜当年堂叔不知抽哪根儿筋,抱养来个儿子与女儿充双胞胎,这儿子把他拖累住了。

儿子是远亲所生,抱之前他也曾细细观察,远亲还有三个儿子,长得都很好,料定这一个长得也不会差。谁知自从抱来,越长越不是样儿,抱来时天庭饱满地阁方圆,长来长去,头尖额尖下巴尖,双眼越来越宽,智商似乎也有问题,说傻不傻,说不傻又与常人不一样,不识一二三四五,骂人倒是特溜,还会吐着唾沫咒人发毒誓。很好的橘树挪到他家长成了枳,能怪谁?

堂叔有苦说不出,能怎么着呢?养到这么大,早有了感情,慢说是人,就是小猫小狗养了几年也舍不得扔,何况这儿子与他挺亲。说他脑子不清楚吧,却知道死护着家里人,他姐姐与别的孩子闹了小矛盾,这小子虎虎的,抄砖就砸人家,挺知道亲人。

这孩子长到十七八岁，到了青春萌动期，知道追女孩儿了。他的长相与小时候又有所不同，双眼迷迷瞪瞪，总像睡不醒，还特别瘦，竹竿子似的，走路弓肩抻脖儿，这样子自然不讨女孩子喜欢，躲还来不及，谁肯让他亲近。他没有女友，不免胡思乱想。他一直和堂叔两口子睡大床，夹在二人中间，轰都轰不走，两口子也当他是孩子，让他这么凑合着。一日夜里，堂婶觉得有只手摸自己，摸了上头摸下头，她迷迷糊糊以为是堂叔，突然脑中激灵一下，一拧，儿子哎哟一声。两口子这才意识到必须让他自己睡了，轰了出去。

随后几年就耗在为他说对象上，早说早消停，给他找个媳妇就安静了。女儿已去英国，两口子全部精力放他身上。城里的不好找，找村里的，村里的也找不上，都嫌他丑。于是弄到医院做了双眼皮，双眼皮做出来，这儿子成了笑柄，别人做了之后显精神，他做了之后俩眼挤咕着，肚脐眼似的。他自以为很美，穿上名牌衣服，喷了发胶，墨镜架在头顶上，酷酷地在街上走，依然没人愿意跟他。

堂叔为儿子愁白了头发，两口子玩命苦干，要多多给儿子挣钱，有了钱砸也得砸回个媳妇。他们包地，一包好几十亩，种上油葵，收了葵籽卖到棉油厂。又从新疆贩来成吨的大葵花籽，炒制了批发出去。还办服装加工厂。样样都干，样样挣不来大钱。堂叔没有生意头脑，他只是闲不住，心里发焦，折腾来折腾去，积蓄迅速变少。女儿在英国结婚后，他们过去散心，两口子办了护照，买好机票，千叮咛万嘱咐让儿子看家，

· 267 ·

又给他留下够用的钱，才飞往大不列颠。

从英国回来进入家门，两口子简直不敢相信自己的眼，除了这个搬不走的房子，屋里值钱的东西全没了，电视、冰箱、空调、洗衣机、摩托被儿子卖了。他独自在家无人拘管，海阔天空地吃喝玩乐，钱花光了就打家电的主意，以极低价格处理了。堂叔回来还算及时，再晚些他就把房子租出去了。两口子一气一个死，堂叔尤其心窄，血压一升，栓住了。儿子也知道闯了大祸，跑前跑后地伺候。

堂叔躺在医院，看着这个三十岁的儿子，只有长叹。莫不是上一世该他欠他，这一世才鬼使神差落进自己家？据说上一世欠人钱，这一世那人就来讨，讨不完不走，非得把家财耗光才能摆脱。堂叔苦苦思索自己这多半生，当初怎么就头脑一热想起抱个儿子来了呢。往事久远早已模糊，就算想出个所以然也于事无补，不如不想。

他振作起来，重打锣鼓另开张，让女儿支援着买了套房子，放平心态，给儿子找了个轻微智障的姑娘。婚后倒也不错，小两口旗鼓相当，谁也不嫌谁，挺有共同语言。有人建议别让他们生孩子，怕生出来也傻。堂叔不同意，怎能剥夺他们的生育权呢，有能力就生，没能力那没办法，智障又不是遗传病，生出孩子也未必傻。有那更傻的夫妻还生了倍儿精的孩子呢。堂叔查过很多资料，发现生孩子这事儿真没法说，傻父母有可能生出天才，天才父母有可能生出傻子，那些自闭症多出自高知家庭。看来天道有常，不以人的意志为转移。既如此，就听天由命吧，让儿子享受生之乐趣吧。法律上也没规定脑子有点儿小问题就该绝种，即便生出问题孩子，那也是上天所赐，也得欣然接受，他得尝尝含饴弄孙之乐。

很快，堂叔有了个孙女，很正常，三翻六坐七打哇哇，与别的孩子毫无两样。

# 堂叔 36 号

有段时间，一个又丑又呆的堂婶常来我家里闲坐。进门不打招呼，客厅一坐，电视一开，二郎腿一跷，茶几上有什么吃什么，很不拿自己当外人。坐一会儿，抬腿就走。谁家都去，去谁家也这样。人们说她病了，这病医院不给看，也查不出什么，除了不爱说话，别的正常。

她这病是气的，堂叔和别人私奔了。她本来不爱串门，这一气，把她从家里气出来了，不但开始串门，还时时串，处处串，不着家了。

据我妈说，这两口子都丑，正好一对。论头脑嘛，堂叔比她精点儿。

"他这么丑，还穷，谁和他私奔？图他什么？"

"说来也是怪事一桩。他盖房子当小工，和一个抹墙的胖媳妇好上了，两人说得来，卷巴卷巴家里的钱，跑了。跑到市里快活了一个月，这不又回来了。"

这样的私奔未免不轰轰烈烈。

"把钱糟光了，再想快活没的闹了，不回来干什么？"我妈说，"各归各家，照样过吧。"

这也太平淡了。

"还能怎么着？人回来就好。女的那边有孩子，总不能让孩子没了娘。现在娶媳妇多难，女的可成了宝，行情年年涨，彩礼十几万。别看这胖媳妇缺心眼，真要离了啊，立马有下家。她不闹离，丈夫更不肯，不置那气。跑了一个月，这一回来，把一家子稀罕的，又割肉又包饺子，对外说串了一个月的亲戚。这真是捂着耳朵偷铃铛，不过也没人笑话，都知道不容易。女的那边算这么过去了。男的呢，做贼心虚，他无父无母，怕他舅饶不了，回来先找舅认罪。这个傻东西，穿戴一新，进门朝他舅一跪："舅啊，你踹我吧。"他舅踹了他两脚，问："畜生，怎么起了这个念头？"他哭唧唧地说："舅啊，日子难过啊。""难什么？你当小工挣零花，又有地，吃喝不愁，难什么？"他舅说。这东西伸手朝外指了指："舅，我和她说不着，半句也不投脾气，我心里憋得慌啊。"说着啍啍哭起来。他舅叹一声，朝椅子上一坐："王八羔子，牛犊子，起来吧，说说在外头这个月怎么过的，糟了多少钱？"王八羔子立刻爬起来，也不啍啍了，蹭到他舅身边，讨好地说："舅，我一分没花，全是她出的。"听听！这东西一分没花，还落了个倒贴。说他傻，胖媳妇比他还傻。他舅一听，觉得这外甥算是好外甥，让他回了家。

可这女的气成这样,也没人劝。

"她非生气,有什么法儿?这叫事吗?现在啊,私奔成风,哪劝得过来,都是能挺自己挺,挺不过去就散伙,谁也顾不了谁。缓缓就好了。"我妈对堂婶火气这么大也很吃惊,半年了,这女人还下不去这股劲儿。俗话说家丑不可外扬,她不,时时揭开让人看,见人就讲这件事。自从男人私奔,她话也多了,也会说了,一件事变换着花样讲,正叙、倒叙、插叙、补叙,无师自通,运用自如,每次讲得侧重点都不一样,言谈举止和正常人也一样了。

串了半年的门,堂婶突然不串了,向村北进军,在超市做了清洁工,天天早出晚归,十分卖力。干了两个月,她离开村北,一跳,进城了,在大厦里找了工作,依然打扫卫生。

堂叔老实了近一年,又不老实起来,去找胖媳妇,这回吃了闭门羹:"滚蛋!你媳妇比你还能干,还不知足?上回我可怜你,贴钱陪你玩玩,这回不一样了。拿钱来,有钱说去哪里去哪里。没钱?没钱回家窝着去吧。吃人家的,喝人家的,不好好窝着,犯什么骚?叫我用哪只眼看你。滚蛋!"

他只好朝回滚。滚到半路拐进舅家,老调重弹:"舅啊,日子难过啊!苦啊!"

"放屁!"他舅眼一瞪,"苦什么?难什么?你有什么出息?你媳妇比你混得还好。放着好好的光景不过,再敢动歪心眼,看不打断你的腿。"

骂完,见他垂头耷拉耳的可怜,他舅放缓声音,娓娓地劝:"我的好外甥!收心过日子吧,别瞎折腾啦!上回那事,过去就过去了,现在来看,倒是坏事成了好事,让你媳妇改样了。你这蠢货,还想再闹一回,把她气得傻回来吗?回去吧,回去吧,让她一直病下去吧,她长久这么病着才好哩!你省省心,千万别刺激她啦!"

这个堂叔只好回家了。

# 堂叔 37 号

这个堂叔其实不该出生，当年抓计划生育，他在被计划之列。乡里让他妈妈流产，注射了流产药，没下来。当妈的心软了，觉得这孩子命中该来，既然流不下来，就生。别人劝她，药都打了，别保了，怕生出来有毛病。当妈的一根筋，非生，生出来真是个傻子，追悔莫及，又无可奈何，只好养着。

他转眼长到二十，个子挺高，眉眼也不难看，乍看和正常人一样，只是别说话，一说话就冒傻气。和他一般岁数的小伙儿个个说起媳妇，独独没人给他说。他又是好奇又是纳闷儿，催着家里要媳妇。他妈妈说："别急，媒人记着呢，正给你打听合适的呢。"他高高兴兴点点头，坐门边等去了。

有回我骑电瓶车回娘家，见他站在一辆新轿车后，一条胳膊屈起杵着车顶，一手叉腰，盯着来来往往的人看。看见年轻女人，他目光一凝，射出热切的光。见到中老年女人，面色一沉。他似乎把娶不上媳妇的怨恨投到了中老年女人身上，就是她们不肯给他说人儿，他才这么一直打光棍。

他又是等又是盼，过了一年又一年，别的小伙都有孩子了,他的媳妇还没影儿。在一个初冬的清晨,他从家里推出一辆车子,气鼓鼓地离家出走了。

家里乱了套。虽说是个傻小子,养到这么大,丢了也是舍不得。女的们在家里又哭又叫又烧香,男的们兵分几路四处寻找。找了三天不见踪影,于是报案,又张贴寻人启事,贴到了邻近各县。家里人不知道他为什么出走,他一直温顺听话,让干什么就干什么,突然来这么一手,让家里人满头雾水,不知他是怎么了。

四天之后,县公安局来人,说堂叔在定县,让去接。原来他骑着车子出了村,也不辨方向,一直朝北走,有路走路,无路从麦子地里直穿,车子能骑就骑,骑不了就推着,推不动扛着,路多么难走也不肯扔掉车子。等到饿极了想回家时,记不清路了,只好继续朝前走,走到定县极北的一个村子,疲惫不堪地放倒车子躺下来。人们看他像是精神有问题,和他说话,得知他是无极人,于是联系公安局,这么着,才把他找回来了。回家之后先让他吃饭,狼吞虎咽吃了几大碗,又给他洗澡换衣裳,收拾停当,问他怎么想起出走,他气哼哼地说:"你们不给我说媳妇。"

于是把给他说媳妇提上日程。可惜,这年头媳妇紧缺,正常的小伙子尚且说不上,何况他这种有毛病的。村里光棍成群,三十左右的好小伙十七八个,愣是无媳妇可说。人往高处走,女孩子们能往城里嫁就往城里嫁,能挪到市里就挪到市里,余下的歪瓜裂枣也抢手得很。人们只好让儿子们外出找

· 275 ·

工，不求挣钱，只求谈个女友，快快让她怀上，然后带回来结婚。这一招挺顶事，有几个嘴好使的小伙子弄回了媳妇。娶媳妇这么艰难，别说黄花姑娘，就是离过婚带着孩子的，也轮不到堂叔。

有天夜里他溜出家门，穿过好几条街，翻墙进了一户人家。这人家买了个印度尼西亚的媳妇，十万，说是正规中介弄来的，手续齐全，跑了包赔。买媳妇的是个老光棍，又老又丑又粗俗，五十岁了，倾其所有买了个媳妇。印度尼西亚的媳妇虽说言语不通，来了一看这光景，也是一肚子委屈，泪水涟涟。傻小子偷着过来看了她好几回，这一夜见她又哭，一脚踹开门子，冲进去就揍老光棍。这回闹大了，家里又赔钱又赔不是，好容易平息了事。

有人劝他妈妈："干脆，也出十万给他买个外国媳妇吧。"

他妈妈摇摇头："算了吧，不值当。他这样，就算买了来，留得住吗？我活一日能替他看一日，我两眼一闭，他可怎么着啊？"

他从二十岁等到二十五岁，又从二十五岁等到三十岁。每当有中老年女人串门，他就满怀希望地坐在边儿上听。等到人家告辞，他怅怅地问家里："她们知道我已经三十了吗？"言外之意，自己已是老大不小，怎么还没人给说媳妇。

他六十五岁的老母亲挥挥手："都知道，都知道，都结记着你呢，正给你物色合适的呢！"

# 堂叔 38 号

回顾这个堂叔的一生,一言难尽。

他长得丑,个儿矬,所幸成分好,贫农,于是娶了个成分不好的妻子。娶亲那天他骑马去接,马既高又大,他爬了几次都上不去,踩凳子也不行,最后由一个堂兄弟蹲下,他踩着肩,徐徐立起,才把他送到马上。新媳妇娶回,全家为之一震,这么出色的媳妇,他可实在配不上。但他们的日子竟然过下来了。

他妻子生孩子之后,明目张胆风流起来。她高张艳帜,招引附近村里的杰出人物,和这个好着,又联上另一个,同时与三四个人交往,周旋其中游刃有余。她家里许多东西都来自相好的馈赠,堂叔视这些东西很平常,和自己买来的没两样。凡是妻子拿回的东西,他都坦然享用,从不往别处想。

人们都理解他。这样一个武大郎似的男人,又丑,又矬,又弱,能娶个媳妇就不错了,还能怎么着?就算他知道妻子网了一屋子的相好,又能怎么着?他就得这样海纳百川,日子才能往下过。何况,堂叔似乎从不怀疑妻子不忠,他对妻子信任得很。

他妻子总能找到各种理由出去幽会,回来又能自圆其说。她也确实能干,浇地时井忙,她三下五除二就抢到了,同样是抢,堂叔绝对没这能耐。割麦时抢机子,她出去转一圈,就引来一辆,附近人家都跟着沾光。她出去干活,不但能挣回钱,还带回许多东西,而堂叔外出永远被拖欠工资。他妻子凭着长相和机敏,从各种男人身上捞取好处,笊子似的,把附近村里的男人搂了个遍。她挑中的男人都不怕媳妇,都能摆平家里。那些媳妇明知受欺负,还返回头来巴结她。她也适可而止,从不搞竭泽而渔的蠢事。这些男人全是她的庄稼,是她的收入之源。十几年过去,她家房子盖上了,孩子上大学了,存款也多了。

没有谁告诉堂叔受着蒙骗,告诉了也没用,这样的媳妇他管不了。族里的人暗地愤怒,也仅是暗地愤怒,没有谁蠢到去干涉他家私事。这样,堂叔一直蒙在鼓里,日子过得十分快活。他最大的本事就是计算能往房上背多少袋粮食,背到十三袋,就很了不起,值得蹲在大门口夸口。他夸口的时候,他妻子往房上背粮食,她个儿大力不亏,一揪袋子角,朝背上一甩,大踏步上了房,身子一侧,袋子从背上滚落。她很快把活干完,洗个澡,换身衣服,出门了,剩下的轻活归堂叔。

岁月流逝,这位堂婶过了盛年,姿色消减,来往的人每况愈下,钱弄不到多少反倒被死缠烂打。其中一个每天来找,从墙外扔碎砖让她出去,她紧闭大门不应声,这人就从房后爬到房上，顺梯子下来，摸入屋里，他知道堂叔两口子分房睡。谁知自从堂婶想和他断，已把堂叔叫来同睡。此人摸入屋里，朝床上一扑，堂婶大喊大叫，边骂边抓，抓了他个满脸花，落荒而逃。堂叔从床上坐起，拉亮电灯，上下左右地转着眼珠看他们打，看着看着，气血上涌，朝前一栽，瘫了。

他躺了一个月，又坐了一个月的轮椅，渐渐恢复得能立一会儿，走几步。他弄了个拐，在院里慢慢蹭，蹭不了几步不肯再走，嫌累。他这个样儿，族里的事是参加不成了，堂婶就放他在家，自己去帮忙。这年冬天，族里一个九十三岁的老太太没了，堂婶自然得去，她从丧主家提回饭让堂叔吃。出过殡，回家来不见堂叔，院里没有，屋里没有，厕所里也没有。她走到街上挨家问，都说没见。从瘫了之后堂叔没出过门，他能去哪儿？于是叫了族里人四处找。后街一个独居的寡妇魂飞魄散冲到街上，说串门回来，一开门，床上多了个死人。人们都拥去看，只见一个人趴在床上，床下扔着拐杖。正是堂叔，断气不久，身上还温着。

他是怎么过去的，成了谜。因他死得不光彩，也没多放，换衣之后就送去火化，第二天出殡。至于那位寡妇，清白一世，被堂叔来了这么一下，又气又恼，不肯在家住，收拾东西跟着儿子去住了。

## 堂叔 39 号

一个初秋的午后,家里来了位陌生人。

他站在院外一人高的蜀葵后,半隐着脸,像是拿不准该不该进来。黄狗一直冲外叫,父亲从屋里出来,看看黄狗,望望门外,问我:"狗叫什么?"我冲蜀葵一点头:"后面有个人。"

我才说完,陌生人从花后走出来,向父亲打招呼:"在家啊?"

父亲叉着腰走出栅栏,举目上下打量他,忽一下子想起来了,一拍脑袋:"哎呀,你呀!"

来人脸上堆满笑,大喉结上下不停地滑动:"才回来,看看你。"

"来!来!快坐!快坐!去给你叔倒水。"父亲拽着他进了院,让我搬椅子,拿烟,倒水。两人在花椒树下坐定,聊起来。

这个堂叔穿得挺严实,天这么热,他也不怕捂着。这身装束要是村里人穿,叫"捂酱"。他汗从眉头流下,曲曲折折流进脖子,衣领湿了一圈。他屈起双指夹着烟讲乌鲁木齐的风俗，哎呀，那可真是好地方，草原，牛，羊，等等。他一说乌鲁木齐，我顿时觉得他像新疆人，头上扣个小圆帽，和烤羊肉串的新疆人还真没两样。

他头几句话说得还涩巴，舌头在嘴里倒不对，磕磕绊绊。几句之后，渐渐顺了，脸色也活泛起来，一扫初来时的尴尬和忸怩，眉飞色舞。他挺能说，好夸张，张嘴闭嘴"好家伙"，两只蜂眼一瞪一瞪，细脖子一抻一抻，还爱拍大腿，拍得啪啪响。

哨了一通，他话题一转："那谁如今怎么样了？"

他一说那谁，父亲心领神会："嫁了，孩子也带走了。"

"噢……噢……"他说不清是喜还是悲，大张着嘴，脖子朝后别着，"噢噢"不停。

"等了你几年，死心了。听说过得不错，你想去看看？"父亲探问。

"再说吧。"他抖擞精神，又讲二连浩特。二连浩特的风真他妈大，真他妈多，一年到头不停地刮，人在风里立不住。

父亲没去过二连浩特，但去过大同，那里是个风口，风也特别多，特别大。两人吹牛似的越说越夸张，一个说二连的风能把人刮到半空，一个说大同的夏天得盖棉被子，不盖人会冻坏。

这个堂叔咽咽唾沫，话题又一转："她怎么样了？"

父亲没反应过来："谁？"

"咳！咳！"他扭头咳起来，手罩着嘴，脸红了。

"你说她呀?也嫁了,儿子也带过去了。"父亲终于明白,手朝外一摆,"听说过得也不错。你想去看看?"

"再说吧。"他平静下脸色,点着一根烟,也不吸,任烟灰变长,掉在地上。他掸掸裤子站起来:"你歇着,我去别处转转。"

"哎呀,二十年不回来,好容易回来了,在这儿吃吧。"父亲盛情挽留。

"不了不了,我还有事。"他推托着朝外走。

"哎,可说呢,你那边怎么样?"父亲送他到栅栏外,两人站在蜀葵花下。

"我在那边又成家了。"他指间夹着烟,信步东去了。

父亲回到院里,摇摇头:"这家伙不简单!"

"爹,他谁呀?"我从没听说过这人。

"你叫他叔。他走的时候还没有你。一言半语说不清,进屋问你奶奶去吧。"父亲摸着后脑勺在院里转了两圈,"不行,我得叫上他,再叫上俩不错的,喝点儿去。"他进屋拿了瓶酒,匆匆去追。

听说这个堂叔回来了,奶奶脸色大变:"他还有脸回来?他爹和娘早早没了,媳妇带着孩子嫁了,多么好的一个媳妇。他乱乱着的那个姑娘肚子里有了,等不着他,也嫁了。这家伙有本事拉屎没本事擦屁股,都以为他死了,现在又冒出来。他长什么样了?"

听说他又瘦又黄,奶奶快意地说:"从小不学好,五吹六拉，吃喝嫖赌，就好在女人身上下功夫，左一个右一个。看！鸡飞蛋打，落个孤家寡人。"

我说他在外头又成家了，奶奶呸一声："他和谁也长不了。三岁看大七岁看老，他还小的时候就撒谎撂屁儿，没一句实话。我看啊，他是混不下去了，回来看看谁收留他。"

"也许浪子回头呢。"我想起他袖口上的破处，领口上的黄印。

"狗改不了吃屎！"奶奶打住话头。

父亲拿着酒回来了，没喝成。那个堂叔无影无踪，蒸发了似的，遍找不见。他向人说起，没人信：说胡话呢，说这个堂叔早死在外头了。

# 堂叔 40 号

这个堂叔在乡中当老师，他矮而瘦，头大，脚勾，嘴里镶着两个醒目的黄铜大牙。

他教语文，也教政治、历史、地理，补丁型，哪里需要哪里补，补在哪里也可以。无论教哪一科，也不论教哪一个班，总有一堂课讲他自己，从闹"文革"讲起，一直讲到他当上县革委会主任。讲到这里，他突然失态，涕泪横流，脚一抬，踏着凳子，手拍桌子："你们老师我也是辉煌过的人！"

这话不虚，他曾经位高权重，很是叱咤风云，但随即就被斗倒，站在几把摞起的椅子上，人在底下一踹，他从高处跌下，摔得半死。

当年乡中有两个军师，一是他，一是万二泉。论长相他不如万二泉，他看上去很猥琐，万二泉则是好排面。但论起人品，万二泉就差远了，堂叔从不害人，爱成人之美，万二泉不同，爱告状，看谁不顺眼就向局里告，左一状右一状，捏出许多证据，耐心地告。历任校长都被他告过，都烦他，干脆让他歇在家里领工资，省得他闹事。新校长上任之后，与他同村，念在同村的分儿上让他回到学校，帮着总务处干点儿杂活儿，有饭局也带上他，混个肚圆。开头几个月万二泉还拿捏着，不久露出尾巴，又告起来。他不告状就不舒服，哪怕诬告，也要过瘾。堂叔与他大不相同，从不乱说，不爱谈人是非。他读书多，天上地下，国内国外，无所不知，你有事找他，他就帮着谋划，分析得头头是道，安排得井井有条，按他说的去做，攻无不克战无不胜。可惜，他运气实在不好，不好到什么程度呢？拿他的两任邻居来说吧。

他原来住在村东，西邻女人爱偷东西，谁家也偷，附近都防着她。这女人长得好，热起来像盆火，干活也利索，就是爱偷，偷过了照样与你说话，查出赃来也不以为意。堂叔和她做邻居久了，倒挺佩服她偷得起放得下，但因堂叔心思细密，这女人从未在他家得手。她尤其爱偷粮食，收麦收秋的时候就欢儿了，深更半夜，不睡觉也得偷。堂叔睡在晒着粮食的房上，守着。但有年夏天，堂婶夜里闹病，他只好在屋里伺候媳妇，没能守着粮食睡在房上。凌晨时分，隐隐听到房上有动静，顺梯子上去，邻家女人正卖劲儿苦干。他蹲下来看着她搂粮食，不由得嘻嘻笑了。女人看着他，不知道是该把这半袋子倒出来呢还是背下去。堂叔挥挥手："背走吧，忙乎了半天，也不容易。"这女人背着麦子回到自家房上，顺梯子下去了。谁知当夜就喝药死了。这真是奇而又怪的事，堂叔腻歪得坐卧难宁，寝食难安，左思右想，还是搬离此地吧，于是朝村西要了块地儿，盖好房子，去了村西。

村西的邻家很安静，日出而作，日落而息，很少串门。这家女人有癫痫，发作起来很可怕，据说她原来好好的，嫁入这个门才癫痫起来，有回发病，一下子坐进开水锅，烫坏臀部，养了很长时间。堂叔与她很少说话，只是觉得这女人可怜。但有一天这女人来串门，问他有没有废电线，想做根晾衣绳。堂叔找到一根，给了她，她千恩万谢，两只温顺的大眼里还流了几滴泪，令堂叔诧异。随后怪事就发生了，邻家女人上了吊，就用堂叔给她的废电线。这又是说不清道不明的事，她平时不串门，一串门就借了东西回去吊死自己，这是怎么回事？

堂叔想再搬，没人愿与他为邻。他成了猫头鹰，带着不祥之气，似乎谁沾他谁倒霉。前后邻家能搬就搬，能挪就挪，他成了孤零零的四不靠。

又一届新生入学，让他教政治。第一节课他痛忆往事，愤激不已，讲到伤情处，一脚踢翻凳子，捶胸顿足："你们老师我当年也是个人物！"他一愤激不要紧，吓坏了前排一个小女生，双眼翻白，昏过去了。学校停了他的课，分到总务处给主任打下手，负责分发办公用品。

## 堂叔41号

这个堂叔是个能人,能抓钱,能骗女人,他轰轰烈烈的前半生由钱和女人组成。想当年,他开着大车跑运输,方向盘一转,钱滚滚而来。这钱小半交家里,大半供他挥霍。他在外地有多少相好说不清,本地也是左一个右一个,到底几个,他自己清楚。有个老太太专盯他的梢,猎狗似的追踪他,也没把他的风流事摸清。

这老太太和堂叔有深仇大恨。她儿子常年在外,撇下个俊俏的媳妇,堂叔不知用了什么计,在老太太眼皮底下和这媳妇好上了。儿子回来,老太太一五一十对儿子讲,想让儿子去找堂叔算账,讹他一笔遮遮羞。谁知儿子掂量掂量,觉得不是堂叔对手,把怒火全发在媳妇身上。他想的是怪外人不顶用,要紧的是管住自家人,母狗不翘臀,公狗焉能上背,得把媳妇治过,看她再敢翘臀。他的手段就是打,专打下三路,又拧又掐又踩,把女人的大腿及小腹弄得青紫相间鲜血淋淋。又不许她出门,天天窝家里折磨。四周邻家听到深夜声声惨叫,都装听不见。这媳妇想逃,娘家就在本村,却是咫尺天涯。她逃至附近人家的门洞里，藏在几个摞起的筐后打哆嗦，她丈夫四处搜寻，声言谁敢藏她弄死谁。没找着，又去远处找。这户人家入夜不关大门，任这媳妇夜深之后溜出，逃回娘家，痛诉苦情，又把伤口亮出，于是娘家撑腰，离了婚。人们说这老太太多事，弄得家破人亡，让孙子孙女失了娘，又刨出她年轻时的风流事，笑话她只许州官放火，不许百姓点灯。让老太太窝心的是这媳妇又嫁在本村，还挺受宠，一双儿女也常过去找妈，当妈的见到儿女衣不蔽体，泪水涟涟，又经管起儿女的寒与暖。更让老太太窝心的是儿子也怨恨她，誓不再娶，浪荡在外不回家，而堂叔没事人儿似的，丝毫损伤没有，照样风流快活。

堂叔随后又刮拉上个婆娘，这婆娘天天用棉线绞脸上的汗毛，绞得明光，专等堂叔过来闲坐。她丈夫见堂叔过来自动避让，避不及就打个招呼，绝不干扰他们。堂叔所交女人大多类此。人们说他红鸾高照，他从未被情敌追杀，也没有女人纠缠不舍，合则聚，不合则散，利落得很。唯一缠住他不放的是堂婶子，堂婶当年冲破娘家重重封锁，赤脚跑进堂叔家，要与他成亲。堂叔不反感她，结就结吧，反正也该娶媳妇了，于是成亲。堂婶对他找娘儿们无可奈何，打，打不过，骂，又丢人，只好睁只眼闭只眼，只要不把娘儿们领回家，只要不把钱扔光，她就不言声。她心宽体胖，热衷烧香打麻将，爱养猫。什么神也敬，见神就磕头，又与巫婆们结交，跟着赶庙会跳大神，打起麻将一天一夜地连轴转，饭也顾不上吃。她的猫在饭桌上走动，猫爪子在饼和糕上踩来踏去，照吃不误。堂叔嫌她邋遢，揍过多次，屡揍不改，也习惯了，由她去，反正他也不大着家。

堂叔的好运结束在六十岁。车跑不动了，女人玩不动了，病上身了。他六十之前没得过病，屡放豪言壮语，说有一天要是得了大病，不看也不治，直接死掉拉倒。现在大病上身，才知道那是站着说话不腰疼。他有心脏病、糖尿病、肝硬化、胆结石，大把大把的药吃下去，手术一个接一个地做。病情好转时，他暗下决心："可不受这罪了，再难受就痛痛快快做个了断。"可病一发作，他让堂婶快打120，可不能活活地受这罪。他也开始信神，让堂婶多买香纸，多多地烧，保佑他病快好。

堂叔朝儿子要钱，儿子说："哪有钱啊？""我去年给你的三十万呢？""给我就是我的了，早存上了。""不行，你得还给我，不还我告你去。"和儿子大吵大闹，要回十五万。在医院住了半个月，回来一看，儿子竟然把他的屋子大大收拾一通，扔了许多东西，还把箱柜挪了地方，大怒："谁干的？给我恢复原样。我还没死呢！"堂婶看屋里又干净又亮堂，觉得挺好。堂叔不依，说儿子眼里没他，还活着呢就这么擅自做主，了得！逼着儿子把箱柜挪回原处。儿子气哼哼地挪："收拾干净了来个人也好看，屋里这么脏乱差，让人笑话。""闲蛋！我愿意！"他拧着劲，就躺在脏乱差的屋里。

他隔三岔五去住院，医院成了他第二个家。从医院回来精神大为好转，就推着车子在村里转。推车子相当于拄拐，他慢慢地走到东走到西，去看曾经的相好们。相好们如今已都老去,那个最爱俏的用棉线儿绞脸的婆娘得了肺癌,骨瘦如柴,坐在院里对着一株怒放的粉红月季发呆,堂叔险些认不出她来,她也差点儿认不出堂叔。此时的堂叔极其虚胖,下巴脖子与胸平,大肚子朝前腆着,走路呼哧带喘。他呼哧呼哧走过几个相好的门口,像是检点财富。那个被前夫打得最苦的女人已随儿子住到市里,门庭寂寂,只有麻雀在槐树上啾唧。

走完这么一圈,累坏了堂叔,进门扔下车子,让堂婶过来扶他。堂婶快步过来,架着他朝屋里挪,把他放到床上,"当当"地给两拳:"去哪儿了?又找娘儿们去了?你找去呀!找去呀!这不是你年轻时候了!"堂叔任她捶打,一声不吭。

# 堂叔 42 号

要讲这个堂叔,得从表姨说起。

表姨在城里卖电器,不怎么回村里。村里也有她家的地,四亩。她是个精细人,舍不得租出去,就自己种着,每年只种一季麦子,浇地施肥打药全雇人,收麦时才回来,雇个收割机,颗粒归仓。

一到农忙表姨就急,她前三十年一直务农,农忙的紧张记忆深刻,挥之不去。这也是她舍不得撒地的原因,没了地她没着没落,有地种着有粮食收着心里就踏实。她匆匆忙忙从城里回来,骑着电瓶车在地头奔来驰去,四处拦截收割机,费尽唇舌要把机子领到自家地头。她好不容易拦到一辆,谎称有上百亩麦子熟了正等机子,数十户人家望眼欲穿。这么又蒙又骗,才把机子诓来,给她割了。三十余袋麦子蹾在地头,表姨心满意足,又挥着叉子敛花秸,敛成一堆又一堆,等收花秸的来收走。

正干得汗流浃背,来了个人。这人的名字挺应景儿,叫麦收。他扛着木叉走来,见表姨挥汗如雨,立住了。他对村里的地很熟,像熟悉自己的掌纹。

"你这是忙什么呢?""还能忙什么?不过是收麦子。""你怎么在别人的地里收?"表姨全身一震,抬头四顾,才发现果然没在自家地里,而是在堂叔的地里,她自己的四亩麦子还好好长着。这可算一大新闻,麦收扛着叉子大笑不止,遇着人就把这事讲一讲,都知道有好戏看了。

往前推三十年,堂叔已在左臂上文了龙,右臂上文了虎,一心想入黑社会,可找不到黑社会在哪儿,只好在装束上出花样。他理了个古怪的头,四周剃光,只留顶上一撮,萝卜缨子似的,得个外号叫"一撮缨",叫到如今。他也没大本事,就是懒,种庄稼能省事就省事,该浇地了就专心地听天气预报,盼下雨,下起雨来比谁都高兴。每到收麦收秋,他从不着急,能拖一天是一天,能缓一会儿是一会儿。

听说表姨错收了他的麦子,堂叔从床上一跃而起,冲入院里,摇着三马子,急奔地里。果然,麦子入了袋,整整齐齐蹲在地头,花秸拢成堆,他的农忙已经结束,只等拉粮食回家了。他压住内心的狂喜,绷着脸,皱着眉,煞有介事地下了三马子,在地里走来走去,连连叹气:"这是怎么回事?这、这、这……"

表姨低声下气:"瞎迷糊眼也没看准,就让机子下了地……"

堂叔继续踱步、叹气:"这、这、这……你看这麦粒儿,溅得处处是……"

麦收扛着叉子又回来,见堂叔摇头叹气,当起和事佬:

"这可省你事了,又替你收麦子,又替你敛花秸,不用你出一分钱,雇了个好短工。你还装什么蒜?"

"我心里犯堵呢。我这麦子还不熟,她就给我收了。数今年麦子长得好,就等着卖大钱呢。"堂叔继续叹气,一声比一声大。

"得了便宜还卖乖!割麦子一亩三十,四亩一百二,又不让你拿,看吓的!"麦收劝他。

"我没得便宜!我吃亏了!她这么一弄,我一亩少收二百斤,四亩少八百。一斤麦子一块,四亩八百块!八百块呀!"堂叔怒气冲冲。

表姨往布袋上一坐,屈起左腿一抱:"要不换换吧。我地里的麦子归你,我出割麦子钱。麦收你来看看,我这麦子比他强多少。我雇人浇了四水,每亩施两袋子化肥,一亩顶他二亩。我也不说别的了,谁让我瞎迷糊眼。"

"你的我还不稀罕呢。我要我这麦子!它还长着,你不经同意给我收了,这算什么事?"堂叔也往布袋上一坐。

僵住了,太阳越来越辣,地里暑气蒸腾,黄光耀眼。

麦收又插进来:"差不多得了,地又挨着,闹僵了还见面不?"

"我能见着她的面?她常年在城里做大买卖,我常年在村里撅着屁股种地。她住着高楼大厦,我窝在小破平房里。就算她回村里,她家在村北头,我住村南,谁见谁呀?什么×乡亲!钱上说最痛快。我还有事,赶紧的,再拖我涨价了。"堂叔坐在他的麦子上唾沫横飞。

"早收这么一两天，也差不出八百斤。你这嘴巴张得太大，收小点儿，收小点儿。"麦收也不耐烦了，他本来看热闹，脱不开身了。

"最少五百。给我五百块，我就拉麦子回家。不啊，我报警。"堂叔知道表姨耗不起。

表姨只好破财免灾："这真是舔屁股遇见窜稀，白干了还落不是。"她数出五张票子递给堂叔。

"谁让咱们地挨着，明年你还替我收。"堂叔乐了。

"没明年了。这地租出去，我不种了。"表姨咬牙切齿。她果然把地包出去，包给一个很刁的人，让他专门与堂叔对着干。

# 堂叔 43 号

这个堂叔与我差不多大，他没有当叔的意识，我也没有叫他叔的想法，直呼其小名"破脚"，"破脚"长"破脚"短叫得十分顺溜，他应得也不磕巴。叫到十大几岁，族里老人听不下去，要正一正长幼尊卑，让我叫他叔。叫了十几年"破脚"，乍叫他叔还真不适应，于是中和一下，小名加辈分，成了"破脚叔"。

往上推两代，堂叔的爷爷穷得叮当响，迟迟娶不上媳妇，别人的孩子都十好几了，他还光棍着，后来终于有了媳妇生了孩子，孩子已比同辈人小十几岁。堂叔的爹，也打了多年光棍，四十上才娶下媳妇，生出堂叔。这么两代压缩下来，他成了穷大辈。

他十岁时编了套词儿，我们觉得新鲜，学会了，骑在胡同的矮墙上放声高唱："你词儿不如我词儿高，你没见过鸡尿脬，鸡尿脬，一股水儿，你没见过驴打滚儿，驴打滚儿……"最后一句是"你没见过俩老婆子对屁股"。唱得正痛快，出来个大人，问谁教的，于是堂叔被他爹捉回去，挨了顿棍。

族里男丁稀少,红白事用人时,谁也躲不了。堂叔这辈分很尴尬,老辈子充不成,岁数在那儿呢,只好任人使唤。红事派他端条盘,一趟一趟又一趟,端得膀子发酸,跑得双腿发软。白事让他跟着去外村吊唁,跟着大人们行老礼,前腿微弓后腿蹬,双手抱拳,向逝者致哀。头一回吊唁,他学不成,咕咕地笑起来,挨了顿骂,下一回会了,比谁做得都漂亮。他生来闲散,不爱操心,拨他就转转,不拨就看看。

他的心思全放在婶子们和嫂子们上。与这二者闹,怎么闹也不过分。每到收麦收秋,堂叔精神抖擞,专门与婶子、嫂子们打闹,扒这个的上衣,扯那个的裤腰带,闹得两眼放光。几个婶子合伙扒下他裤子,把他头塞入裆内,绑他个"老头看瓜"。堂叔就爱这么闹,他不怕吃亏,就怕没人闹,敢拽着一个胖大婶子在地头摔跤,摔上半个小时,被婶子一屁股坐身上,压得直叫唤。

把婶子与嫂子们闹老之后,他已年近四十,还没媳妇。族里男丁凋得早,爷一辈的凋净之后,叔这辈的开始了,都没超过七十岁,七十岁成了族里男人的天花板,难以突破。而女人们个顶个长寿,冲过七十奔八十,过了八十望九十,几个老太太险些活过一百岁。岁数大的叔们凋净之后,堂叔成了族里仅存的老辈子,成了族人的指望。我们这一辈的男丁考学的考学,参军的参军,余下的不多,爱管事的更不多,但族里有事得张罗,群龙无首哪行。谁来张罗呢?踅摸来去,还是堂叔合适。一来他辈分在那儿,萝卜虽小长在了辈上,谁让他是叔呢。二来他脑子清楚,从不香三臭四猫脸狗屁股,与谁都合得来。侄子们一嘀咕,就是他了,架也得架上去,抬也得抬上去,不当也得当,族长是他,他就是族长了。

侄子们摆了一桌,请堂叔上坐,又吹又捧又戴高帽,把堂叔说的前无古人后无来者,比隐居南阳的诸葛亮还有谋略,比夺位之前的朱棣还韬光养晦,今日众侄子要拂去宝珠上的尘埃,让堂叔熠熠生辉,大放光彩。他们你一杯,我一杯,灌得堂叔晕晕乎乎。

堂叔问:"这么说,我干得了?"

"干得了,干得了!"侄子们异口同声。

"你们都听我的?"

"听!听!不听叔的听谁的?就剩这么一个老辈子了,你说什么就是什么。"

"那老辈子说句话,你们听不听?"堂叔捉着酒杯问。

"听!听!"

一言为定。"你们都坐稳听好了,我一无权二无势,三无德四无威,有什么资格当族长?不要把我架在火上烤啦,侄子们,我知道自个儿几斤几两,你们还是叫我破脚吧。"

堂叔嗯哼一声,放下酒杯,威风八面地出去了,留下一桌侄子面面相觑。